LES ORPHELINS DE PROLIS

LIVRE I
L'ÉVASION AU NOUVEAU MONDE

Tristan Deluzarches

LES ORPHELINS DE PROLIS

Tristan Deluzarches

Éditions courtes et longues, Paris

LIVRE I

L'ÉVASION AU NOUVEAU MONDE

Au jeune collégien toulonnais qui rêvait de devenir écrivain.
Bravo, tu as réussi.
T. D.

CARTES
DU
MONDE

KATEKYY
GRANDE MER DE MERESSA
ERRANCES DE L'ARGOAT
LINNAKE
TERRITOIRE DES PONTS
JAKANA
AINCA LA TOUR SOLITAIRE
LES BOIS SOMBRES
TAÏVAS

PAYS D'HARMÄ
HYLKHAM
PLAINES DE LA DÉSOLATION
PORTIVY
SYNKA
ÎLE DE VARTIJAA
ROYAUME D'OPÄLE
PRINCIPAUTÉS DE LICTÉE
VIRTÖS
SANCTUAIRE D'IKA-TAMMI
VIHREÄ
PROLIS

LASINPASSÄ
LÄNSI
TERRES DU ROYAUM
PAYS D'HARMÄ
LAHTI
HAÄRA
KARPPÄ

Plaines de la Desolation
Lunta Vedessä
Hieka Tansi les sables dansants
Kemnë
Etela
Tipüs Lajuus la veilleuse du soir
Portivÿ
Trouée des Tremenelles
Sgiath le bouclier des anciens
Tirös
Royaume d'Opäle
Harmä

ROYAUME D'OPÂLE
ÖLRIDGE
LES JUMEAUX
ARBORATE
EKTHOS
ARTIS
VIHRE

EKTAR
MECTALÜM
KEKSII
MIRTHOR
VIRTÖS
AONAR
ROK
PRINCIPAUTÉS
DE
LICTÉE

FORT D'ARTIS
TOUR D'ALERTE
PALAIS DU GOUVERNEUR
PRESQU'ÎLE DE L'AUBE
TOUR D'ALERTE
VERS TAÏVAS
TOUR D'ALERTE
CITÉE D'ORTIMONT
TOUR D'ALERTE

BAIE
DE LICTÉE
CITÉE D'AKPA
VERS
PROLIS
FORKASS
PORTE
DES ROIS
TOUR
D'ALERTE
VARTIJAA

PROLOGUE

Au sud du pays d'Harmä se trouvait l'immensité sauvage de la Trouée des Trëmenelles. Coincée entre deux chaînes de montagnes, la longue vallée d'herbe fraîche serpentait d'ouest en est en obliquant finalement vers le sud et le royaume d'Opäle. Le paysage était composé d'une vaste plaine constamment balayée par les vents qui s'engouffraient dans le défilé rocailleux. Dans cette mer de hautes herbes, un petit bois se dressait au centre, comme tombé du ciel. Le boisement se trouvait au milieu de la Trouée et nul ne sut jamais comment il avait poussé là. Ce bosquet était composé de beaux frênes et de puissants érables qui se dressaient fièrement contre les vents frais du Nord. Leur feuillage était si épais qu'il filtrait la lumière du jour et le bois était toujours plongé dans l'obscurité d'une nuit infinie. Pourtant, si on parvenait à l'orée on pouvait déjà entendre de beaux chants d'oiseaux et le bruit d'une vie active qui semblait conter aux voyageurs égarés la beauté des Temps Anciens. Il n'y avait pas de chemin, pas même un petit sentier pour vous guider sous les sombres frondaisons mais si on persévérait à s'enfoncer dans le bois on découvrait au centre d'une clairière délimitée par quelques conifères une petite taverne à la cheminée fumante. Voilà de nombreux siècles que les grandes villes avaient fui la vallée et même le commerce se faisait désormais par la mer afin de contourner le couloir des Trëmenelles. La présence de cette modeste habitation ajoutait ainsi à la magie et au mystère du bois qu'on appelait dans le langage commun Lagad-Tenväl ou « Œil sombre ». L'auberge, car elle accueillait parfois des voyageurs, appartenait à un homme nommé Samïdor. On disait de lui qu'il était né avec le monde, et qu'il était plus vieux que les montagnes et plus âgé que les plus anciennes forêts de Vihreä. Samïdor avait l'apparence d'un vieillard emmitouflé dans une longue cape grise, le visage caché dans une capuche d'où sortait sa barbe qui descendait jusqu'à sa ceinture. Il n'était pas aubergiste, il n'était pas tavernier, certes il offrait le gîte aux âmes perdues qui frappaient à sa porte mais Samïdor était bien plus que ça : il était conteur. Les conteurs sont rares à Prolis. Souvent redoutés, les gens s'en méfient et pourtant ils sont la mémoire de nos vies. Les gens d'Harmä les appellent les *Käsbeds*, ce qui signifie

« les passeurs de mondes ». En ce temps-là, Samïdor était le dernier encore en vie. Certains s'essayaient à raconter une histoire, une aventure, quelques faits héroïques à un public déjà acquis, mais faire vivre un récit et bercer ses auditeurs jusqu'à ce qu'ils rêvent éveillés : seul un Käsbed en avait le don. Samïdor avait appelé sa taverne Rozavel, la Rose des vents. Elle se composait d'une vaste et chaleureuse pièce au rez-de-chaussée et de quelques chambres à l'étage. En bas, un feu crépitait jour et nuit dans une grande cheminée. Face à l'âtre, à côté de quelques tables en bois dressées pour les repas, de confortables coussins, couvertures, édredons et matelas de plumes avaient été posés au sol. Chaque soir, après le dîner, les voyageurs s'installaient là face au feu et Samïdor commençait ses histoires. Derrière lui, les flammes dansaient au son de sa voix et certains racontèrent même que les vieilles poutres descendaient légèrement du plafond pour mieux entendre les mémoires d'autrefois.

« Installez-vous, nobles étrangers, prenez place autour du feu et prêtez l'oreille à la plus grande aventure que notre monde ait connue. Vous me direz, peut-être la connaissez-vous déjà ?

Peut-être souhaitez-vous la réentendre ? Quoi qu'il en soit, nul ne saurait mieux vous la conter que moi car cette histoire, ce sont ses héros qui me l'ont rapportée. Et bien que certains détails puissent avoir été oubliés, je me ferai fort de combler les brèches par mon imagination. La nuit est maintenant tombée, les flammes crépitent derrière moi et vous vous enroulez déjà sous votre couverture. L'heure est parfaite pour commencer mon récit. Notre histoire se passe sur notre continent, Prolis. Le monde à cette époque était divisé en quatre grands pays. Au nord se trouvait le pays d'Harmä où vivait une population rurale aussi diversifiée que l'étaient ses paysages. Plus au sud venaient le royaume d'Opäle et les principautés de Lictée, les deux plus grandes puissances de Prolis dont les populations se concentraient dans d'imposantes villes. Enfin, tout au sud, se trouvait l'île de Vihreä, îlot singulier peuplé de créatures et de mystérieux dompteurs d'animaux. Ce fut en pays d'Harmä, dans la petite région d'Etelä que tout commença. Ici, balayée par les vents et les embruns, la presqu'île de Tirös abritait un petit village du nom de Portivÿ. Il est toujours difficile de donner un début à une aventure, alors que sa fin paraît plus évidente. Cependant, si je devais donner un point de départ à cette histoire, je dirais qu'elle commença ici, à Portivÿ, au cinquième siècle du Temps de la Lumière. Oui, je pense que c'est exactement là que tout a commencé. » Et Samïdor, balayant du regard son auditoire, continua son histoire…

CHAPITRE I

PORTIVŸ

Portivÿ, en pays d'Harmä.

En ce dimanche matin, le port du village était en pleine agitation. Comme chaque mois, le marché était de retour à Portivÿ. Une épaisse brume flottait encore dans les airs mais déjà les premiers rayons du soleil se frayaient un chemin. Les navires de pêche étaient revenus au petit jour, chargés jusqu'aux cales d'une marchandise qu'ils espéraient écouler. Une longue file de caravanes s'était formée et les marchands arrivés aux premières lueurs avaient déjà installé leurs étals. Toute la presqu'île s'était donné rendez-vous sur la petite place du village.

On retrouvait çà et là des produits typiques du pays d'Harmä. Les maraîchers proposaient des choux d'Artrüs, quelques carottes à trois pointes ainsi que des pommes de terre étoiles. Les primeurs donnaient de la voix pour vendre leurs fruits du terroir et les poissonniers ouvraient devant les yeux admirateurs des passants de grands bacs remplis d'anguilles-serpents, d'espadons des sables, de thons rampants et d'éperlans dorés. À leur côté, des tentacules de homards harmäiens, des pinces molles de dormeurs et des pattes d'araignées à toile de mer se dressaient menaçantes vers le ciel.

Les battements incessants qui résonnaient au fond de la place ? C'était ceux des hachoirs des bouchers contre le bois de leur comptoir, affairés à découper rapidement les plus belles pièces de viande. Portivÿ vivait essentiellement des ressources qu'offrait l'Océan mais on trouvait non loin de la pointe de Kohta quelques troupeaux de moutons palmés ainsi qu'un célèbre élevage de chèvres à six pattes. À l'époque, il était courant que ce soit l'une de ces bêtes qui remporte la course d'élevage d'Etelä, la région sud d'Harmä.

Les produits phares des marchés n'étaient pas vendus par les poissonniers et les bouchers. Les étals qui attiraient les foules étaient ceux qui offraient des ressources rares issues d'autres pays du monde de Prolis. Les Harmäiens n'étaient pas réputés pour être de grands voyageurs. Ils ne s'éloignaient guère de leurs frontières et ne voyaient d'ailleurs pas pourquoi ils en sortiraient. Ainsi, quand des marchands venaient du sud, du royaume d'Opäle ou des principautés de

Lictée, ils devenaient rapidement le centre d'attention du village.

En ce jour justement, un marchand venu du grand port d'Orjaa proposait sur son étal, pour qui en avait les moyens, des épices de Taïvas. Taïvas était l'immense continent auquel on associait parfois les plus grands rêves et souvent les plus grandes peurs. Situé loin à l'ouest, de l'autre côté de la Grande Mer de Meressa, Taïvas était une énigme pour la population de Portivÿ. Les piments, curry, cannelle, clous de girofle, vanille, safran et autres épices étaient des noms farfelus qui invitaient à l'admiration autant qu'à la méfiance. Les gens du pays d'Harmä faisaient rarement référence à ce continent par son nom, mais plutôt par Mortür Tolmir, ce qui voulait dire en harmäien « le continent défendu ». Les produits de ces terres étaient vendus aux familles les plus riches de la ville et les acheteurs ne se comptaient que sur les doigts d'une main.

Pour le reste, il était souvent coutume de s'aventurer à l'est de la petite place, là où à l'ombre des toiles de jute on pouvait s'offrir pour quelques écus, des œufs, un peu de beurre et de farine.

Ces marchés n'existaient nulle part ailleurs dans les autres pays du continent. Le pays d'Harmä, qu'à l'époque certains nommaient encore « les Terres déshonorées », était un territoire composé de petits villages et de hameaux où il fallait voyager si l'on souhaitait écouler sa marchandise. Les marchés itinérants étaient une chose bien étrange pour les autres pays de Prolis. Chez eux, le commerce était plus sédentaire et bien installé sur les grandes places des villes citadelles.

Comme vous le savez, les Harmäiens étaient issus d'une longue tradition de tribus. À l'inverse des autres royaumes ou principautés de Prolis, ils ne formaient guère une population unifiée se retrouvant sous une identité commune. Ils se divisaient en un grand nombre de clans aussi divers que l'étaient leurs coutumes et leurs croyances. Les communautés étaient généralement regroupées autour de quelques maisons, un point d'eau et de quoi chasser ou pêcher. Leur territoire se limitait ainsi au petit village qui abritait leurs membres ainsi qu'aux quelques terres cultivées qui l'entouraient. Il n'y avait ni forteresse, ni remparts, ni palais, mais de petites chaumières, hameaux et enclos d'animaux.

Chaque clan était dirigé par le Penlü, ou chef du clan, qu'on appelait également « Le Täd » dans la langue des Anciens. Venaient ensuite les conseillers, chacun spécialiste dans un domaine de la vie du clan : la mer, les voies terrestres, l'élevage et le commerce. Ces hommes et femmes formaient avec le Penlü un conseil qu'on appelait le Kuzül. Ils avaient la responsabilité et le pouvoir de diriger et d'organiser la vie du clan.

Celui-ci était composé des « gens de la mer » qui regroupaient les pêcheurs, les gabiers, les maîtres-voiles et les poissonniers ; et les « gens des terres », les fermiers, les aubergistes, les constructeurs et tailleurs de pierres, les brasseurs d'hydromel ainsi qu'une poignée de soldats aux armes rouillées. Cela faisait bien longtemps que les habitants du pays d'Harmä n'avaient pas connu de guerre et de cela, ils n'en étaient que plus heureux.

Chaque région d'Harmä possédait ses spécificités. Seul un aveugle n'aurait pu voir les différences entre un habitant de la région d'Etelä, où se trouvait Portivÿ, et un habitant venant des froides contrées de Tuath, ou bien des collines de Länsi. Il aurait été encore plus absurde de comparer un homme d'Etelä à un homme de Haära, la région à l'ouest de Portivÿ. On ne compare pas un marin à un homme des bois ! Cependant, si chaque région du pays d'Harmä possédait sa propre façon de vivre et ses propres codes, les marchés itinérants faisaient figure d'exception à la règle car ils avaient lieu dans chaque contrée d'Harmä. Grâce à eux, les clans pouvaient tisser quelques liens et recevoir des nouvelles des contrées voisines. Il est important d'évoquer la plus grande région d'Harmä, les Terres du royaume. Voilà déjà plusieurs siècles que la capitale Hylkhäm était tombée dans l'oubli, ses plaines balayées jour et nuit par les vents de culpabilité de la Grande Guerre des

Anciens. Les gens n'y vivaient plus, les marchés n'y passaient plus, seul le vieux roi prenait racine dans un trône poussiéreux.

La royauté du pays d'Harmä, bien que passionnante, est une longue agonie et surtout une autre histoire qu'il n'est pas encore temps de raconter...

Revenons sur la petite place du marché de Portivÿ dont le décor et les premiers cris des marchands annonçaient une matinée fructueuse pour le petit commerce. Au milieu des étals se dressait une curieuse marchandise, celle du marchand Yamïr. On disait bien des choses à son sujet et tous s'entendaient sur le fait que Yamïr était un bonimenteur obnubilé par la vente de breloques chimériques. Les personnes assez sottes pour croire à ses mensonges étaient aussitôt raillées et se rendaient compte trop tard qu'elles avaient été roulées. C'est près de cet étal que notre histoire débute.

« De la poudre de corne de licorne et, là, des plumes de phénix ! J'aimerais tellement en avoir !
– Allez Briac, dépêche-toi ! Après ce sera trop tard !
– Oui, oui, voilà j'arrive. Pourquoi doit-on se presser ? Le marché vient seulement d'ouvrir.
– Plus on tarde et plus la place se remplit. Je ne souhaite pas avoir à courir à travers une foule qui nous barrera la route.

– Ce n'est pas la première fois qu'on le fait. On s'en sort toujours sans que… Eh ! Regarde, cette fois-ci, il y a des larmes de pégase ! Je ne sais pas ce que c'est mais ça doit être rare, non ?
– Combien de fois vais-je devoir encore te répéter que toutes ces choses ne sont que balivernes ? Des pégases, des pinceaux de tisseurs de charmes ou je ne sais quel loup-garou… Tout cela n'est que sornettes pour soutirer des écus aux plus ignorants !
– Mais papa disait que…
– Des histoires pour t'endormir quand tu étais petit, Briac ! Tu as onze ans, tu n'as plus l'âge de rêver et arrête de parler de lui sans cesse. Il est parti.
– Mais… Tu sais bien que…

Des larmes apparurent au coin des yeux de Briac.

– La discussion est close. Allez, on y va ! »

Reprenant leur marche, ils se frayèrent un chemin à travers les stands des marchands.

Cette discussion était la parfaite illustration de ce qui opposait les deux frères. Yann, seize ans, était d'assez haute stature. Une tignasse noire jamais coiffée descendait sur un front qui surplombait deux yeux sombres. Assez fin, de corps comme d'esprit, Yann était cartésien. Il croyait en ce qui était rationnel et ce qu'il voyait. Le reste était inutile, voire dangereux. Le caractère sévère de l'aîné, son regard transperçant et sa maturité contrastaient de manière absurde avec le jeune garçon qui marchait à ses côtés. Briac, plus jeune de cinq ans, était animé d'une innocence juvénile qui le poussait à s'émerveiller de tout. Ce petit garçon blond aux cheveux frisés regardait la vie avec ses yeux bleus comme un prédateur contemple sa proie : prêt à dévorer chaque instant.

Yann pestait.

« Pourquoi croit-il encore à ces sornettes de magie, de plumes de phénix, ou je ne sais quoi... Quand grandira-t-il enfin ? Il faut que je le protège contre lui-même, il faut qu'il durcisse son cœur et surtout...
– C'est bon je le vois, il est là ! » cria Briac.

Ils atteignirent leur cible du jour : un vieil étal sur lequel était entassée une cargaison tout juste arrivée. Derrière le comptoir, un poissonnier abattait un hachoir sur un congre à deux têtes tout en scrutant les passants autour de son stand. « Approchez ! Approchez ! Les meilleurs poissons de la presqu'île ! Les plus beaux crustacés d'Etelä ! »

L'homme avait du métier et sa voix portait tant et si bien qu'une petite foule s'était rassemblée pour admirer sa marchandise.

« Bien. On applique la même stratégie. Simple, rapide et efficace. Entendu ? indiqua Yann à Briac.
– Entendu !

Briac tourna les talons pour aller se poster au bon endroit.

– Et Briac…
– Oui ?
– Ne prends pas trop gros. Prends ce qu'il faut. Pas plus.
– Oui, oui, pas trop gros, juste ce qu'il faut. J'ai l'habitude maintenant.
– Chaque marché est une nouvelle fois. Il n'y a pas de place pour l'habitude. Allez, prends place. »

Tandis que Briac faisait mine de s'intéresser au stand de fruits voisin, Yann tourna le dos et s'éloigna de l'étal. Il ferma les yeux, prit une longue inspiration et se retourna pour fixer le poissonnier. Ce dernier était occupé à marchander des crevettes grises avec une femme.

C'est le moment, pensa Yann.

Il se mit alors à courir vers l'étal et s'écria d'une voix affolée :

« Au voleur ! Au voleur ! Il a pris un poisson ! Là je le vois courir ! »

Il passa à vive allure devant le stand et s'enfonça dans la foule. L'homme empoigna son hachoir, enjamba deux gros paniers remplis d'étrilles, bouscula une personne et s'élança à la suite de Yann tout en criant nombre d'injures à l'attention du prétendu voleur. Yann continuait de donner de la voix pour que le poissonnier arrive à le repérer et qu'il suive tête baissée la fausse piste.

Le comptoir du poissonnier laissé vide et sans surveillance, Briac se frotta les mains et se mit à choisir le repas du midi :

« Mmmm, deux maquereaux à poil ras, une dorade maréchale, un dormeur à pinces molles... »

Tout en les citant, Briac empilait sur ses bras les poissons et crustacés avec un air désinvolte sans que les passants, qui s'étaient tous tournés vers les cris de Yann et du poissonnier, ne le voient. La scène en aurait fait sourire plus d'un : un petit garçon qui se retrouvait avec une pile aussi lourde que lui ! La litanie continua :

« Un homard à tentacules, une poignée de sardines scintillantes, une araignée à toile de mer... »

Alors qu'il posait avec difficulté l'araignée sur le haut de la pile, une main s'abattit violemment sur son épaule et manqua de faire s'écrouler la petite tour qu'il tenait à bout de bras.

« Penses-tu qu'il sera aussi facile de porter toute cette marchandise une fois que je t'aurai tranché les mains, petit voleur ? »

La voix était celle d'un homme. Sûrement l'associé du poissonnier ou l'un des pêcheurs qui le fournissaient en marchandise. L'homme resserra son étreinte et Briac en sentit les ongles s'enfoncer dans sa chair.

L'enfant sursauta et renversa ce qu'il tenait dans ses bras. La grosse araignée à toile de mer frappa l'homme en plein visage toutes pinces en avant. Pris au dépourvu, il relâcha son étreinte et Briac le ressentit. D'un mouvement brusque, il le poussa en arrière et fonça droit dans la foule. Un attroupement se forma, attiré par les injures de l'homme qui en venait aux mains avec les crustacés accrochés à son visage. Faisant valser dans les airs l'araignée de mer, l'homme fit volte-face et se jeta à son tour dans la foule.

« Au voleur ! Reviens tout de suite vaurien ! Je vais t'attraper et t'ouvrir en deux comme un oursin ! »

Briac tenta de se frayer un chemin à travers le flot humain qui lui barrait la route. Petit à petit, il sentit que son poursuivant gagnait sur lui. Des visages, des jambes, des bras, des cris, une robe, voilà pourquoi Yann avait souhaité arriver tôt : la foule le ralentissait et l'empêchait de se repérer. Briac sentit son cœur battre fort, son souffle s'accéléra et une sensation froide bloqua ses jambes. La peur. Soudain, un passage entre un homme et une femme s'ouvrit et une ruelle perpendiculaire apparut. Briac s'y engouffra, talonné par deux gardes civils alertés par les cris. La place du marché était un terrain difficile pour s'échapper d'une telle situation mais les rues de Portivy, et plus encore ces ruelles étroites et poussiéreuses, étaient un terrain de jeux où le jeune garçon avait l'avantage.

Connaissant chaque détail, chaque rue, chaque impasse, chaque bâtiment et chaque issue de la ville, Briac vira à gauche, enjamba une barrière et sauta un muret pour repartir de plus belle dans sa course.

Petit à petit, le bruit des pas et les cris derrière lui se firent moins forts. « Je les sème ! » songea Briac. Voulant s'assurer qu'il était hors de vue de ses poursuivants, il courut ainsi encore une centaine de mètres et arrêta sa course devant un imposant tas de casiers de pêche en mer. Les contournant, il s'accroupit et se mit à l'abri derrière. Retrouvant difficilement son souffle, le cœur battant toujours à vive allure, Briac reprit peu à peu ses esprits. « Yann va encore me gronder... mais je ne pouvais pas savoir qu'il y aurait un homme en plus pour surveiller la marchandise... Je vais retrouver Yann et lui expliquer... J'espère qu'il comprendra. »

Sortant furtivement la tête de derrière sa cachette, Briac jeta un regard autour de lui. « La voie est libre, allons-y ». Et il pressa le pas.

Il s'arrêta pour s'assurer qu'il n'était plus suivi, puis descendit une petite ruelle qui le ramena près du port. Il prit à gauche, marcha quelques mètres et l'aperçut : l'auberge de La Mouette rieuse, le point de rendez-vous.

Cette auberge, enfin plus précisément son toit, était depuis plusieurs années le refuge où les deux frères se retrouvaient après leurs virées au marché, chapardages dans les rues et petits vols de toutes sortes. Briac passa devant l'entrée de l'auberge, suivit le mur du bâtiment et le contourna pour arriver devant la façade sud. Là, une pierre de granit épousant le côté d'une fenêtre ressortait du mur plus que les autres. Prenant appui dessus, Briac se hissa et agrippa le volet de la fenêtre supérieure. Il parvint au toit de l'auberge avec une agilité surprenante.

Grimper le long de cette façade n'était pas chose aisée. Cependant, Briac et son frère avaient été éduqués au bord de la côte sauvage. Habitués depuis toujours à gravir les falaises pour atteindre les précieux œufs des oiseaux marins, gagner le toit de l'auberge était pour eux un véritable jeu d'enfant.

Une jambe passée, puis l'autre, Briac se hissa sur le toit. Avant d'avoir pu se retourner, il entendit une voix derrière lui :

« Ah te voilà ! »

CHAPITRE II

L'AUBERGE DE LA MOUETTE RIEUSE

Yann était installé sur le bord du toit, fixant l'horizon. Il ne jeta pas un regard en arrière vers son petit frère. Briac avança vers lui en prenant soin de poser les pieds là où les ardoises semblaient être les mieux fixées. Concentré à garder son équilibre sur ce toit instable, il n'eut pas le temps d'atteindre Yann que celui-ci reprit :

« Qu'est-ce qui s'est passé ? Tu aurais dû arriver ici avant moi ! J'ai vu la garde civile fouiller le port.
– J'ai été pris au dépourvu… Un autre homme gardait la marchandise. Il m'a surpris et m'a agrippé l'épaule, j'ai dû lâcher tout ce que j'avais dans les mains…, répondit Briac, honteux.
– Comment ça "j'ai dû lâcher tout" ? Qu'est-ce que tu avais pris ? »

Briac se sentit piégé. Yann ne posait pas cette question de façon anodine. Il savait. Il savait qu'une fois encore, lui, le petit frère qui n'écoutait jamais, avait eu les yeux plus gros que le ventre. Qu'une fois de plus il avait essayé de prendre trop de marchandise et qu'il aurait dû se contenter de voler trois maquereaux et rien de plus. Il s'était persuadé que la meilleure chose à faire était de voler un important stock afin de pouvoir être sûr de manger le lendemain. Le poissonnier était parti à vive allure derrière Yann, il était loin quand était venu le moment de voler quelques poissons… Briac se dit que cette explication tiendrait la route, que Yann comprendrait sûrement. Il ouvrit la bouche pour répondre à son grand frère :

« Oui, certes, j'avais les bras chargés mais c'était parce que…
– Non Briac ! Il n'y a plus de "oui… mais…" ! Je t'avais dit de ne pas prendre trop gros. De te limiter. Tu n'écoutes vraiment rien ! Je ne peux pas faire tout, tout seul ! Non seulement tu as voulu trop prendre mais en plus tu n'as pas regardé autour de toi si la voie était libre. Tu dois voler discrètement et cela…
– … Après avoir scruté mon environnement… Oui, je sais, tu me le dis à chaque fois mais…
– Une fois tu te feras attraper et là tu comprendras que tu aurais dû suivre mes conseils. »

Un silence se fit. Briac était mal à l'aise. Yann fouilla dans son sac de toile :

« Tiens, tu n'as rien rapporté mais moi j'ai pu nous prendre ça. »

Et il lui tendit une miche de pain. Briac s'assit près de son frère et le silence s'installa de nouveau. Briac sentait la colère monter en lui. Il venait d'être poursuivi par une troupe d'hommes et avait dû tout faire pour les semer, il sentait encore les battements rapides de son cœur dans sa poitrine et voilà que son grand frère l'accueillait avec des reproches. Un instant, il voulut pleurer, il sentit ses larmes monter, ses yeux se parèrent d'une mince couche d'eau… Mais il se retint. Yann n'aimait pas voir Briac pleurer. Pour lui, pleurer était un signe de faiblesse qui ne résolvait pas un problème. Pire, on s'y enlisait. « Et puis Yann a raison. La prochaine fois je l'écouterai », songea Briac.

« Yann… je suis vraiment désolé… je sais que je te fais honte et que je n'en fais qu'à ma tête mais… »

Mais Briac ne put terminer sa phrase. Seul le vent osa continuer à parler. On dit que les silences sont parfois plus éloquents qu'un long discours. Cette phrase aurait pu être inventée pour Yann.

Alors Briac, la tête enfouie dans ses bras, se mit à pleurer.

Les deux frères restèrent perchés sur le toit toute la matinée. Yann finit, au bout d'un long effort intérieur, par pardonner à son frère son imprudence. Ce dernier sécha ses larmes et sa jovialité revint. Briac raconta sa cavalcade de la matinée, puis s'amusa à imaginer à haute voix les créatures imaginaires dont il avait entendu les noms au marché. Il conta ensuite les faits divers de Portivÿ qu'il avait surpris au détour d'une conversation. De temps en temps, une plaisanterie lui venait en tête et il la testait sur son grand frère. Ce déversement de paroles, ce flot continu de phrases et ces exclamations étaient les signes que Briac allait mieux et que l'épisode du marché était digéré.

« Comment appelle-t-on une baleine de Länsi ? Tu ne sais pas ? Une baleine à bosses bien sûr ! Ah ah ah ! Tu as compris ? Ah ah, à cause des collines ! Celle-là, c'est la meilleure ! Je l'ai entendue ce matin près de chez le boulanger ! Une baleine à bosses… Ah ah ah ! »

Tandis que Briac riait encore de sa devinette, Yann fixait l'horizon. La plaisanterie était bien trouvée, pas hilarante mais bien trouvée. Länsi, la région au nord-ouest du pays d'Harmä, était un territoire où le sol était marqué par un phénomène bien particulier : le très grand nombre de collines. Certaines personnes d'Etelä s'amusaient à surnommer cette région « la pâte ratée » en référence à une mauvaise pâte qui aurait formé des bulles et des grumeaux durant la cuisson.

Ni Yann, ni Briac n'étaient jamais allés sur ces terres, mais ils avaient entendu parler de leurs paysages envoûtants, leurs dunes d'herbes fraîches et leurs maisons creusées dans la terre dont les cheminées ressortent timidement au sommet des collines. Chassant les images de cette lointaine contrée, Yann se concentra à nouveau sur Portivÿ et son port. Pourquoi rêver aux montagnes naines de Länsi puisqu'il n'irait jamais. Ses parents n'étaient jamais allés plus loin que Tirös, à l'extrémité sud de la presqu'île. L'inconnu était paré de dangers et la vie avec son frère avait déjà son lot d'imprévus. Aussi longtemps qu'il pouvait voler un morceau de pain, des pommes dans un verger ou des poissons au marché, mieux valait rester à Portivÿ et ses environs. Et puis pourquoi vouloir partir ? Finalement, la vie y était bien, difficile certes, mais bien tout de même. Il tourna son regard vers une petite île qui formait avec l'extrémité de la jetée du port un étroit chenal qu'empruntaient jour et nuit les bateaux venus se mettre à l'abri. Cette île entourée par la mer était accessible à pied à marée basse. Quand les eaux se retiraient, un mince chemin de rochers apparaissait lentement entre les vaguelettes et il était possible de traverser à pieds secs. L'île Tilïc avait été un terrain de jeu fantastique pour Yann quand il était plus jeune. Bien que large d'une vingtaine de mètres, cet îlot avait bercé son imagination et ses rêves d'enfant. Quand il lui était encore permis de rêver. Son père l'emmenait chasser les lapins qui s'y trouvaient, s'ensuivaient des courses-poursuites dont les rongeurs sortaient souvent vainqueurs. Yann préférait ne pas attraper les lapins et les laissait courir entre ses mains. Il sentait leur détresse quand son père en brandissait un en l'air. Il détournait toujours le regard quand l'animal se tortillait en appelant à l'aide. Courir après les lapins, jouer au chat et à la souris sans dénouement funeste, voilà ce qui lui plaisait. Alors quand un lapin trouvait refuge dans son terrier, le petit Yann se mettait à rire et à taper des mains. Rire. Quel comportement étrange. Yann ne se souvenait plus de ce que cela faisait. Quel sentiment ressentait-on en soi quand on riait ? Cela faisait six ans qu'il n'avait plus ri. Six ans. Six ans, car il y a six années les…

« On y va, non ? Je commence à avoir un peu froid.
– Oui, allez on descend. On rentre », répondit Yann.

Avec la même habileté que pour monter le long du mur, Briac descendit du toit de l'auberge. Au moment où Yann posa à son tour les pieds au sol, une voix forte résonna dans la petite ruelle derrière eux :

« Ils sont là ! »

Les deux frères sursautèrent et se retournèrent en une fraction de seconde. Là, à une dizaine de mètres, ils virent des hommes de forte stature dont l'un, celui qui avait parlé, les pointait du doigt. Yann reconnut l'homme du milieu. Le poissonnier. Coiffé d'un vieux chapeau de toile auquel quelques hameçons étaient amarrés, il avait dans son regard une haine mêlée à la joie d'avoir retrouvé les deux voleurs. Briac identifia aisément l'homme qui se tenait derrière le poissonnier. Il se rappela surtout sa main. Son visage était entaillé à quelques endroits. L'araignée de mer avait bien rempli sa mission. Un troisième homme était avec eux. Il portait un bandeau en travers de son visage, et son sourire permit aux enfants de constater que la quasi-totalité de ses dents avait disparu. Il était vêtu d'un tablier en cuir sombre et tenait un lourd marteau dans la main droite.

« Le forgeron… il a enfin dû deviner que c'est nous qui lui avons emprunté une serfouette la semaine dernière… » songea Yann avec malice. Si le forgeron avait fait le lien entre les deux frères et les différents vols qu'il avait subis, les autres commerçants de Portivy ne tarderaient pas à le faire également. Yann et Briac avaient survécu dans ce petit village parce qu'ils passaient inaperçus et que personne ne les connaissait. S'ils devenaient des voleurs identifiés et recherchés, leur quotidien allait prendre une tournure qui ne présageait rien de bon. Le poissonnier hurla :

« Attrapez-les ! »

Les trois hommes chargèrent les deux enfants. Pris de panique, Yann et Briac firent volte-face et contournèrent l'auberge. Au moment où ils passèrent devant la porte de l'édifice, Yann agrippa Briac par le bras et ils s'engouffrèrent à l'intérieur.

Il est important ici de s'attarder quelques instants sur le lieu dans lequel Yann et Briac se réfugièrent : l'auberge de la Mouette rieuse. Si son nom pouvait inspirer la convivialité à un étranger, il n'était en réalité lieu plus dangereux dans tout l'Etelä. Portivÿ n'était pas une grande ville dans le monde de Prolis mais les eaux qui lui faisaient face regorgeaient de poissons. Cette richesse maritime avait attiré depuis des siècles une vaste communauté de pêcheurs et de marins en tout genre. Or, si la pêche nourrit les hommes, les pêcheurs affament la quiétude de tout paisible bourg. En revenant de longs mois en mer à bringuebaler sur les embruns, les gens de la mer aiment à se rassembler pour profiter des différents plaisirs de la chair, des boissons alcoolisées, des jeux et d'à peu près tout ce que leur envie leur dicte. À Portivÿ, leur repaire se cantonnait au quartier ouest qui donnait directement sur le port. Dans ce royaume de débauche, la capitale était l'auberge de la Mouette rieuse. Se tenant fièrement face au front de mer, avec ses murs blancs usés par les vents et le sel marin, ses quelques fenêtres bordées de granit et son vieux toit en tuile où une cheminée crachait jour et nuit une incessante fumée noire, l'auberge semblait défier le temps et les éléments. De l'extérieur, rien d'anormal ne transparaissait. Aux fenêtres, les rideaux étaient tous tirés, la porte ne laissait passer que quelques bruits ainsi qu'une faible musique de temps à autre. En somme, rien d'anormal. Or, si on poussait la porte de l'auberge… En fin de compte, autant suivre Yann et Briac, ils viennent justement d'y pénétrer avec fracas !

La porte s'ouvrit violemment et ils faillirent tomber en avant. Malgré le choc du battant contre le mur, personne ne broncha à l'intérieur. L'auberge était constituée d'une seule et grande pièce éclairée par le feu d'une imposante cheminée de granit et quelques bougies vissées sur des bouteilles vides. Il faisait sombre et il fallut quelques instants avant que les yeux des enfants ne s'habituent à l'obscurité. De grandes tables de bois usé étaient dressées et disposées sans qu'aucune logique ne soit respectée. De longs bancs rudimentaires étaient rangés auprès des tables et quelques tabourets avaient été placés çà et là. Au sol, un vieux plancher troué, d'où il n'était pas exceptionnel de voir filer un rongeur, grinçait sous les pas. Sur la droite de Yann et Briac figurait un imposant comptoir. Là étaient entassés des gobelets en bois sale, des écuelles, quelques couverts et des bocaux suspicieux remplis de liquides à la couleur douteuse. Au-dessus du comptoir, des bonbonnes et une grosse dame-jeanne remplie de mixtures alcoolisées étaient enfermées dans un filet suspendu au plafond. Des oiseaux marins empaillés pendaient également en l'air :

albatros à griffes d'ours, cormorans écaillés et pygargues à tête rose étaient amarrés à des ficelles clouées à la large poutre du plafond. Un oiseau en particulier attirait le regard : un petit volatile non pas suspendu au plafond mais figé directement dans un pilier au centre du comptoir. Clouée au bois en plein cœur, une petite mouette rieuse épiait les faits et gestes des clients de l'auberge. Ses yeux, peints par la propriétaire de l'établissement, étaient rouge sang. Derrière le comptoir, une large étagère était chargée de multiples bouteilles, petites, grandes, rondes ou fines, dont pas une seule ne semblait contenir de l'eau.

À l'opposé du comptoir, de l'autre côté de la grande pièce, se trouvait la cheminée où des flammes ronflantes crépitaient inlassablement. Sur la droite, un petit escalier montait à l'étage où plusieurs chambres se succédaient. Un palier parcourait ainsi le premier étage de l'auberge et permettait de toiser de haut la grande pièce au rez-de-chaussée. De là, on avait une vue imprenable sur les tablées en bas, les tricheurs, les femmes, les ennemis…

Cet établissement appartenait à une vieille femme de Portivÿ. Personne ne connaissait son nom, mais tout le monde l'appelait la Murène. Cet animal marin, plus gros qu'une anguille et plus agressif qu'un requin, était la parfaite description de la propriétaire des lieux. Souvent derrière le comptoir à servir les clients, elle tenait l'auberge d'une main ferme. Bien que la population de son établissement rassemblât les pires crapules des environs, aucun n'était assez fou pour la défier. Elle semblait avoir toujours fait partie des meubles si bien que des marins nommaient parfois l'auberge, le Trou de la Murène.

Briac contempla la grande pièce. Tous les clients étaient des hommes. Les quelques femmes assises sur les genoux des hommes ou occupées à servir de grands verres de tafia étaient des employées de l'auberge. À une grande table près du feu, un groupe d'ivrognes jouait aux cartes, chacun un couteau à la main, restant sur leurs gardes au cas où l'un d'entre eux serait tenté de tricher. Dans un coin, perché sur un tonneau, un vieillard jouait du violon tout en lançant des regards en coin à une jeune serveuse qui lui souriait en passant. Sur une autre table, des marins en cercle jouaient aux dés. Au-dessus d'eux, penchés à la balustrade, deux hommes discutaient à voix basse jetant des coups d'œil méfiants autour d'eux. Au comptoir, un attroupement s'était formé autour de deux hommes qui semblaient décidés à prouver qu'ils pouvaient boire plus de cervoise que l'autre. Au centre de la pièce, deux autres s'amusaient, eux, à se donner de lourdes claques afin de voir, là aussi, celui qui tiendrait le plus longtemps. D'aucuns auraient décrit ces scènes comme une journée des plus normales à l'auberge.

Le regard de Yann fut attiré par une file d'hommes qui attendaient face à une petite table, dans un coin plus sombre de la pièce. À la table était assis un homme d'une quarantaine d'années, les cheveux bouclés et grisonnants, la peau du visage rongée par les embruns et aussi rouge que le vieux bonnet sur sa tête. De petites lunettes reposaient sur son nez et lui donnaient un air très savant, surtout dans un lieu comme celui-ci. Il fumait une longue pipe en ivoire sculpté et laissait échapper un mince filet de fumée blanche de ses lèvres. Il était occupé à écrire dans un carnet posé sur la table. Maladroitement, il notait des informations avec sa plume qu'il trempait dans un encrier en fer et la tendait ensuite à l'homme devant lui. Ce dernier inscrivait un caractère ou dessinait une forme sur le papier puis reposait la plume et quittait l'auberge.

« Un équipage en plein enrôlement », songea Yann.

Blam ! La porte de l'auberge s'ouvrit une nouvelle fois violemment. Les trois hommes à la poursuite des deux frères, le poissonnier en tête, firent irruption dans l'établissement. Briac laissa échapper un cri et agrippa le bras de son frère. Yann fonça tête baissée vers le coin sombre où se tenait l'homme au bonnet rouge.

« Où crois-tu courir comme ça, petit sot ? La poursuite se termine ici ! » lança le poissonnier à l'adresse de Briac.

Yann remonta la file d'attente et s'arrêta net devant la petite table, faisant vaciller la flamme de la bougie qui éclairait le registre : « Yann et Briac ! Nous nous engageons ! Quelle que soit la solde, nous sommes partants ! » Il fixa l'homme dont le regard était toujours penché sur ce qu'il était en train d'écrire. Stoppant son écriture, celui-ci releva lentement la tête et sans un mot observa les deux jeunes garçons. Il plongea ses yeux bleus dans ceux de Yann et, comme s'il y avait décelé quelque chose d'amusant, il sourit légèrement.

« Oh non ! Tu ne vas pas t'en tirer comme ça, crois-moi ! Saisissez-les, vous autres ! Et toi, passe-moi le sabre », ordonna le poissonnier à ses deux acolytes en empoignant le sabre du forgeron. Alors, Yann et Briac furent soulevés de terre par le col et plaqués brusquement contre le mur. Paralysé par la peur, Briac ne bougeait pas. La détresse se lisait dans ses yeux et les battements de son cœur résonnaient en lui comme un écho. Yann se débattait. Vainement, il tenta de se dégager et reçut aussitôt un coup de poing dans le nez qui l'assomma presque.

« Mais c'est qu'il tente de se débattre ! Voyons voir si tu gigoteras toujours autant quand je t'aurai tranché le gosier », se moqua le poissonnier en approchant la lame tout près de la gorge de Yann.

« Non ! Ne faites pas ça ! S'il vous plaît ! implora Briac, les larmes aux yeux.

– La ferme, toi ! lui cria le forgeron en le giflant.
– Plus ils sont petits et plus ils aboient ! C'est donc toi que je découperai en premier », menaça le poissonnier en s'avançant vers Briac.

Yann voulut crier, sauter à la gorge de cet homme qui menaçait son petit frère mais il était sonné par le coup de poing. De son nez s'écoulait un petit filet de sang et la douleur grandissait en lui.

Un silence de plomb s'empara de tout l'établissement. La lumière des bougies se refléta dans la lame du sabre qui fendit les airs en direction de Briac.

« Un instant ! » Une voix brisa l'action, le poissonnier interrompit son geste puis se tourna vers l'endroit d'où était venue la voix. Il interrogea à l'aveugle :

« Qui a parlé ?
– C'est moi. Locja Vidfer, second de L'Évasion. Je vous prie de bien vouloir m'excuser, cher Monsieur, mais je vous serais reconnaissant si vous arrêtiez d'abîmer mes mousses. Je souhaiterais pouvoir prendre la mer avec un équipage au complet et, si possible, opérationnel. »

L'homme au bonnet rouge avait répondu d'une voix étrangement calme et sérieuse mais teintée d'une certaine ironie. Il reprit sur le même ton :

« De plus, vous qui n'avez, à première vue, pas l'habitude de venir dans ce noble établissement, je me permets de vous conseiller de ne plus brandir votre sabre entre ces murs. Vous risqueriez malheureusement d'essuyer la colère de notre hôte.
– Vous parlez avec un ton savant mais vous n'êtes qu'un vaurien assis derrière sa table à gribouiller un livre ! Mêlez-vous de vos affaires et laissez-moi gérer les miennes ! Je n'ai pas d'ordre à recevoir d'un vieil homme et tenez, le sabre, je le brandis en l'air ! Alors, où est l'hôte qui vous fait si peur ? » lança fièrement le poissonnier en pointant son arme vers le plafond à la vue de tous.

À ces mots, tous les regards de l'auberge se tournèrent vers le poissonnier. Un murmure parcourut l'assemblée. Locja Vidfer répondit :

« Soit vous êtes fou, soit extrêmement courageux. Dans les deux cas je me permets d'insister : relâchez ces deux garçons ou je serai dans l'obligation de… vous neutraliser.
– Me neutraliser ? En voilà une bonne ! Ces deux vauriens ont voulu me voler et j'entends faire justice ! Et dès maintenant ! »

Le poissonnier leva le sabre en l'air pour l'abattre sur Briac.

Pan !

Une balle se figea dans le poignet du poissonnier qui lâcha la lame dans un cri. Là, derrière le comptoir, Briac aperçut une vieille dame aux longs cheveux blancs coiffés en chignon. Son œil droit fixait Yann et Briac et son œil gauche était blanc, aveugle. Une longue cicatrice lui parcourait la joue droite. Vêtue d'une vieille robe marron usée, elle tenait dans ses mains un fusil encore fumant. La Murène avait été alertée par le bruit. D'une voix menaçante, elle s'adressa à l'homme au bonnet rouge :

« Vidfer ! Qu'est-ce que c'est que ce raffut ! Vous vous foutez de moi ou quoi ?
– Chère Madame, je vous présente mes excuses pour ce désagrément. Il semble qu'il y ait encore à Portivy̆ des personnes à qui il faut apprendre les manières. J'ai toutefois bon espoir que les intrus qui ont brisé la quiétude de votre calme établissement soient sur le départ, répondit Vidfer.
– La prochaine fois je ne viserai pas la main, ce sera directement une balle dans le crâne. Déguerpissez, vous trois ! Quant à vous, Vidfer, je vous donne une heure pour finir votre enrôlement et ensuite hors de ma vue ! vociféra la vieille dame.
– Je vous remercie pour votre accueil, je serai parti dans une heure. »

À ces mots, le forgeron et l'associé du poissonnier relâchèrent Yann et Briac, qui tombèrent lourdement au sol. Tout en soutenant leur camarade blessé, ils s'enfuirent par la porte d'entrée. Les deux frères, à peine remis de leur émotion, furent appelés : « Vous deux, venez signer ! Vite, avant que je ne change d'avis et vous laisse entre les mains de la milice. »

Yann et Briac se remirent difficilement sur pied et rejoignirent la petite table de Vidfer. Il leur tendit la plume :

« Si vous ne savez pas écrire, faites une croix ! Vous disposez d'une nuit pour dire au revoir à ce qui vous sert de famille. Demain, je vous attends au lever du jour au port. Vous embarquerez à bord de L'Évasion. Où habitez-vous ?
– Sur... sur... sur la côte sauvage, à la pointe de Kiviä, la petite maison en haut des falaises, répondit timidement Briac.
– Parfait. Si vous n'êtes pas demain à l'aube au rendez-vous, j'enverrai des hommes vous chercher et je vous livrerai directement à ce cher poissonnier qui ne saura comment me remercier d'un tel cadeau.
– Nous serons au rendez-vous. Combien de jours partons-nous ? interrogea Yann.
– Soyez au quai à l'heure demain, pour le moment vous n'avez pas besoin d'en savoir plus. Allez, hors de ma vue ! Au suivant ! »

Yann et Briac abasourdis quittèrent l'auberge sans un mot, les bras ballants. Tout cela était irréel. En jetant quelques regards par-dessus leur épaule, ils prirent la direction du sud et se retrouvèrent rapidement hors du petit port, sur le sentier côtier des Courlis.

CHAPITRE III

KIVIÄ, LA PETITE MAISON EN HAUT DES FALAISES

Le jour commençait à baisser. Au loin, le soleil touchait la mer et le ciel se parait de ses premières lueurs rose orangé. Une petite brise s'était levée et des vagues se mirent à blanchir autour du Roc-Vidy, un petit îlot rocheux triangulaire à quelques encablures de la côte. Le sentier que suivaient Yann et Briac épousait la frontière entre terre et mer. Une fois sortis du village, ils longèrent les grandes étendues sableuses de la plage du Fozo. À cette heure-ci, l'endroit était désert, seules quelques sternes étaient restées picorer les puces des sables. De petites dunes surplombaient la plage et on aurait pu croire à première vue qu'elles bougeaient tant le vent faisait se coucher puis relever les hautes herbes que l'on nomme ici « les queues de lièvres ». Ce paisible décor était bercé par la mélodie envoûtante du ressac de la mer.

Yann marchait en tête, le regard dur, les yeux froncés, il progressait d'un pas rapide. Dans sa tête, les idées se bousculaient. Quelle folie les avait pris de s'engager à bord d'un navire inconnu ? Pourquoi n'avait-il jamais entendu parler de L'Évasion ? Il connaissait pourtant par cœur l'ensemble des navires de pêche de la presqu'île. Pourquoi ce mystérieux Vidfer n'avait-il pas voulu leur donner plus d'informations ? Dans quel pétrin s'étaient-ils fourrés ? Briac ne tiendrait jamais la vie à bord : se lever tôt, remonter les filets, vider le poisson, replonger les filets et répéter ces tâches nuit et jour... Il faudrait encore le protéger.

Yann soupira. Son petit frère n'allait-il donc jamais apprendre de ses erreurs ?

Briac suivait derrière, à quelques mètres de Yann. Son cerveau bouillonnait. Engagé à bord d'un navire ! Un membre de l'équipage, lui, Briac ! L'Évasion était sûrement un fier marcheur, rapide comme le vent. Quelle chance ils avaient ! Tout allait mal et d'un coup les problèmes s'étaient évanouis. Certes, l'épisode de l'auberge avait été éprouvant et pour rien au monde il ne voudrait revivre l'expérience d'avoir une lame prête à s'abattre sur lui, mais à quoi bon ressasser cette scène alors que ses rêves les plus fous étaient sur le point de se réaliser ? Peut-être qu'ils croiseraient en mer des navires d'autres nations ! Un fier galion du royaume d'Opäle ou une frégate de la Lictée!

En silence, perdus dans leurs pensées sombres ou émerveillées, les deux frères s'enfoncèrent dans une petite forêt d'arbustes aux formes étendues et taillées par le vent du large. Le petit sentier déboucha sur la côte sauvage, en haut d'une imposante falaise. Là, bravant fièrement l'horizon, toisant de haut les écueils de la pointe de Kiviä, se tenait une petite chaumière en ruine. L'édifice était en pierre de granit et le toit avait été arraché depuis longtemps par les vents. Seul un petit angle restait abrité par quelques tuiles et une charpente qui tenait miraculeusement. Un petit enclos, formé par quelques bâtons, était accoudé à la maisonnette. Les murs n'étaient pas hauts, à peu près deux mètres, et l'unique pièce ne permettait pas de faire dormir plus de quatre personnes. Telle était la demeure de Yann et Briac: la petite maison en haut des falaises.

Yann s'était emmuré dans un silence de plomb. Briac savait que le moment n'était pas propice à faire étalage de sa joie mais il ne comprenait pas pourquoi son grand frère n'affichait pas un sourire vu leur situation inespérée. Ils rentrèrent dans la maison et chacun s'installa sur son lit: un tas de paille et une couverture en toile par-dessus.

Une pleine lune illuminait à présent la nuit. Allongés sur leur paillasse, Yann et Briac fixaient en silence le ciel. L'obscurité se reflétait dans les yeux de Yann tandis que ceux de Briac capturaient et gardaient précieusement chaque étoile.

CHAPITRE IV

HISSEZ LES VOILES !

« Yann ! Yann ! Lève-toi ! Lève-toi ! Il est l'heure de partir ! Vite ! »

Briac sautait d'excitation autour de Yann tout en le tirant par le bras pour le réveiller. Yann ouvrit péniblement les yeux et rumina : « Briac, du calme, du calme ! Je me lève ! » Les premiers rayons du soleil illuminaient la maisonnette, salués par les cris des goélands bleus en plein départ pour la pêche. Yann enfila sa chemise, se frotta le visage avec de l'eau et passa sa main dans ses longs cheveux noirs pour dégager ses yeux. Briac était déjà prêt, un baluchon sur l'épaule, un foulard sur la tête qui lui donnait un air ridicule, sa marinière parsemée de trous et son pantalon en toile marron. Il portait à sa ceinture un petit poignard dans un étui que Yann reconnut :

« Briac, est-ce que c'est nécessaire de prendre…
– C'est le cadeau de papa ! Imagine si je suis attaqué, je pourrai me défendre.
– Nous partons sur un navire de pêche ! À part si un poisson te défie en duel, je pense que tu n'auras aucune attaque à craindre, se moqua Yann.
– Il n'empêche, je le prends avec moi !
– Quelle tête de mule, prends-le mais si tu le perds tu ne pourras t'en prendre qu'à toi-même. »

Les deux frères se mirent en route. Briac cette fois-ci gambadait devant, défiant des ennemis invisibles en fendant l'air de son poignard : « *Chling* ! *Chlack* ! *Chling* ! Ainsi, tu résistes ? Voilà pour toi ! *Chling* ! » Yann, lui, n'avait pas dormi de la nuit. Il suivait son frère tout en tentant de rassembler ses esprits.

Remontant le petit sentier, les deux frères suivirent la côte jusqu'au village. Les alentours de Portivy étaient silencieux. Les rues étaient désertes, les habitants dormaient encore. En arrivant sur le port, ils furent surpris de ne voir aucun attroupement. Où étaient les marins prêts à embarquer sur L'Évasion ? La jetée était déserte. Les pêcheurs encore en mer. Une brume matinale s'était levée et un fumet d'algues mortes et de restes de poissons flottait dans l'air. Tout était parfaitement normal.

À travers le brouillard, Briac aperçut sur une cale de mise à l'eau, un homme adossé à un gros tonneau. Il fumait une pipe, portait un bonnet rouge et semblait regarder dans leur direction avec un air amusé.

« Eh bien, vous voilà. Je dois vous avouer que j'ai failli ne plus y croire. Vous êtes décidément surprenants, jeunes hommes, adressa-t-il aux deux enfants qui s'étaient approchés.
– Avions-nous le choix ? Nous avons une dette envers vous, nous la paierons et nous en irons, répondit sèchement Yann.
– On a toujours le choix, il suffit d'en accepter les conséquences. Et pour votre dette, elle sera payée à partir du moment où vous serez à bord.
– Mais il n'y a aucun navire à quai ? Où se trouve L'Évasion ? interrogea Briac.
– L'embarquement ne se fait pas ici, répondit Vidfer.
– Où se fait-il alors ? reprit Yann.
– Nous avons préféré un embarquement, comment dire, à l'abri des regards. C'est cela, à l'abri des regards. En marche maintenant. »

Les trois silhouettes quittèrent ainsi le port, cachées par la brume qui s'était encore épaissie. Ils passèrent devant l'auberge de la Mouette rieuse et remontèrent une petite ruelle vers le nord. Ils avançaient sans bruit, le pas léger. Yann et Briac suivaient Locja Vidfer qui marchait devant eux sans prêter attention aux deux enfants. Une fois sortis du village, ils suivirent là aussi la côte et arrivèrent sur une immense plage. Elle s'étendait sur plus d'une lieue et, au bout, une imposante montagne de roche semblait être tombée du ciel sur le sable. Contre le vent, ils remontèrent la plage, les vagues se brisant à quelques pas d'eux. Briac en profitait pour ramasser des cailloux et tenter de faire des ricochets. Au fur et à mesure qu'ils s'approchaient, la montagne grandissait. Cet imposant édifice naturel s'avançait dans la mer sur quelques encablures puis s'y jetait le long de falaises abruptes. Haut d'une centaine de mètres, il était composé d'une roche brune et sombre, comparable à de la pierre volcanique où aucune végétation ne poussait.

L'homme et les deux enfants arrivèrent au pied du roc de Penthièvre, car c'est ainsi que les gens d'ici l'appelaient. Là, les pieds dans l'eau, un homme les attendait. Il tenait dans sa main gauche une lanterne allumée et, dans sa main droite, un cordage relié à la proue d'une petite barque à moitié échouée sur le sable. L'homme les salua :

« Vidfer ! J'ai failli partir sans vous ! Qui sont ces petits ? Vos enfants ?
– Cesse tes moqueries, Tarïn, que je sois préservé d'avoir des mioches ! Voici nos deux nouveaux mousses. Fais attention, ce sont de dangereux criminels apparemment…
– Des dangereux criminels ? Eh bien je n'ai qu'à bien me tenir ! Allez en route, le capitaine va nous attendre. »

Yann se retint de répondre, il n'appréciait pas du tout qu'on se moque ainsi d'eux. Briac souriait et semblait heureux de rencontrer un autre marin. Les quatre individus embarquèrent, Briac et Yann à l'avant, Tarïn au centre aux avirons et Vidfer à l'arrière. Lentement, la petite embarcation s'éloigna du rivage, fendant les vagues qu'elle prenait à contre-courant.

C'était la première fois que Briac était à bord d'un bateau, la première fois qu'il était sur l'eau. En son for intérieur, le petit garçon tentait de contenir sa joie. Il serait sûrement malvenu qu'il hurle de bonheur alors que le départ se voulait discret. Plongeant son regard sur la mer, il rêvait déjà d'aventures. Yann le tenait par la chemise pour éviter qu'il ne tombe en se penchant trop. Il scrutait du regard Tarïn et Vidfer. Il se méfiait de ces deux inconnus qui ne disaient mot sur leur destination. Il serrait le poing, prêt à se battre si la situation virait au piège.

La barque qui filait vers le large en doublant la partie émergée de Penthièvre décrivit finalement un demi-cercle pour venir se présenter dans l'axe des falaises. L'embarcation surfait sur les vagues et Tarïn accéléra la cadence de ses avirons. Le petit équipage gagna en vitesse et Briac se retourna inquiet vers Yann :

« Nous fonçons sur les rochers ! »

Yann le savait, c'était un piège ! Jetant un regard vers les falaises, il s'apprêtait à apostropher leurs ravisseurs quand soudain, il aperçut une large ouverture dans la roche. Haute de plus de cinquante mètres, une imposante entrée de grotte apparut. De la côte ou du large, elle était invisible car cachée par le relief mais il suffisait de s'approcher suffisamment près des récifs pour l'apercevoir. Vidfer ricana derrière eux : « Ah ah ah ! Vous auriez vu vos têtes, mes garçons ! Vous étiez aussi blancs que les fesses de Tarïn. Ah ah ah ! Allez, du nerf, souque mon vieux ! » finit-il par dire à Tarïn qui redoubla d'effort. Ils entrèrent à toute allure dans la sombre cavité où la mer s'engouffrait avec eux.

À l'intérieur de la grotte, les vagues s'apaisèrent aussitôt. Des voix retentirent au loin. Au bruit qu'elles faisaient, elles devaient venir d'un groupe d'hommes important. Petit à petit, l'obscurité se fit moins profonde et les parois de l'immense trou dans la roche apparurent. Briac ne put retenir son exclamation :

« Yann, regarde ! Un cheval ! »

Yann se retourna et, levant les yeux, resta bouche bée. Devant eux se dressait sur l'eau une énorme sculpture de tête de cheval. Elle était finement travaillée bien que la pièce dût mesurer quatre ou cinq mètres de hauteur. La crinière semblait flotter en l'air, le regard était déterminé et fixait ce qu'il y avait devant. La barque contourna sur la droite l'imposante sculpture et, en sortant de son ombre, ils comprirent d'où venaient les voix : une petite plage couverte d'individus leur apparut alors. Yann et Briac ne savaient où poser le regard. Sur les parois de la grotte étaient accrochées des dizaines de torches et de lanternes qui éclairaient féeriquement la cavité. Sur la petite plage intérieure, une activité bruyante et rapide régnait : des hommes faisaient rouler des tonneaux, d'autres portaient sur l'épaule de gros sacs de toile, d'autres encore étaient affairés à recoudre des voiles et certains étaient occupés à lover d'importants bouts et cordages en tout genre. Tournant son regard, Yann l'aperçut : le navire ! L'imposante tête de cheval n'en était qu'une partie : elle formait la proue du bâtiment. Juste en dessous, sortant rageusement de l'étrave du navire, des pattes et de puissants sabots de bois semblaient fendre l'air comme si l'animal galopait sur l'eau. Derrière le cou du cheval, la coque du navire représentait d'immenses ailes d'oiseaux. De belles plumes plus vraies que nature avaient été sculptées dans le chêne. Quand on le voyait dans sa totalité, le navire était une prouesse artistique qui représentait avec beauté un étalon ailé se cabrant contre les vagues qu'il fendait. « Un cheval Pégase », chuchota avec admiration Briac. Le navire était un trois-mâts. La poupe était composée d'un grand chapiteau parsemé de belles fenêtres et de feuilles d'or. À l'arrière, de fines lettres penchées formaient le mot « L'Évasion ».

La barque toucha terre et sous le choc Briac tomba à la renverse sur le sable, ce qui amusa Tarïn et Vidfer. Ce dernier s'adressa à Yann qui relevait son petit frère :

« Allez vous signaler auprès du maître d'équipage, Balän. Suivez les cris, il devrait être au bout ! Dites-lui que je vous envoie, il saura vous occuper. Faites vite, nous appareillons dans la matinée avec la marée. »

Sonnés par ce décor inattendu, les deux frères firent quelques pas, à la recherche du maître d'équipage. Ils devaient se frayer un chemin dans le flot humain qui chargeait L'Évasion, s'excusant çà et là dès qu'ils gênaient la progression de quelqu'un. Beaucoup s'arrêtaient pour les dévisager, souriaient à leur passage puis reprenaient leur activité. Un groupe affairé à porter de petites cages où se trouvaient des poules se mit à rigoler en apercevant les deux enfants. Leur joie fut de courte durée car ils furent rapidement rappelés à l'ordre par un homme qui leur hurlait des ordres.

« Au travail, moussaillons ! Dépêchez-vous ou je vous enferme dans ces cages avec les poules ! »

Sûrement Balän, pensa Yann.

Ils se dirigèrent vers lui. L'homme était chauve et doté d'une grosse barbe. Son torse nu était recouvert de grandes cicatrices. Son œil gauche était traversé par une vilaine balafre. Timides et hésitants, Yann et

Briac se présentèrent.

« De nouveaux mousses ? Je pensais qu'on avait arrêté avec ça… J'avais dit au capitaine que ça ne servait plus à rien. Vidfer n'a dû en faire qu'à sa tête… et voilà qu'il vous envoie me voir.

Il ricana :

– Vous n'avez pas l'air très costauds, allez plutôt voir Éloi, il s'occupera de vous. Je n'ai pas de temps à perdre, finit-il par ajouter en leur tournant le dos.
– Monsieur Balän ! l'interpella Briac.
– Quoi ?
– Où pouvons-nous trouver…
– Le garçon avec la chemise verte là-bas. »

Sans en demander plus, les deux enfants se dirigèrent vers un tout jeune homme occupé à écrire avec une plume sur un parchemin. Il regardait attentivement ce qui était en train d'être chargé à bord et griffonnait sur son papier à intervalles réguliers.

« Bonjour… Vous êtes… Éloi ? demanda Briac.

Le garçon leva aussitôt les yeux de sa page et afficha un large sourire.

– Bonjour à tous les deux ! Oui, c'est moi !
– Je m'appelle Briac et voici mon grand frère Yann. Nous avons rencontré Monsieur Balän qui nous a dit de…

Briac fut interrompu.

– De nouveaux mousses ? C'est surprenant, je pensais qu'Astaldor n'en voulait plus. » Il marqua une pause comme perdu dans ses pensées, puis reprit avec énergie : « Cependant, je suis ravi de vous rencontrer ! Nous allons être amenés à beaucoup travailler ensemble ! Vous avez déjà navigué ? Vous connaissez la vie à bord ? »

Sans leur laisser le temps de répondre, il reprit avec entrain : « Bien, ne tardons pas, il faut charger ces caisses à bord. J'ai tout inscrit, il ne manque plus que ça. Vous voyez la pile là-bas ? Voilà, c'est ça qu'il faut charger. Prenez tout et dépêchez-vous, la marée ne va pas tarder à redescendre. »

Éloi se retourna alors et s'éloigna d'eux en recomptant à voix basse les lignes inscrites sur son parchemin.

« Éloi ?
– Oui, Briac ?

Il hésita de peur de poser une question sotte.

– À quel endroit devons-nous ranger les caisses à bord ?
– Une fois en haut, demandez à Balän, il saura vous répondre ! À bientôt !
– Eh bien, c'est un drôle d'oiseau celui-ci, dit Yann.

– Il a l'air gentil. Je suis sûr qu'il aura beaucoup de choses à nous apprendre.
– Ça, pour apprendre... Il nous donne des ordres alors même que nous avons sûrement le même âge. S'il joue au chef, pourquoi ne jouerait-il pas au professeur!
– Tu es dur, il nous a tout de même bien accueillis...
– Hé! Briac et Yann! les interpella Éloi. Dépêchez-vous de monter les caisses, le temps presse!
– J'avais raison... Il m'agace déjà », maugréa à voix basse Yann.

Les deux frères marchèrent vers un endroit où avaient été entassées trois caisses de bois. Elles ne portaient aucune inscription et étaient percées d'un trou de chaque côté pour faciliter leur transport. Yann se saisit de deux caisses, laissant à Briac la plus petite. Elles étaient lourdes et le contenu faisait du bruit. Était-ce du métal? À n'en pas douter. Sûrement des outils de pêche: des hameçons, des piques, des plombs surtout... Titubant presque sous le poids, ils empruntèrent une passerelle pour monter à bord. La montée ne fut pas simple, Briac crut plusieurs fois qu'il allait tomber en arrière emporté par le poids de son fardeau. La passerelle était bringuebalante et composée en tout et pour tout d'une vieille planche instable. Une fois à bord, ils reconnurent le maître d'équipage, Balän. Sans leur prêter plus d'attention que lors de leur premier échange, il leur indiqua où ranger les caisses en pointant un petit escalier qui descendait du pont supérieur vers l'intérieur du bateau. Ils s'engouffrèrent dans la coque, toujours courbés par leur charge. L'endroit était sombre, grouillant de marins s'affairant en tous sens. Ils aperçurent dans la pénombre la petite porte que leur avait indiquée Balän. Alors qu'ils étaient sur le point d'y pénétrer, un marin les interpella :

« Eh vous deux ! Vous en avez mis du temps, cela fait plus d'une heure que j'attends ces caisses ! Déposez-les là ! »

Sans insister, Yann et Briac déposèrent leur cargaison. Alors qu'il s'apprêtait à remonter l'escalier, Yann se retourna au moment où le marin ouvrait la petite porte pour y rentrer les caisses. L'homme empoigna une lampe à huile et la pièce s'éclaira. Il ferma la porte derrière lui mais Yann eut le temps d'apercevoir rapidement ce qu'elle contenait. Des armes ! Des lames de sabres, des haches, des coutelas et des dagues reflétaient avec éclat la faible lumière de la lampe.

« Tu viens, Yann ? l'interpella Briac du haut de l'escalier.
– Oui, voilà, voilà, j'arrive. »

Sa découverte troublait Yann mais il n'était pas encore temps d'en parler à Briac. Son petit frère ne savait pas garder sa langue, Yann devait mener l'enquête seul.

À peine arrivés en haut de l'escalier, les deux frères furent interpellés par Balän :

« Vous avez apporté les caisses ? Maintenant, allez donner un coup de main aux gabiers. Ceux qui tressent des cordages, là ! Il faut accélérer la cadence, aidez-les à monter à bord tous les bouts, nous allons bientôt appareiller. »

Finalement, une heure passa ainsi où les deux mousses enchaînèrent les tâches, aidant çà et là à charger tout type de cargaison. À mesure que la matinée avançait, la lumière des torches qui éclairaient la grotte diminuait et l'équipage se retrouva rapidement contraint de travailler uniquement à la lueur des quelques lanternes postées sur le pont du navire. Laisser s'éteindre les torches sans laisser de trace… Était-ce lié à ce surprenant lieu de départ ? Pourquoi appareiller à l'abri des regards ? Faisant une pause, assis sur le bastingage, Yann s'inquiétait.

Soudain, le bruit strident d'un sifflet retentit, suivi d'une puissante voix :

« Tous à vos postes d'appareillage ! Nous levons l'ancre ! » S'ensuivit un fabuleux désordre dont Briac ne rata pas une miette. Des marins coururent à la proue pour remonter l'ancre tandis que d'autres montèrent dans les haubans, prêts à envoyer les voiles. Un homme grimpa même tout en haut d'un mât et s'installa sur un petit promontoire pour surveiller les alentours. Emportée par un fort courant, L'Évasion se dirigea avec aisance vers la sortie de la grotte. La lumière du jour apparut et le bruit des vagues retentit. Fièrement, le navire à tête de cheval fendit les eaux et s'expulsa de sa cachette. Aussitôt, l'ensemble des voiles furent envoyées et L'Évasion, gonflée par un fort vent arrière, fila cap à l'ouest.

Yann et Briac étaient à la proue du navire, là où les vagues étaient piétinées par les sabots de bois. La sensation de liberté et de vitesse enivrait Briac. Yann se demandait s'il était encore temps pour eux de sauter à l'eau et de rejoindre le rivage à la nage. Il s'imagina la scène mais fut sorti de ses pensées quand Éloi les rejoint :

« Ah, vous voilà ! Merci pour le coup de main de tout à l'heure ! On admire la vue ?
– Oui, c'est magnifique ! Regardez derrière, la côte s'éloigne ! Nous quittons la presqu'île ! répondit Briac.
– Et pour aller où d'ailleurs ?
– Il y a des choses qui ne peuvent être révélées qu'en temps utile, Yann. Je ne peux répondre à ta question pour le moment car je n'en ai moi-même pas la réponse. Cependant, je peux vous faire visiter le navire ?
– Avec plaisir ! s'exclama Briac en tapant des mains.
– Eh bien, allons-y », leur lança Éloi avec un clin d'œil.

Ils passèrent ainsi de pont en pont, Éloi expliquant les rôles de chacun, les termes pour désigner telle action ou tel objet, les habitudes à bord, les traditions, les grades, etc. Ils se trouvaient à présent à l'avant du navire, au niveau du faux-pont, juste en dessous du pont de batterie. Éloi leur désigna des hamacs suspendus à de gros piliers en bois. « Voilà où vous dormirez. Je dors dans le hamac de gauche, à vous de choisir celui que vous voulez. » Puis, la visite reprit. Ils remontèrent à l'air libre et purent remarquer que, déjà, la terre disparaissait dans le sillage de L'Évasion. Ils retournèrent à la proue et s'assirent par terre contre le bastingage à l'abri du vent et des embruns.

« Éloi, qui dort ici ? interrogea Briac en montrant du doigt une grande cabine aux belles fenêtres, à l'arrière du navire.
– Ce sont les cabines du capitaine et du second. Vous connaissez le second je crois, Vidfer. Un homme dur mais droit. S'il vous a recrutés, c'est qu'il a vu quelque chose de grand en vous. Faites-lui confiance. Et le capitaine se nomme Josan Astaldor. Beaucoup disent qu'il est le meilleur capitaine de tout le pays d'Harmä. Je fais partie de ces gens-là, ajouta-t-il avec un clin d'œil.
– Et toi ? Comment t'es-tu retrouvé à bord ? demanda Yann.
– Oh ! C'est une longue histoire… Je vous la raconterai à l'occasion !

– Tu es un mousse comme nous ?
– Non, Briac, je suis second maître d'équipage. Mais j'ai été mousse auparavant, comme vous.
– Qu'est-ce que ça veut dire second maître d'équipage ?
– Que vous êtes sous mon commandement, Messieurs, répondit Éloi en souriant.
– Nous sommes combien de mousses ?
– Vous êtes tous les deux. Et il me semble que c'est la toute première fois que des frères sont engagés à bord.
– Où sont les autres mousses ? Pourquoi étais-tu surpris que nous ayons été recrutés ? interrogea brutalement Yann.
– Il... Il n'y a pas d'autres mousses. Comme je vous l'ai dit, vous êtes les seuls à bord.
– Quelle est la mission que nous suivons ? J'ai vu des armes à bord, jamais un tel navire n'a été aperçu sur la presqu'île.
– Bien, je dois malheureusement vous laisser. J'ai quelques tâches à faire... Nous nous retrouverons ce soir pour le dîner !
– Bien entendu... Et nous, que devons-nous faire ? J'imagine qu'on ne va pas regarder la mer défiler sous nos yeux toute la journée, demanda Yann.
– Ah oui, c'est vrai ! Que savez-vous faire ? Vous savez grimper ? Parfait, montez tous les deux au nid-de-pie. Vous trouverez Œil-de-Faucon, notre vigie ! Donnez-lui un coup de main, il appréciera ! À plus tard ! »

Et Éloi disparut une nouvelle fois. Soudain, un sifflet retentit suivi d'une puissante voix :

« Rassemblement devant la dunette, rassemblement devant la dunette ! »

Tout l'équipage se mit en branle : des marins descendirent des mâts, d'autres sortirent des entrailles du navire, et tout le monde se regroupa devant le château arrière. Instinctivement, Yann et Briac suivirent le flot humain et rejoignirent la petite foule amassée là. En haut de la cabine se trouvait Vidfer, un sifflet à la main, ainsi que Balän et Éloi. Sous lui, une porte s'ouvrit d'un coup et une clameur retentit aussitôt. Sous les acclamations, un homme sortit et, remontant les marches, vint se poster aux côtés du second. Il avait fière allure. De là-haut, il observa attentivement la foule. Il était coiffé d'un vieux tricorne usé, posé sur de longs cheveux noirs. Une barbe de quelques jours parcourait son visage et ses deux yeux verts aiguisés observaient autour de lui. Il était vêtu d'un long manteau bleu marine doublé de rouge à l'intérieur qui lui descendait jusqu'en bas des genoux. Deux rangées de six boutons d'or se tenaient face à face. Il portait une chemise blanche et son pantalon trop grand finissait sa course dans de grandes bottes en cuir qui faisaient résonner chaque bruit de pas. Et il arborait deux grosses ceintures en bandoulière. L'une était reliée à un fourreau qui laissait sortir le pommeau d'un beau sabre, l'autre était reliée à un petit étui où reposait un pistolet au long canon. Il semblait tout droit sorti des légendes de pirates contées par le père de Yann et Briac.

« Ce doit être le capitaine Astaldor ! » chuchota Briac à l'oreille de son grand frère.

Bien qu'une certaine grandeur ressortît du personnage, il avait un regard sévère et mystérieux qui appelait à la méfiance. L'homme ne prit pas la parole mais il leva la main droite, ce qui fit aussitôt taire les acclamations. Il scruta la foule en silence, dévisageant chacun avec attention. Il posa les yeux sur Yann qui détourna rapidement la tête, puis dirigea son regard vers Briac. Le jeune garçon eut l'impression d'être transpercé par les yeux du capitaine comme s'il voyait au plus profond de lui, comme s'il avait accès à ses souvenirs, ses faiblesses, peut-être même le vol de la veille ? Briac rougit, avala sa salive, raidit sa mâchoire et souffla au moment où le capitaine détourna son regard. Après avoir scruté l'équipage, Astaldor fit un signe de tête à Vidfer, qui commença aussitôt :

« Messieurs, quel bonheur de nous retrouver une fois de plus à bord de L'Évasion ! À en voir vos mines réjouies, je devine que je ne suis pas le seul à ressentir la joie de reprendre la mer. Une dizaine d'hommes ont rejoint nos rangs, fraîchement recrutés dans ce trou perdu de Portivy. Il faut être fou pour vouloir rejoindre des canailles dans notre genre, mais aucun n'a été forcé, ah ah ah ! Ainsi, Messieurs, bienvenue à bord ! L'Évasion est un navire difficile à dompter, vous n'embarquez pas pour une croisière sur les eaux de Virtös, mais vous verrez qu'une fois qu'on obtient sa confiance, on peut lui rester attaché bien plus longtemps qu'on ne l'imaginait. »

La plupart de l'équipage acquiesça à haute voix.

« Je serai votre second, Vidfer. À ma droite : le capitaine Astaldor, à ma gauche : Balän, votre maître d'équipage, et enfin Éloi, votre second maître. Ne vous fiez pas à son pelage de jeune chaton inoffensif, il paraît qu'il peut griffer ! »

De nouveaux rires parcoururent l'assemblée. Astaldor en profita pour adresser quelques mots à l'oreille de Vidfer qui reprit sur un ton plus sérieux.

« Comme à chaque sortie en mer, notre quête se doit de rester secrète. Ce n'est qu'en temps utile et nécessaire que vous seront dévoilés nos objectifs. Si cela pose un problème à quelqu'un, qu'il saute par-dessus bord poser la question aux requins. Une tâche nous a été confiée et nous la réaliserons. Pour Harmä et pour le Roi !
– Pour Harmä et pour le Roi ! » reprit en chœur l'équipage.

Vidfer se tourna vers le capitaine Astaldor qui afficha un air satisfait. Balän et Éloi s'approchèrent de la balustrade. Là encore, des acclamations s'élevèrent de la foule. La relation entre l'équipage et ses deux porte-parole était bonne, elle l'avait toujours été. Balän prit la parole :

« Nous faisons cap à l'ouest. Pour le moment, nous naviguons dans les eaux autorisées, donc aucune restriction si ce ne sont celles obligatoires : deux lanternes maximum par pont la nuit et aucun bruit superflu. Soyez vigilants et ouvrez les deux yeux à la vigie. Pour fêter notre départ, le capitaine offre une ration de tafia ce soir pour chaque homme. »

Il se tourna vers Yann et Briac.

« Même les mousses ! »

L'équipage applaudit et se moqua une nouvelle fois des jeunes garçons. Les deux frères rougirent, ne sachant quelle posture adopter face à tous ces regards et ces rires.

« Allez, rompez ! Au travail, Messieurs ! Vous boirez ce soir ! » ordonna Vidfer.

Aussitôt l'équipage se dispersa.

« Tu as vu comme le capitaine est fier. Tu as vu son sabre ? Tu as vu son pistolet ? Je voudrais être comme lui plus tard…

– Toi, capitaine d'un navire ! Permets-moi de rigoler ! Tu ferais un nautique que tu serais échoué ! Allez, montons en haut du mât retrouver cet Œil-de-Faucon », répondit Yann devant l'air désabusé de Briac.

Ils se dirigèrent sous le grand mât et jetant leur regard en l'air, à plus de trente mètres de haut, ils aperçurent la silhouette d'un homme assis sur un petit perchoir. « Voilà notre homme », songea Yann.

« Monte sur ces échelles de corde et tiens-toi bien, Briac. »

Avec une adresse remarquable, ils grimpèrent de chaque côté du mât et arrivèrent rapidement en haut. Là, une petite plateforme circulaire, comme un balconnet à trois cent soixante degrés, entourait le mât. Un homme avec une longue-vue dans les mains était assis, dos au mât, et lançait quelques regards autour de lui. Sans même se tourner vers eux, il parla d'une voix grave :

« Nouveaux, hein ?
– Oui, nous sommes Yann et Briac, répondit Briac. Et vous... Vous êtes Œil-de-Faucon ?
– Ils vous envoient parce qu'ils croient que je ne vois plus autant qu'avant. Ils sont si prévisibles...
– On nous a demandé de vous aider à assurer la vigie, personne n'a parlé de votre vue...
– M'aider... », il ricana à voix basse.

Un silence s'installa. Les deux frères n'osaient prendre place, ne sachant pas s'ils étaient les bienvenus. Au bout d'un instant, Œil-de-Faucon rompit le silence :

« Vous n'allez pas rester ainsi toute la journée, allez, installez-vous. »

Les enfants grimpèrent sur le nid-de-pie et s'assirent aux côtés du vieil homme.

« Pourquoi... Pourquoi vous appelle-t-on Œil-de-Faucon ? » interrogea Briac.

L'homme prit une longue inspiration en perdant son regard à l'horizon. Il semblait que de vieux rêves dansaient dans ses yeux.

« Il n'y a plus de faucon sur les littoraux d'Harmä depuis bien longtemps. Ces animaux sont solitaires et vivent désormais en haut des montagnes aux pics acérés. Ils disposent d'une vue que certains disent magique... On dit qu'ils peuvent apercevoir un rongeur à plus de deux mille pas et cela même si la proie est immobile. Voilà pourquoi ils m'ont nommé ainsi. Et ils ont eu raison...

Un sourire s'afficha sur ses lèvres. Il reprit :

– Certains avaient proposé Œil-de-Lynx. Je préférais le faucon. Il vit plus haut, perché dans son nid. Il semble que le destin ait bien fait les choses, le lynx est désormais lié au jeune Éloi.

– Le lynx ? Éloi est également à la vigie ? questionna Briac.
– Oh non. Éloi n'a jamais beaucoup apprécié être ici. Il s'ennuyait trop.
– Pourquoi l'associe-t-on à cet animal alors ?
– Sais-tu t'exprimer sans poser de question, petit ? Voilà un interrogatoire que je n'ai pas l'habitude d'avoir, dit-il en souriant. Dans ce nid-de-pie, c'est le silence qui offre les meilleures réponses. Plongez vos yeux dans la vue qui s'offre à vous et observez en silence les flots. C'est notre chance nous autres de la vigie, gardiens solitaires du phare, nous avons la plus belle vue… »

Briac n'insista pas. Il tâcha comme Yann d'observer la mer autour de lui. Le spectacle était magnifique. Au loin derrière, une petite tache brune rappelait la presqu'île de Tirös et Portivÿ. Devant lui, à tribord, à bâbord, la mer à perte de vue. L'Évasion semblait glisser sur un nuage d'eau interminable ce qui donnait, de là-haut, un sentiment de liberté infinie. Proches d'eux, quelques mouettes semblaient les escorter dans les airs en volant en formation désordonnée. Brisant les vagues, L'Évasion laissait derrière elle un beau sillage blanc qui disparaissait dans les embruns.

CHAPITRE V

LES QUATRE PRINCES

La majeure partie de la matinée s'écoula ainsi. À un moment, quand Œil-de-Faucon le leur indiqua, ils descendirent tous les deux pour déjeuner. Le repas était servi sur le pont supérieur, au pied du mât. En file, chacun se voyait remettre une écuelle en bois avec du poisson et du chou. Ils s'assirent par terre dans un coin. Briac grimaça en goûtant le chou ce qui agaça fortement Yann qui le reprit :

« Tu n'aimes jamais rien, mange, il n'y a que ça ici ! Nous n'aurions jamais dû embarquer à bord de ce navire. On aurait dû fuir, se cacher quelques jours dans les alentours de Portivy et réapparaître comme si de rien n'était. Ce n'est pas un bateau de pêcheurs et cette mission secrète que nous suivons ne me dit rien qui vaille. Nous sommes dans de beaux draps, si

seulement tu m'avais écouté sur le marché, on n'en serait pas là !
– Si je t'avais écouté, nous ne serions jamais montés sur un navire, nous n'aurions jamais monté en haut d'un mât, nous n'aurions rien vu de nouveau. Nous faisons partie d'un équipage, nous voguons sur un navire en pleine mer ! On ne voit même plus la côte, regarde ! On pourra raconter notre histoire à Portivy̆ quand on reviendra !
– Pff ! À qui voudras-tu raconter notre histoire ? Au poissonnier ? Au forgeron ? Faut-il encore en revenir de cette mission… »

Briac n'eut pas le temps de répondre car déjà un coup de sifflet indiqua la fin du déjeuner. Le petit garçon fut déçu de ne pas avoir aperçu Éloi, il avait des questions à lui poser, ils remontèrent donc à leur poste sans un mot. Œil-de-Faucon n'avait pas bougé et, quand Briac lui demanda s'il avait déjeuné, il mit son doigt sur sa bouche en signe de silence. Si le spectacle était toujours aussi beau, le temps pouvait sembler long là-haut surtout qu'ils ne croisaient personne sur leur route. Quand quelques heures plus tard, un nouveau coup de sifflet indiqua l'heure du dîner, Briac descendit rapidement du mât. En bas, sur le pont supérieur, l'équipage s'était amassé et chacun se fit servir en bœuf et légumes. Puis, à la différence du déjeuner, ils s'assirent en grand cercle. Yann et Briac, leur assiette servie, furent rejoints par Éloi.

« Salut Yann et Briac ! Bonne première journée ? Vous avez rencontré Œil-de-Faucon, alors ? Il est gentil, hein ? Pas un grand bavard mais un homme bienveillant. Il dit qu'il économise ses mots. Ah ah ah !
– Nous ne t'avons pas vu au déjeuner, dit Briac.
– Oui, j'ai été pris, nous étions entre officiers. Alors Yann, la vue est belle en haut, non ?
– C'est surtout de l'eau, quoi.
– Voilà qui est très perspicace.
– Tu te moques de moi ?
– Non, bien sûr que non, Yann. C'est notre façon de nous exprimer à bord. Il est toujours amusant de tester l'autodérision de chacun… Je note de ne pas retenter ma chance !
– Yann n'aime pas ne pas savoir ce qu'est L'Évasion. Nous nous attendions à embarquer sur un bateau de pêche, il n'y a que ça à Portivÿ, expliqua Briac.
– Ce n'est pas ça. Je n'aime pas qu'on plaisante à mon sujet, c'est tout. Et oui, le mystère autour de ce navire est grotesque. Chacun devrait savoir pourquoi il s'engage.
– Les Quatre Princes ne savaient pas dans quoi ils s'engageaient avant de découvrir Prolis, pourtant ils ont embarqué, plaisanta Éloi.
– Les Quatre Princes ? Qui est-ce ?
– Bah… Les Quatre Princes ! Ignis, Vesda, Lüto, Tuolii… Ça ne vous dit rien ?

– Puisqu'on te dit qu'on ne sait pas, répondit Yann agacé de passer pour un ignorant.
– Mais tout le monde connaît cette histoire ! Il faut absolument remédier à cela ! C'est comme connaître son prénom... Ah ah ! » Aussitôt, Éloi se leva et alla chuchoter à l'oreille d'un homme assis à quelques mètres d'eux. Les deux frères reconnurent l'homme, c'est lui qui les avait attendus sur la plage de Penthièvre. Le marin regarda Yann et Briac puis sembla acquiescer. Éloi revint vers eux avec un air satisfait.
– Que lui as-tu dit ? demanda Briac.
– Il s'appelle Tarïn. C'est lui qui raconte les histoires à bord. Je lui ai dit que vous ne connaissiez pas celle des Quatre Princes. Il va vous la raconter à la fin du dîner, sourit Éloi.
– J'ai hâte, répondit Briac qui mangea rapidement le reste de son assiette.
– Et pourquoi n'est-ce pas toi qui nous la racontes si tu connais si bien cette histoire ? rétorqua Yann.
– Oh non, moi, je raconte très mal, Tarïn est bien meilleur pour cela. Vous verrez, la fin du dîner est le moment où le tafia est ouvert et où la nuit porte l'imagination ! »

Yann ne répondit pas et se tut pour le reste du dîner. Briac et Éloi en profitèrent pour se raconter leur journée respective. Puis Éloi continua de présenter la vie à bord, les termes marins, les noms de l'équipage...

Petit à petit, la nuit tomba sur L'Évasion et trois lanternes furent installées au milieu du cercle du dîner. Les premiers verres de tafia furent distribués et aussitôt les conversations s'animèrent de rires et quelques chants démarrèrent. Briac crut vomir quand il posa les lèvres à son verre, ce qui fit rigoler Éloi et amusa presque Yann. C'est à ce moment-là que Tarïn fendit le cercle et se présenta au milieu de la scène. Tous se turent en un instant, comme habitués à cette cérémonie. Tarïn contempla du regard chaque membre de l'équipage et prit une voix profonde venue de siècles anciens : « Chers amis, mes frères, ce soir laissez-moi vous conter l'histoire des Quatre Princes et de la chute d'Harmä. Oh, je sais que beaucoup d'entre vous connaissent cette histoire, mais je ne doute pas un instant qu'ils voyageront de nouveau volontiers dans les temps bénis où notre pays était encore une fière nation qui n'avait rien à envier à ces joueurs de flammes et barboteurs d'eau du Sud. Notre histoire commence en l'an un de notre temps au moment où, venus du ciel tels des anges, quatre princes posèrent le pied dans notre monde. En ce temps-là, Prolis n'était qu'une terre inhospitalière, plongée dans une nuit infinie, sans vie et sans espoir. Au milieu des ténèbres jaillirent cependant les éclats des forces, la lumière des Quatre, les talismans d'Amparion. Cette douce lueur provenait des quatre sources des forces : la Flamme du Feu éternel, la Fiole des Larmes, le Gland des Âges et le Globe des Premiers Vents. Chaque Prince détenait l'un de ces précieux objets. L'aîné des frères, car oui ils étaient quatre frères, se nommait Ignis. D'une plus haute et plus noble stature que les trois autres, il était aussi robuste que le granit, plus rapide que le vent dans les mâtures et plus beau qu'aucun de vous le sera jamais ! » Tout l'équipage se mit à rire, quelques verres en bois volèrent mais Tarïn les évita facilement et reprit son histoire comme si de rien n'était. « Ignis était le détenteur de la Flamme du Feu éternel, une longue torche qui ne s'éteignait jamais. Cet objet d'une très ancienne magie lui permettait de contrôler le feu. Il pouvait faire apparaître des flammes dans ses mains, les faire valser en l'air, les projeter pour détruire un adversaire ou un obstacle, allumer le foyer d'une cheminée, transformer une pierre en lave ou éclairer le plus sombre des caveaux souterrains. La légende raconte qu'il apprivoisa si bien le feu que ses cheveux blonds avaient laissé place à de belles flammes qui ne le brûlaient jamais. Le deuxième talisman de pouvoir, la Fiole des Larmes, fut légué à Vesda. Le deuxième frère était d'un caractère aussi noble que son aîné mais alors qu'Ignis rayonnait par sa puissance physique, Vesda illuminait ses pairs par la noblesse de sa démarche, l'extrême précision de sa gestuelle et son immense sagesse, source intarissable de justice. La Fiole des Larmes contenait disait-on des larmes d'Amparion, grand roi d'Eïndras, souverain d'une ère plus ancienne que nos temps les plus reculés. Ces larmes royales dotaient Vesda de la capacité de contrôler l'eau. Il s'adressait aux ruisseaux, chantait pour les fontaines et chuchotait aux lacs et aux étangs. À ses paroles, il associait des gestes délicats, précis et majestueux et les eaux, comme soudainement plus légères que des nuages, se soumettaient à sa volonté, dansant dans les airs ou sortant de leur lit, guidées par la volonté de leur maître. Vesda pouvait ordonner à une rivière d'irriguer des cultures, à un puits de se remplir, à une eau de sortir de son seau et d'éteindre un incendie en haut d'une tour. Certains contes disent même que, par jour de tempête, Vesda se dressait face aux éléments, perché sur une imposante falaise et que, d'un geste, il ordonnait aux vagues de se calmer. Le Gland des Âges fut remis à Lüto. Il était différent des trois autres car il était solitaire, discret et ne souhaitait pas intervenir dans les choses qui font le monde. D'une personnalité plus mystérieuse que réservée, son regard noir semblait sonder le cœur et l'âme des gens qui s'adressaient à lui. Il était peu apprécié de son entourage, peut-être à l'exception de ses frères, mais cela lui convenait. À la différence des autres de la fratrie, le Gland des Âges ne le dota d'aucun pouvoir mais Lüto semblait connaître sa destinée. Quand vint le moment de le planter en terre, il en tira des dons bien plus exceptionnels que les autres talismans. Au benjamin de la fratrie fut remis enfin le Globe des Premiers

Vents. Cette petite sphère de cristal transparente renfermait un souffle qui tourbillonnait sans cesse avec grâce dans son bocal. Tuolii, impulsif, rebelle mais terriblement courageux, conservait précieusement son globe car il était doté d'un pouvoir rêvé de tous : la maîtrise de l'air. Il pouvait créer une bourrasque en pleine accalmie, faire coucher les arbres, créer un mur de souffle puissant, mais surtout : il pouvait voler. Ce don ne lui fut pourtant pas envié de la part de ses frères car chacun disposait de la maîtrise d'une force qui épousait parfaitement qui ils étaient. La relation entre chaque frère et leur force respective était si personnelle et fusionnelle qu'on parla rapidement de charme : on ne maîtrisait pas le feu ou l'eau, on les charmait. Les Quatre Princes furent alors les quatre premiers charmeurs des forces. Ignis fut surnommé le Dompteur des Flammes, à Vesda fut attribué le nom de Conteur des Eaux, Lüto devint bien plus tard le Dresseur de la Nature tandis que Tuolii était connu comme Danseur des Vents.

Du néant et de la désolation, les Quatre Princes firent naître la vie et l'espoir. Ils nommèrent cette planète Prolis et le territoire où ils fondèrent leur premier campement, Harmä, “la Première Terre”. Mais ils n'étaient pas seuls sur Prolis. En ces temps obscurs, des ombres se multipliaient dans le noir. Avides de sang, immondes et malveillantes, des créatures crièrent leurs hurlements de guerre dans la nuit.

Les Autres… » Un frisson parcourut l'équipage. Les sourires tombèrent des visages. Une peur ancienne, transmise de génération en génération, se lut alors dans les regards. Tarïn qui se nourrissait de l'effet de ses paroles sur son auditoire, reprit gravement son histoire. « Peu de choses ont été écrites sur les Autres, peu de choses ont été gardées en mémoire, peut-être en est-il mieux ainsi. Une seule certitude s'affirma cependant dans les villages de nos anciens : ces immondices ne voulaient pas de leur présence. Se nourrissant de chair humaine, abreuvant leur soif par le sang, les Autres attaquèrent en grand nombre les Hommes retranchés en Harmä. Ainsi commença la Grande Guerre, la Guerre de l'Ombre. Des années de lutte entre Anciens et Autres, entre lumière et obscurité, entre espoir et dénouement funeste. »

Vidfer interrompit le conteur dans son histoire.

« Ce sera tout pour ce soir, Tarïn ! Nous avons besoin d'un équipage en forme, à vos hamacs, Messieurs. »

Sans broncher, l'équipage se leva et vida en silence le pont supérieur. Briac brûlait de questionner Éloi sur l'histoire contée par Tarïn mais il savait qu'il était temps de dormir. Les trois compagnons quittèrent le pont supérieur, traversèrent le pont de batterie et atteignirent le faux-pont où se dressaient les hamacs de l'équipage. Suspendu dans les airs, les yeux fixant le plafond de bois, Briac rêvait qu'il volait tout en jetant des flammes autour de lui. Yann mit du temps à s'endormir sans savoir si cela était dû aux fariboles qu'il venait d'entendre ou à la peur d'avoir entraîné son petit frère dans une aventure bien plus périlleuse qu'il ne l'avait imaginée.

CHAPITRE VI

BRUMES DE GUERRE

« Il faut se réveiller, le soleil est déjà levé depuis plus d'une heure ! Debout les crabes, la mer monte ! Ah ah ah ! »

Visiblement, Éloi était matinal, de bonne humeur et bien décidé à faire sortir Yann et Briac de leur hamac. Les deux frères ouvrirent les yeux avec peine. La veille avait été éprouvante et il leur faudrait encore plusieurs nuits avant d'être habitués à dormir dans un hamac bringuebalé par le roulis. Ils enfilèrent leurs vêtements et gravirent lentement les marches vers le pont supérieur. Là, ils purent attraper un bout de pain que le cuisinier distribuait pour le petit-déjeuner et ils se servirent un gobelet d'eau. L'atmosphère dehors était lugubre. L'Évasion était entourée de toute part d'une épaisse brume, on n'y voyait pas à dix mètres. Auréolé de ce brouillard, le navire avançait au ralenti dans un silence angoissant. On aurait pu croire qu'il voguait sur un nuage car la mer ne faisait aucun bruit, le vent avait disparu et la brume étouffait tous les sons, même les voix. Yann se renfrogna : être réveillé par Éloi avait suffi à le mettre en rogne et voilà que le temps parachevait un début de journée exécrable.

Briac avait mal dormi. Il avait attendu le matin afin de pouvoir interroger Éloi sur l'histoire contée la veille par Tarïn. Quelle était la suite ? Ces Princes avaient-ils réellement existé ? Pourquoi le troisième frère, Lüto, possédait-il un artefact sans pouvoir ? Après avoir mangé son bout de pain, Briac jugea que le moment était opportun pour obtenir les réponses à ses questions. Cependant, alors qu'il ouvrait la bouche, Balän interpella Éloi :

« Eh Éloi ! Envoie un mousse là-haut ! On n'y voit rien et Œil-de-Faucon ne sera pas contre une paire d'yeux en plus. Et le capitaine nous fait appeler dans sa cabine, réunion des officiers !
– Entendu, Balän, lui répondit Éloi. Yann, rejoins Œil-de-Faucon à la vigie et ouvre bien les deux yeux. Aussi loin des côtes nous avons peu de risque de foncer sur un écueil mais on ne sait jamais, on n'y voit rien aujourd'hui. Briac, il faudrait commencer à laver le pont supérieur. Ce n'est pas une tâche très noble mais c'est primordial. Commence par la proue, le seau

et les balais y sont déjà. Merci à tous les deux ! »

Une fois de plus, Éloi se volatilisa. Yann crut s'énerver mais un demi-sourire s'afficha sur ses lèvres en voyant l'expression du visage de Briac quand il apprit sa tâche du jour. Son petit frère aurait préféré être à la vigie plutôt que d'astiquer le plancher du pont supérieur toute la journée.

« Allez, P'tit Frère, courage, c'est ton aventure ! Briac le grand nettoyeur des mers ! Bon ménage, je monte à… »

Là encore, ils furent interrompus dans leur discussion par Balän qui revint vers eux avec un fusil et une ceinture de cartouches dans les mains.

« Qui est de vigie ? Toi ? Bien, prends ce fusil et ces balles. Comme la brume diminue la portée de notre voix, on va devoir communiquer par coup de feu. Si vous apercevez quelque chose de dangereux, un rocher isolé ou autre, tire un coup en l'air et descends immédiatement expliquer la situation à l'homme de barre. Si nous devons dévier de cap urgemment, ne descends pas et tire en l'air deux coups de feu pour la barre à bâbord toute et trois pour tribord toute ! Entendu ? Bien ! Allez, monte et ouvre l'œil !
– À vos ordres, Monsieur ! »

Yann fixa le fusil dans son dos. Il avait fière allure avec la ceinture et la bandoulière qui formaient un X sur son torse.

« Tu sais te servir d'un fusil ? demanda Briac, jaloux mais quelque peu admiratif.
– Oui je sais tirer. Papa m'a montré. Ça permettait de nous nourrir quand maman était malade. C'est peut-être l'une des seules choses qu'il m'ait apprises... Allez, dépêche-toi si tu ne veux pas avoir d'ennuis, moi je monte. »

Et Yann, toujours avec une grande habileté, escalada les haubans du grand mât pour rejoindre le poste de vigie. Quand il fut à une dizaine de mètres d'altitude, Briac le vit disparaître dans le nuage de brume. Alors, d'un pas las, le petit garçon empoigna le balai et le seau d'eau et se mit à gratter le bois du pont.

La matinée avança ainsi dans un silence pesant. En tendant l'oreille, on pouvait entendre le bruit du balai-brosse de Briac et, de temps en temps, un membre de l'équipage actionnait la cloche de brume. En haut de la mâture, Yann commençait à grommeler :

« Il fait froid et on n'y voit rien. Quelle est l'utilité de notre tâche ? »

Mais Œil-de-Faucon ne répondit pas. Au bout d'un certain temps et, contre toute attente, le vieux loup de mer s'adressa à Yann :

« Petit, je dois descendre. Un besoin naturel. Ouvre l'œil.
– À vos ordres... »

Œil-de-Faucon ayant disparu, Yann aperçut contre le mât une petite cavité où était insérée une longue-vue. Il l'attrapa et la porta à son œil droit. La brume s'était légèrement désépaissie et il put apercevoir Briac qui grattait le pont. Le jeune garçon semblait désabusé et lavait machinalement et sans entrain. « Pour une fois qu'il est calme », songea Yann. Après avoir scruté chaque partie du navire avec sa longue-vue, il tenta d'apercevoir la mer et la tâche se révéla difficile. Le jeu consistait à trouver un petit bout de mer avant que le trou dans la brume ne se rebouche automatiquement. Il vit une petite vague qui disparut aussitôt. Une autre vague apparut sur tribord, une autre encore sur bâbord, un brin d'écume, encore une vague, un mât puis… Un mât ! Yann faillit faire tomber la longue-vue. Il la remit à son œil, pour confirmer ce qu'il avait vu mais… le mât avait disparu. J'ai dû rêver, se dit-il. Il insista pourtant et scruta pendant de longues secondes la zone. Au bout d'une trentaine de secondes, alors qu'il allait conclure que son imagination lui avait joué un tour, le mât réapparut. Cette fois, bien plus proche. Il grossissait. Un deuxième mât, puis un troisième. En quelques secondes, un navire sortit de la brume, faisant cap vers L'Évasion comme pour lui barrer la route. Yann retira le fusil de son dos et tira un coup en l'air. Avant de pouvoir réfléchir à combien de coups il fallait encore tirer, le mystérieux navire vira de bord pour emprunter une voie parallèle à celle de L'Évasion. Il envoya alors ses couleurs. Sur fond noir, une tête de mort était cousue au-dessus d'une croix formée par deux os. Des pirates.

Quelques instants plus tôt, Briac était en train de laver le parquet salé du navire. Sa tâche consistait à tremper son balai dans un seau rempli d'eau savonneuse et à gratter le plancher. Le soleil se chargerait ensuite de tout sécher. Le pont était immense et Briac était seul. Pour la première fois depuis leur départ, il était triste. Certes, il avait toujours rêvé de voguer sur la mer et de vivre le quotidien des marins mais il était sûr que dans ses rêves il ne lavait pas le pont, il ne s'ennuyait pas, il dormait confortablement et il n'avait pas froid. Il fut alors surpris de regretter son départ de Portivy. Finalement, leur petite maison était bien plus chaleureuse que ce grand navire. Une larme aurait pu apparaître au coin de son œil gauche si un coup de feu n'avait pas brisé le silence environnant.

Pan !

La détonation résonna dans les airs. Toutes les têtes se tournèrent vers le nid-de-pie.

Pan ! *Pan* ! *Pan* ! *Pan* ! *Pan* !

Cinq coups de feu s'ensuivirent, tous tirés une nouvelle fois de la vigie de L'Évasion. Ce code ne signifiait rien de compréhensible pour l'homme de barre pourtant il eut tôt fait d'en voir le sens quand tous l'aperçurent : le navire pirate. Les hommes sur le pont se ruèrent à tribord pour contempler l'apparition sortie de la brume. Briac n'en croyait pas ses yeux, il ne savait pas s'il devait avoir peur ou être admiratif devant les personnages de tant de légendes et contes marins. Il eut rapidement une réponse à son hésitation : du bord du vaisseau pirate, tous les sabords s'allumèrent de concert et dans un vacarme assourdissant une bordée de boulets meurtriers fonça vers L'Évasion. La grêle de mort atteignit sa cible de plein fouet et balaya tout sur son passage. Les boulets percèrent la coque, firent voler en éclat le bois et déchiquetèrent les corps qui se trouvaient sur leur trajectoire. À cinq endroits, le bastingage de L'Évasion fut transpercé. Six hommes furent balayés. Briac fut projeté au sol par l'explosion d'un boulet à quelques mètres de lui. Volant dans les airs, frappé par des échardes de bois et le souffle de l'impact, il atterrit durement sur la tête, inconscient. Soudain, une voix s'éleva par-dessus la mêlée et le vacarme :

« À vos postes de combat ! À vos postes de combat ! Canonniers à vos pièces ! Des hommes avec des fusils dans la mâture ! Que chacun s'arme ! Des hommes pour emmener les blessés ! Le destin a mis sur notre route ces rascals des mers ! Ils ont dû croire que nous étions une cible facile, montrez-leur qu'ils se sont trompés ! Pour Harmä et pour le Roi ! Battez-vous ! Battez-vous pour votre vie ! N'ayez aucune pitié pour eux, ils n'en auront pas pour vous ! »

La voix du capitaine Astaldor eut un effet magique sur son équipage qui, malgré la panique provoquée par les tirs ennemis, s'anima d'une façon ordonnée et déconcertante. Des hommes armés se postèrent à l'abri sur le pont supérieur, d'autres grimpèrent dans les haubans avec fusils et pistolets, d'autres déblayaient déjà les débris du bastingage et emmenaient les blessés à l'infirmerie de bord. À l'étage inférieur, les canonniers bourraient jusqu'à la gueule leurs canons avec des boulets et toute sorte d'autres objets en fer comme des clous. Le navire pirate était proche, ils n'auraient sûrement qu'une chance de tirer, il fallait envoyer en une fois toute la puissance des canons de L'Évasion.

La salve de boulets du navire pirate mêlée à la brume avait formé une barrière opaque à quelques mètres au-dessus du pont supérieur de L'Évasion qui empêchait Yann de voir ce qui se passait à ses pieds. Même s'il ne voyait rien, il entendait tout : l'explosion, le bruit du bois qui vole en éclats, les cris des blessés, l'agonie de ceux qui meurent…

« Briac ! s'écria-t-il. Je dois voir s'il est en sécurité ! »

Il mit son fusil en bandoulière et s'apprêtait à descendre de son perchoir quand une nouvelle bordée de boulets atteignit L'Évasion. Cette fois-ci, ce n'était pas la coque du navire qui était visée mais ses mâts. Les boulets avaient été remplacés par des paires de projectiles plus petits reliés par une chaîne. Plusieurs de ces boulets ramés manquèrent leur cible et se perdirent en l'air ou déchirèrent seulement la toile des voiles. Un fit mouche. Sa chaîne transperça le mât supérieur à sa mi-hauteur. Elle le faucha comme une faucille tranche le blé. Un bruit fracassant retentit à l'impact suivi d'une effroyable lamentation du bois qui se déchira. La partie supérieure du mât chancela un instant, hésita sur quel côté choisir, puis se pencha en avant et s'effondra sur un autre mât de L'Évasion. Les cordages cédèrent sous la terrible tension imposée par la coupure, des poulies volèrent dans les airs et l'une atteignit Yann de plein fouet. L'objet le frappa derrière le crâne et l'assomma nct. Son corps fut projeté en avant et, par une chance qui frôle l'impossible, il atterrit lourdement sur un petit perchoir au sommet de l'autre mât, un bras et une jambe pendant dans le vide.

Il est difficile de décrire l'atmosphère qui régnait sur L'Évasion. Imaginez le bastingage troué de toute part, une majeure partie du plus haut mât qui venait de tomber lourdement sur l'avant, un désordre impressionnant sur le pont supérieur jonché de débris en tous genres et de cadavres, une lourde poussière qui piquait les yeux et envahissait les poumons, la peur d'une troisième salve de boulets, les cris des blessés à travers la porte de l'infirmerie, les ordres des officiers de bord par-dessus le tumulte... C'est dans ce chaos-là que Briac rouvrit les yeux.

Toussotant, se relevant difficilement et titubant, il s'agrippa à un mât lorsque les canons de L'Évasion firent trembler toute la coque. Dans un vacarme ahurissant, les quinze canons tribord venaient de cracher une foudre de boulets et de ferrailles qui balaya furieusement le pont du navire pirate. De la proue à la poupe, des dizaines d'hommes s'effondrèrent. Un boulet passa même par un sabord et brisa en deux un canon ennemi. Cette salve de boulets fut saluée par les marins de L'Évasion qui redoublèrent de vaillance.

Le navire pirate ne souhaitait pas que ce combat naval se limite à un échange de boulets et se rapprocha dangereusement de L'Évasion. À son bord, le pont fut bientôt rempli de marins équipés de grappins, hurlant des injures et des menaces. Une fois encore, la voix du capitaine Astaldor retentit du haut de la dunette : « Ils vont nous aborder ! À vos postes d'abordage ! Menons le combat à leur bord ! J'offre une double ration de rhum au premier homme qui posera le pied sur leur navire de malheur ! Dans la mâture : visez les assaillants ! Je ne veux pas qu'un seul de ces pirates salisse le pont de L'Évasion ! »

Astaldor avait vu juste, l'abordage était imminent. Côte à côte, les deux navires n'étaient plus espacés que de quelques mètres quand les premiers grappins furent envoyés. Reliées à un long cordage, leurs griffes de fer vinrent se ficher dans le navire adverse et, petit à petit, l'écart des deux navires se réduisit. D'autres grappins furent envoyés dans les mâtures afin de se projeter dans les airs et plusieurs grandes planches de bois furent dressées comme des passerelles entre le bord des deux bateaux. Une silhouette apparut alors, se balançant dans les airs, suspendue à un long cordage et fendant le vent. Les deux pieds en avant, Astaldor atterrit sur le pont du navire pirate en donnant un puissant coup de botte dans le visage d'un homme qui se trouvait là. Le saut du capitaine fut suivi par un surprenant ballet où, venant de chaque navire, des dizaines d'hommes se balançaient dans les airs en criant, sabre à la main. Dans les haubans, plusieurs marins firent feu pour abattre les assaillants. Nombre de voltigeurs furent touchés et lâchèrent inertes leur liane en tombant dans l'eau. On se battait en l'air, sur le pont du navire pirate, sur celui de L'Évasion, et même dans la mer où, tout en s'efforçant de nager, on tentait de couler ses ennemis. Partout, les hommes semblaient avoir perdu leur humanité et c'était au plus sauvage que la victoire reviendrait.

Briac était transi de peur. Caché derrière un gros tonneau, il sentait son cœur battre mais ne tenait plus sur ses jambes. Une sueur froide perlait le long de ses tempes et ses yeux étaient fermés. Au plus profond de lui, il espérait ne vivre qu'un cauchemar qui se terminerait quand il les rouvrirait. À travers le brouillard de poudre et les combats sur le pont de L'Évasion, Éloi l'aperçut. Arrivé à sa hauteur, il posa ses mains sur les épaules du jeune garçon et l'appela :

« Briac ! C'est moi Éloi ! Ouvre les yeux ! Ouvre les yeux ! Il faut se battre ! Tu as compris ? Se battre ! Sinon tu vas y rester ! Le capitaine m'a confié une mission, il faut atteindre le bord du bateau pirate ! Suis-moi et prends ça ! »

Et Éloi tendit à Briac une petite hachette avec le manche en bois. Briac eut à peine le temps de saisir l'arme qu'Éloi le tira par la chemise et s'engagea à travers la mêlée. Courbés, les yeux plissés par la fumée, les deux compagnons avancèrent difficilement vers le navire pirate. Briac n'arrivait plus à réfléchir, son cerveau semblait s'être éteint. Un homme allongé au sol agrippa sa cheville et le supplia de l'abattre pour abréger ses souffrances. Briac dégagea son pied puis aperçut un autre corps par terre, un troisième, un quatrième… Tous appelaient à l'aide ou agonisaient dans la souffrance et la peur. Soudain, à sa droite apparut un assaillant. Hurlant dans sa course, un sabre à la main, il fendit l'air vers Briac. Une explosion, l'homme se raidit un instant et s'effondra.

« Briac, sers-toi de ton arme ! Allez, suis-moi ! » ordonna Éloi, un pistolet encore fumant dans sa main droite.

Ils atteignirent le bord de L'Évasion. Là, une petite passerelle en bois avait été dressée entre les deux bateaux. La planche semblait solide mais était assez étroite. Une légère brise accompagnée d'une timide houle faisait danser les deux coques. Éloi s'élança rapidement sur la passerelle et atteignit sans difficulté le navire pirate. Briac s'y engagea, puisant au fond de ses forces, il courut sur la planche sans regarder en bas et rejoignit Éloi. Ils furent accueillis par un imposant adversaire, torse nu, les muscles saillants, qui se jeta en avant avec un grappin dans une main et un sabre dans l'autre. Là encore, Éloi réagit rapidement, fit volte-face et lui logea une balle entre les deux yeux. Un autre, perché sur un hauban, sauta sur le dos d'Éloi et le renversa au sol. Il brandit une dague et s'apprêtait à le poignarder quand la hachette de Briac s'abattit sur lui. L'homme roula au sol, l'arme encore figée dans son crâne. Éloi n'eut pas le temps de remercier Briac mais lui cria « Attention ! » au moment où un pirate à seulement deux mètres le visa avec un pistolet. Avant qu'il ait pu appuyer sur la gâchette, une balle le toucha en pleine poitrine. Il s'effondra sans vie. Briac ne sut jamais d'où vint ce coup de feu ni l'identité de son sauveur mais il le remercia de tout son cœur.

« Allez Briac, on continue ! Prends ma main ! »

Éloi saignait du visage. Son arcade s'était ouverte quand il avait été plaqué au sol. Essuyant de sa manche le sang qui coulait devant son œil, il agrippa la main de Briac et ils continuèrent. L'enfant était abasourdi et se sentait tiraillé entre la peur et la fierté. Certes, il avait blessé et même très certainement tué un homme mais, surtout, il avait sauvé la vie d'Éloi et il en ressentait une certaine gloire. Ils arrivèrent au pied d'un mât. Là se trouvait une grande ouverture dans la coque avec un petit escalier qui permettait de descendre aux ponts inférieurs. Malheureusement, un combat furieux faisait rage et bloquait l'accès à l'escalier. Deux hommes faisaient face à six combattants. Briac reconnut le crâne chauve et la barbe d'un des deux hommes : Balän. Déchaîné, décrivant de dangereux cercles avec son sabre autour de lui, il se battait comme un lion. De nombreux corps inertes étaient à ses pieds, amis ou ennemis. Le marin de L'Évasion qui se battait à ses côtés fut touché mortellement et, avec un dernier regard pour son officier, il tomba à genoux puis rendit l'âme. Cela renforça la rage de Balän. Il se jeta en avant et renversa de l'épaule deux adversaires. Le sang de Briac ne fit qu'un tour et il s'élança au secours de son officier. Sa course fut cependant stoppée nette par Éloi qui le retint par le bras. La charge de Balän avait eu pour effet de dégager la petite entrée aux ponts inférieurs.

« Briac, par ici ! lui enjoignit Éloi.
– Mais Balän est seul face à six adversaires !

– Nous devons continuer notre route ! Il faut atteindre les ponts inférieurs !
– Mais si on le laisse, il va…
– Balän sait ce qu'il risque, d'autres lui viendront en aide, allez, suis-moi !
– Mais…
– Suis-moi ! »

Se détournant du combat, Briac suivit Éloi. Avec habileté, ils se faufilèrent jusqu'à l'écoutille et descendirent dans les entrailles du navire.

Yann porta la main à sa tête. Une douleur s'empara de lui quand il passa ses doigts sur une grosse bosse à l'endroit même où son front avait tapé. Ouvrant les yeux, il remarqua avec stupeur qu'il était suspendu dans les airs, son corps allongé sur une petite plateforme à quelques centimètres du vide. Sous lui, l'épais brouillard s'était dissipé et il mit du temps à analyser la scène se déroulant sous ses pieds. Le plus impressionnant était le bruit. Même bord à bord, les deux navires continuaient de tirer au canon. Le bois volait en éclat, des étincelles giclaient en tous sens, et l'air était chargé d'une lourde odeur de soufre. Les hommes criaient, pleuraient, se défiaient, agonisaient et riaient furieusement. Soudain des grappins volèrent des deux bords et les fusils ouvrirent le feu. Un homme suspendu à un cordage fendit les airs, les deux pieds en avant. « Astaldor… » songea Yann. Il fut suivi par ses hommes et d'autres valsèrent dans les airs pour atteindre un navire ou l'autre. Yann se releva avec précaution. Quelque chose dans son dos le tenait attaché au mât : l'anse de son fusil s'était prise dans un taquet. « Voilà qui m'a empêché de tomber dans le vide. Si je sors vivant de cet enfer, je jure de te garder avec moi », dit-il en caressant le canon de son fusil. Encore sonné par sa chute, une pensée le fit cependant rapidement revenir à la réalité : Briac ! Qu'était devenu son petit frère ? Était-il blessé ? Mort ? Non, pas comme ça, pas aujourd'hui, pas sur ce maudit rafiot ! Le sang circula à toute allure dans son corps et son souffle s'accéléra. Il fallait descendre, voir en bas, retrouver Briac. Ou alors peut-être le repérer d'abord d'en haut ? D'où il était, il avait au moins une vision périphérique sur l'ensemble du décor. Balayant du regard le pont de L'Évasion, il ne vit rien. Rien non plus sur l'autre navire. Il posa un pied sur le hauban pour descendre quand soudain il l'aperçut ! Là, accompagné d'Éloi, Briac se trouvait devant une petite planche de bois qui reliait les deux navires. Briac enjamba rapidement la passerelle.

« Il est fou ! Que fait-il sur ce navire ? Reviens tout de suite à bord ! Briac ! Briac ! »

Mais sa voix n'avait aucune chance d'atteindre sa cible. Sa gorge se noua en une fraction de seconde quand un homme se rua vers Briac. Yann chargea rapidement son fusil, à cette distance c'était l'unique solution pour le sauver. Mais l'assaillant fut abattu par Éloi sur lequel se jeta un autre pirate. Yann épaula mais ne tira pas : Briac venait d'arrêter l'homme en lui enfonçant une hache dans le crâne. Yann fut sonné. Son petit frère, l'enfant qui refusait de grandir, celui qui pleurait si facilement, venait d'ôter la vie à un homme. Devait-il être fier de Briac ? Était-ce là le signe qu'il grandissait enfin ? Non, comment être fier que son petit frère devienne un meurtrier ? Ou alors était-ce de la légitime défense ? Il devait abattre cet homme, Briac avait bien fait. Il avait fait preuve de jugement et avait agi correctement. Pourtant, un sentiment de dégoût mêlé de douleur s'était emparé de Yann. Quelles seraient les conséquences sur Briac ? Comment allait-il survivre à cela ? Il se laissait si souvent emporter par ce qu'il vivait. Il n'arrivait jamais à prendre de la distance avec ses émotions. Une boule s'était formée dans le ventre de Yann mais il n'eut que très peu de temps pour se concentrer sur cette sensation car à quelques pas d'Éloi, un homme tendit son pistolet vers Briac et s'apprêta à faire feu. Yann ne sut expliquer par la suite comment il réussit son coup mais avec instinct et surtout une folle rapidité il épaula son fusil, dirigea son canon vers sa cible et appuya sur la gâchette. La balle vint se loger dans la poitrine de l'homme qui s'écroula. Encore tremblant, Yann fixa le corps sans vie qu'il avait abattu et sursauta quand par surprise un grappin vint frapper le mât à quelques centimètres de son visage. Une nouvelle fois, il dirigea son fusil vers les haubans d'où venait l'objet. Il tira et un homme plongea dans la mer. Il jeta un regard vers l'endroit où étaient Briac et Éloi. Là, il crut reconnaître Balän en prise avec plusieurs assaillants. Puis, il aperçut son petit frère se faufiler à travers une ouverture et descendre sous le pont supérieur. Il se demanda pourquoi Éloi ne lui ordonnait pas de rentrer à bord. C'était beaucoup trop dangereux. Il fallait le secourir. Comme toujours, ce serait à lui de sauver son frère. Yann analysa la situation : descendre du haut de son mât lui prendrait du temps, il aurait ensuite à traverser les combats à bord de L'Évasion, passer la passerelle, éviter les pirates sur l'autre navire... La voie était dangereuse et trop longue. À quelques mètres de son perchoir se trouvaient l'arrière du bateau pirate et la grande cabine. Sur le toit de la dunette, là où se trouvait un imposant gouvernail, le capitaine Astaldor combattait. Il ferraillait avec plusieurs pirates qui semblaient effrayés par l'habileté meurtrière de leur adversaire. Sabre en avant, dos au mât arrière, Josan Astaldor piquait comme une guêpe. Yann fixa du regard le grappin planté sur son perchoir, celui qui avait failli lui briser le crâne et une folle idée lui vint. Il le saisit et visa un large hauban qui descendait le long du mât, juste au-dessus du capitaine. Il jeta le grappin mais loupa sa cible. Allez Yann, le temps est compté ! Ne loupe pas une seconde fois ! se dit-il. Faisant tournoyer en l'air le grappin, il lança l'objet d'un nouveau coup sec. Les crochets vinrent se figer dans le hauban du navire ennemi. Yann tira un grand coup sur le cordage pour s'assurer de son bon amarrage. Il tendit alors la corde et l'attacha fermement au mât de L'Évasion. Désormais, un long cordage reliait les deux navires à plus d'une dizaine de mètres au-dessus de l'eau. Yann remit son fusil en bandoulière et retira sa ceinture, il la plia en deux et la fit passer au-dessus du cordage tendu. Il enroula ensuite les deux extrémités sur ses mains, ferma les yeux, prit une longue inspiration et se jeta en avant dans le vide. Suspendu dans les airs, utilisant sa ceinture comme une poulie glissant le long d'un filin tendu, Yann fendit les airs les deux pieds en avant. Il s'écrasa contre le hauban du navire pirate mais l'échelle de cordes amortit sa chute. Il libéra rapidement ses mains, jeta sa ceinture puis saisit son fusil. Sous lui, le capitaine de L'Évasion se battait encore. Yann épaula et fit feu trois fois. Les trois assaillants tombèrent au sol. Surpris, Josan Astaldor regarda au-dessus de lui :

« Bien visé, petit. Ne perdons pas de temps, suis-moi.
– Je ne peux pas, Capitaine, mon petit frère…
– Qu'y a-t-il ?
– Il est en danger, je dois l'aid…

Le capitaine lança un regard noir à Yann qui interrompit sa phrase et baissa aussitôt les yeux.

– À vos ordres, Capitaine ! »

Yann descendit du hauban et rejoignit Astaldor au sommet du chapiteau arrière. « Ton fusil, réarme-le. Tu en auras besoin ! » lui enjoignit le capitaine. Yann s'exécuta. Il n'avait pas véritablement le choix de discuter les ordres et peut-être tomberait-il sur Briac en suivant le capitaine. Ils descendirent de la dunette vers le pont principal en dévalant un escalier déjà bien abîmé par les canons de L'Évasion. Un pirate voulut s'interposer mais reçut pour simple préavis la lame d'Astaldor en travers des côtes. Une fois en bas des marches, Astaldor fit un tour sur lui et se dirigea vers la porte d'entrée des cabines arrière. « Pour tuer un serpent, il faut en couper la tête… », dit-il à voix basse. Bien entendu, la porte était scellée. Yann voulut impressionner Astaldor et donna un fort coup d'épaule dans la porte qui ne bougea pas d'un poil. Sans un mot, Astaldor poussa Yann du bras puis sortit de sous sa veste un long pistolet richement décoré. Il visa la serrure et la fit exploser d'une balle. Il donna alors un violent coup de pied dans le battant et la porte s'ouvrit à la volée.

Il faisait très sombre sous le pont supérieur. Une forte odeur de poudre remplissait l'air et le silence tranchait avec la cacophonie des combats au-dessus de leur tête. Éloi fit signe à Briac de ne faire aucun bruit et ils avancèrent doucement vers la grande pièce. Le vaisseau pirate comportait trois niveaux : le pont supérieur à l'air libre où combattaient le capitaine Astaldor et Yann, le pont inférieur sur lequel venaient de déboucher Éloi et Briac, et tout en bas les cales où étaient généralement entassées les marchandises, vivres et réserves d'eau douce. À n'en pas douter, le pont inférieur était également celui des canons : de part et d'autre de la pièce, deux longues rangées de dix pièces d'artillerie se tournaient le dos. L'endroit semblait désert, les canonniers ayant sûrement abandonné leur poste pour participer aux combats. Briac était émerveillé de ce spectacle, il n'avait pas pris le temps la veille d'admirer ceux de L'Évasion et il n'avait d'ailleurs jamais vu de canon de sa vie. Soudain, une explosion les fit sursauter, Éloi et lui ! Crachant son feu dans l'obscurité, un canon du navire pirate avait tiré sur la coque de L'Évasion, ouvrant un dangereux trou proche du niveau de la mer.

« Vite, Briac, faisons taire ces canons ! Ne les laissons pas les recharger ! »

Et Éloi abattit un canonnier avec son pistolet. Les deux pirates restants chargèrent alors Éloi mais Briac sortit de l'ombre et faucha de sa hache la jambe d'un assaillant. Dans sa chute, l'homme tomba sur son camarade qui chuta inconscient au sol. Paniqué, l'homme bondit sur une patte et se jeta à cloche-pied à travers le sabord le plus proche. Il atterrit quelques mètres plus bas dans l'eau. Éloi prit la parole :

« Merci Briac, cette fois j'étais en bien mauvaise posture. Ne perdons pas de temps, nous devons mettre hors d'état de nuire ces canons. Il suffit de quelques salves pour que l'Évasion sombre dans les eaux... Nous devons enclouer chaque canon. »

Il sortit d'une poche un petit sac de toile dans lequel se trouvait une poignée de clous sans tête et s'avança près d'un canon pour expliquer le processus à Briac.

« Un canon ne peut tirer un boulet que si on enflamme cette petite partie-là, tu vois ? Donc si cette petite fente est obstruée, le canon ne peut plus tirer, tu comprends ? Pour cela il suffit de prendre un clou, le poser ainsi – il se saisit de son pistolet et utilisa le manche comme un marteau – et l'enfoncer à grands coups comme cela. Une fois le clou planté, impossible de rallumer le canon. Prends des clous et utilise ta hachette pour les planter, je m'occupe de ceux de bâbord, toi, va à tribord. Et reste sur tes gardes, à tout moment un ennemi peut arriver. »

Briac se saisit alors des clous et commença son œuvre. Astaldor posa un doigt sur sa bouche. Il indiqua à Yann de rester en arrière et s'avança doucement dans la cabine. C'était une vaste pièce, de forme carrée, baignée d'une chaude lumière teintée par les beaux vitraux qui donnaient sur l'arrière du navire. La cabine était très richement décorée, plusieurs tableaux étaient accrochés aux murs, de l'argenterie était posée sur une petite table à côté d'un grand panier de fruits. Plusieurs meubles finement sculptés habillaient les coins de la pièce, des moulures déguisaient le plafond et les fenêtres étaient encadrées par de longs rideaux blancs. Cette cabine aurait pu être celle d'un roi ou d'un amiral. Sabre en avant, balayant du regard de gauche à droite, Astaldor s'avança vers un large bureau sur lequel était posée une carte marine ainsi qu'un petit coffre en bois. Ce dernier était ouvert et le regard d'Astaldor fut attiré par une petite flamme qui en sortait. Un parchemin brûlait vraisemblablement à l'intérieur. Comme mû par un terrible pressentiment, le capitaine se jeta vers le bureau, saisit le coffret et se mit à souffler sur le parchemin qui se consumait. Au même moment, une silhouette sortit de derrière un rideau et bondit sur Astaldor. Le capitaine de L'Évasion fut projeté au sol par son agresseur qui tenait dans sa main un poignard. Luttant de toutes ses forces, Astaldor sentit le froid de la lame contre son cou quand une voix à moitié tremblante résonna dans l'entrée de la cabine :

« Lâchez tout de suite votre arme et mettez vos mains en l'air ! Hésitez un seul instant et je vous loge une balle dans la tête ! »

Yann tenait en joue le mystérieux assaillant, le canon de son fusil pointé en avant. L'homme semblait surpris et ne pas avoir compris qu'Astaldor n'était pas seul. Après quelques secondes de silence, il lâcha son poignard et leva doucement les mains au-dessus de sa tête. Son regard noir perçant plongea dans celui de Yann. L'homme portait une barbe noire grisonnante, peu de cheveux sur le crâne et un tatouage sur la joue gauche. Celui-ci représentait un homme qui hurlait de douleur au-dessus d'un feu. Le visage de l'inconnu fit frémir intérieurement Yann mais il ne montra aucune peur et continua de menacer sa cible avec autorité. Astaldor se remit sur pied, toussotant et se tenant la gorge.

« Garde-le en joue. S'il bronche, abats-le. »

Parcourant du regard le plancher, il saisit ce qui restait du parchemin et éteignit la flamme. Il bâillonna l'homme avec un bout de tissu arraché aux rideaux, l'assit et le ligota fermement à un pied du bureau. D'un signe de tête, il indiqua à Yann de continuer sa garde, puis il se pencha sur le bureau et contempla la carte marine. Il sembla n'y trouver rien d'intéressant, alors il examina le morceau qu'il avait pu sauver du feu. De là où il était, Yann remarqua qu'il ne restait qu'un petit angle de papier, pas plus grand que la paume d'une main. Rien ne semblait être écrit dessus, seule une tache de couleur rouge avait été préservée. Astaldor fixait le bout de parchemin comme obnubilé par le petit rond pourpre qui s'y trouvait. Passant le doigt dessus, l'examinant à la lumière du jour, il lança un regard inquiet au prisonnier qui le fixait. Alors, le capitaine ramassa le petit coffre tombé par terre, chercha à l'intérieur, s'assura qu'il était vide et y déposa délicatement le bout de parchemin. Il referma la boîte et l'enfouit dans une poche de sa veste. Il se livra ensuite à une importante fouille de la cabine, soulevant les tapis, retournant les cadres aux murs, ouvrant les tiroirs et renversant leur contenu par terre. L'homme semblait sourire et goûter avec délice la scène qui se déroulait devant lui. Le capitaine ne trouva rien de plus, il reprit son souffle et tenta de se calmer. Son attitude inquiéta Yann autant qu'elle l'intrigua. Astaldor se tourna alors vers le captif, l'agrippa par le col, desserra le bâillon et dégagea la bouche.

« Que contenait cette lettre ? Pourquoi ce sceau sur le parchemin ? Que cherchais-tu à cacher en brûlant ce document ? Parle ! »

Il n'eut pour seule réponse qu'un ricanement étouffé. Astaldor hors de lui leva la main mais son geste fut interrompu par un bruit ou, plus précisément, une voix. Les cris semblaient venir de sous le plancher. Quelqu'un appelait à l'aide. Le regard du prisonnier changea soudain et un éclair de doute apparut dans ses pupilles. Astaldor surprit ce changement :

« Qui appelle à l'aide ? Quel secret caches-tu ?

Il se tourna alors vers Yann :

– Soulève ce tapis !

Ils découvrirent une trappe dans le plancher. Astaldor sourit :

– Petit, surveille notre homme, je vais voir ce qu'il y a sous nos pieds. »

Le capitaine saisit l'anneau de fer fixé à la trappe et l'ouvrit. Les cris se firent mieux entendre :

« À l'aide ! Je suis en bas ! Venez m'aider ! »

Le capitaine fut surpris par ce timbre. Il dégaina son épée et arma son pistolet. En se penchant, il aperçut une petite échelle fixée dans le plancher. Avec prudence, Astaldor descendit les échelons, jetant des regards en bas, prêt à tirer. Il arriva sur le sol d'une cale sombre.

« Je suis ici ! »

La voix fit sursauter le capitaine qui fit volte-face. Là, éclairée par quelques rayons de soleil qui se faufilaient à travers des impacts dans la coque, une jeune fille le fixait. Elle était vêtue d'une robe blanche, chiffonnée, sale et percée de multiples trous. Son visage était doux, ovale, avec des traits fins, deux beaux yeux verts y surmontaient un petit nez légèrement en trompette ainsi qu'une bouche d'un rouge qui tranchait avec la blancheur de sa peau. De longs cheveux noirs, tombant presque à sa taille, étaient coiffés en bataille. À en juger par les menottes qu'elle portait aux poignets et les chaînes qui retenaient ses chevilles, cette adolescente n'était pas du côté des pirates. Astaldor, dont les yeux s'habituaient petit à petit à l'obscurité, s'avança prudemment. La demoiselle était belle, très belle même, ce qui rendait sa présence encore plus incongrue sur un navire de flibustiers.

« Qui êtes-vous ? Que faites-vous ici ? interrogea-t-il.
– Je serai ravie de pouvoir faire connaissance avec vous quand il vous siéra, Officier, mais ne m'en voulez pas si je reporte cette conversation à plus tard et vous demande de me libérer de ces chaînes. Je peux cependant vous dire que, à en déduire les bruits de combat en dehors, nous avons un ennemi en commun. »

Sa voix était teintée d'un petit accent qui indiquait qu'elle ne venait pas du pays d'Harmä. Elle reprit :

« Êtes-vous sourd ? Je vous ordonne de me libérer ! Mon père vous récompensera. Je dois, à en juger votre démarche prudente, ressembler à un féroce ennemi mais je puis vous assurer que je saurai me retenir de vous terrasser.

Elle finit sa phrase avec un petit sourire hautain qui trahissait son rang. Le capitaine était amusé mais ne le montra pas. Rengainant son épée, il s'avança jusqu'à elle :

– Vous plaisantez alors que vous êtes retenue prisonnière au fond d'une cale. Je suis en proie aux doutes, peut-être êtes-vous heureuse dans ce sombre royaume ? Les pirates exécutaient-ils vos demandes si gentiment formulées ?
– Ces chiens seront tous pendus par mon père ! Tout comme vous si vous ne me délivrez pas !
– Votre professeur à la cour n'a pas dû vous enseigner l'un des principes les plus importants : retenez-vous toujours de menacer l'unique personne qui pourrait vous libérer, vous verriez ainsi ses clés filer avec votre délivrance.
– Je vous ai donc blessé dans votre orgueil ? Dois-je vous demander cela de façon plus polie ? Gentilhomme, auriez-vous l'extrême amabilité de bien vouloir me délivrer, s'il vous plaît ?

Le regard noir qu'elle lança au capitaine continua de le charmer.

– Il me plaît ainsi d'accéder à votre requête, chère Demoiselle, répondit Astaldor en mimant une révérence.

Elle se retint de répondre à la moquerie, puis indiqua un angle de la pièce :

– Ne pensez pas que j'accepterai le risque que vous fassiez sauter mes chaînes avec votre pistolet. Les clefs sont suspendues à ce gros clou. Mes ravisseurs trouvaient très amusant de me les faire miroiter sans que je puisse les atteindre.
– Eh bien, ils m'auront rendu la tâche plus facile.

Astaldor saisit les clefs et délivra les poignets et les chevilles de la jeune fille. Elle massa ses membres endoloris et se tourna vers le capitaine :

– Merci pour votre aide. Vous sauvez votre tête, ajouta-t-elle avec une pointe d'amusement dans le regard.
– J'ai bien cru y passer, merci pour votre clémence. Maintenant, trêve de plaisanterie, mes hommes se battent et risquent leur vie. Vous allez gagner notre bord et y rester jusqu'à la fin des combats.
– Vous êtes donc capitaine ?
– Josan Astaldor, capitaine de L'Évasion.
– Lucía di Moña, de la maison Keksii. Ma fam… »

Mais sa phrase fut coupée par une voix forte qui résonna au même étage :

« Ils délivrent la prisonnière ! Avec moi ! »

Les bruits de pas d'un petit groupe se firent alors entendre. Le capitaine bondit sur ses pieds et courut à la porte de la pièce dans laquelle ils étaient. Il ferma le loquet de l'intérieur et s'adossa contre la porte. S'adressant à Lucía, il lui tendit son pistolet :

« Ils vont arriver ! Savez-vous vous servir de ceci ? Visez en le tenant à hauteur d'épaule et appuyez sur la gâchette. »

Apeurée, elle fit signe de la tête qu'elle avait compris et le rejoignit derrière la porte. Les bruits de pas se rapprochèrent. Astaldor calcula qu'au moins six hommes se dirigeaient vers eux. Les assaillants tentèrent d'ouvrir la porte, sans succès.

« Ils ont fermé la porte de l'intérieur ! Enfoncez le battant ! »

Un gros boum fit sursauter le capitaine et Lucía : les pirates se jetaient épaule en avant pour défoncer la porte. Le bois ne tiendrait pas longtemps et Astaldor le savait. Il s'adressa à Lucía :

« Ils sont trop nombreux, nous ne serons pas assez pour les retenir ! Montez à l'échelle, en haut vous trouverez un de mes hommes, restez à ses côtés jusqu'à mon retour.
– Et vous ? Que faites-vous ?
– Je doute que la porte tienne assez longtemps pour que deux personnes montent à l'échelle. Dépêchez-vous ! Si vous entendez la porte lâcher une fois en haut, fermez la trappe et condamnez-la avec un meuble. Ils ne pourront pas vous atteindre.
– Mais et vous…
– Montez à cette échelle, c'est un ordre ! »

Lucía donna le pistolet au capitaine et courut vers l'échelle. Elle gravit un premier échelon quand un gros craquement de bois parcourut la porte. Sans faire de pause, elle continua son ascension et Astaldor courut à l'échelle à son tour. Il eut à peine le temps de poser le pied sur le premier échelon que le battant de la porte s'abattit violemment sur le plancher. Soudain, une explosion retentit et dans un vacarme assourdissant, le groupe d'assaillants fut balayé. Le souffle fit tomber Astaldor de l'échelle et Lucía dut s'agripper fermement aux barreaux. Un cri de victoire retentit au fond du couloir :

« Hourra ! Tu as vu ça, Éloi ? Tous d'un coup ! Ah ah ah !
– Bien joué Briac, tu as eu raison de garder ce canon au cas où ! Je me demande bien pourquoi ils voulaient à tout prix entrer ici… Allons voir ! »

CHAPITRE VII

LE DRAP DU MORT

Yann sursauta quand l'explosion retentit sous ses pieds. Il ne supportait déjà pas l'idée que son petit frère soit en danger sur ce navire de malheur, et voilà qu'il venait d'entendre ce qui s'apparentait au tir d'un canon, en bas, là où le capitaine était descendu. N'y tenant plus, il ouvrit d'un coup la trappe. Imaginez sa stupeur quand il en vit sortir une jeune fille, puis Astaldor, puis Éloi et enfin Briac. Il serra son frère dans ses bras, qui lui rendit son étreinte.

« Fallait-il que tu ailles aussi près du danger, Briac ? Pourquoi n'es-tu pas resté à bord de L'Évasion ?
– Il était avec moi, Yann, répondit Éloi. Sans l'aide de Briac je n'aurais jamais pu y arriver et L'Évasion serait sûrement au fond de l'eau au moment où nous parlons.

– C'est la dernière fois que tu emmènes mon petit frère sur un nav...
– Leurs canons sont hors d'état de nuire ? coupa Astaldor. Bien, espérons que cela suffise.
– Et toi, Yann ? Comment es-tu arrivé ici ? Et qui est cet homme attaché ? Et cette dame ? interrogea Briac.
– Je t'expliquerai. Quant à elle, je ne sais pas qui elle est.
– Elle se nomme Lucía di Moña et elle vous entend, lança Lucía avec une pointe sèche.
– Je suis désolé, je...
– Vous aurez sûrement le temps de faire plus ample connaissance par la suite, mais le moment n'est pas opportun, coupa Astaldor. Éloi, emmène mademoiselle di Moña à bord. Enfermez-vous dans ma cabine et barricadez-vous à l'intérieur.

Il se tourna vers Yann et Briac :

– Vous deux, accompagnez-les. Et soyez polis, elle pourrait bien ne pas vous suivre sans quelque formule de la haute société.
– Je suis sûr que vos hommes auront de meilleures manières que les vôtres, Capitaine, claqua Lucía.
– Je n'en doute pas. Cependant, vous n'êtes pas encore libre, je peux décider de vous enfermer dans nos cales, ce sera un tout aussi beau royaume que celui que vous venez de quitter. Sur ce, peut-être adieu, chère Lucía.

– Mademoiselle di Moña !
– Pardonnez-moi, Lucía. »

Il prit le fusil des mains de Yann et se dirigea vers le prisonnier pirate. Il lui asséna un violent coup de crosse dans le visage, ce qui lui fit perdre connaissance.

« Si vous croisez Vidfer dehors, demandez-lui de veiller sur cet homme jusqu'à mon retour. »

Puis, il dégaina son épée et sortit sans un mot par la porte de la cabine, le regard déterminé.

« Eh bien, Mademoiselle Lucía si vous le voulez bien, hésita Éloi.
– Mademoiselle di Moña ! Combien de fois devrais-je le répéter ?
– Très bien… Eh bien, Mademoiselle di Moña nous allons vous emmener à bord de notre navire. Je passerai devant et vous serez encadrée à gauche par Briac et à droite par Yann. Nous devrons progresser de façon rapide tout en nous courbant, il vaut mieux éviter les balles perdues. Est-ce que cela vous convient ?
– Allons-y. Je n'en peux plus de ce satané navire.
– C'est également compris pour vous deux ? demanda Éloi.
– Parfaitement ! répondit Briac en se moquant de la teinte rouge qu'avaient prise les joues d'Éloi.
– Bien, parfait, nous pouvons y aller alors. Avançons rapidement et évitons les combats. »

Éloi sortit de la cabine, suivi de près par Lucía encadrée des deux frères.

Dehors, l'atmosphère n'avait pas changé si ce n'est que les corps au sol étaient plus nombreux. L'air était toujours aussi chargé d'odeur de poudre et de sang, les cris d'agonie se mêlaient aux hurlements de rage des combattants et le cliquetis des lames s'entrechoquant résonnait au-dessus des ponts. Près du grand mât, ils aperçurent Vidfer en train de tirer au fusil. Éloi dirigea le groupe vers lui et l'informa du message du capitaine. Ils parvinrent ensuite à se faufiler jusqu'à une passerelle que Lucía emprunta avec aisance malgré sa robe et atteignirent le pont supérieur de L'Évasion. Il n'y avait quasiment plus de combats à bord, l'essentiel de l'abordage s'étant concentré sur le navire pirate. Éloi guida la petite équipée vers le château arrière et ils poussèrent la porte de la cabine du capitaine. Celle-ci était plus vaste que celle du pirate mais moins richement décorée. Au centre de la pièce se tenait une grande table de bois sombre où quelques documents étaient entassés. Au mur, un cadre représentait Astaldor et une phrase était inscrite au bas de la gravure : « Pour Hylkäm et la maison de Tuolii ». Au fond de la pièce était installé un lit sur lequel Lucía s'assit. Éloi lui donna à boire, lui proposa quelques fruits dans une corbeille puis les trois garçons renversèrent la grande table pour créer une petite muraille derrière laquelle ils s'accroupirent. Yann tint son fusil en joue,

Éloi dégaina son pistolet et Briac sa petite hache : ils étaient prêts à défendre leur position contre n'importe quel ennemi. Un silence s'installa durant lequel Yann lança un regard noir en direction d'Éloi. Son petit frère s'en aperçut et engagea la discussion :

« Yann, il faut que je te raconte ! Éloi m'a sauvé plusieurs fois la vie quand nous étions sur le navire pirate.
– Il t'aurait mieux protégé si vous étiez restés à bord de L'Évasion…
– Mais ici aussi il y avait des combats. Et puis, le capitaine avait ordonné d'enclouer les canons ennemis et…
– Laisse Briac, intervint Éloi. Yann est ton grand frère, c'est normal qu'il s'inquiète pour toi. Il est responsable de toi. Désormais, si cela vous convient, je vous emmènerai ensemble afin qu'il puisse te protéger du danger.
– Très bien, faisons comme ça. Briac sera en sécurité ainsi. »

Yann était tout étonné qu'Éloi comprenne le rôle capital d'un grand frère. Finalement, il n'est peut-être pas si bête, se dit-il.

Éloi eut l'air content. Fin d'esprit, il commençait à comprendre comment s'adresser à Yann.

Une longue heure passa. Dans la cabine de Josan Astaldor, le silence régnait. Les trois défenseurs s'étaient entendus à ne dire aucun mot afin d'entendre les éventuels bruits d'assaillants. De son côté, Lucía s'était endormie, ne pouvant plus lutter contre la fatigue.

Soudain, des pas résonnèrent à proximité de la porte et la poignée tourna.

« Halte-là ! Qui va là ? Faites-vous connaître ou nous ouvrons le tir ! somma Éloi.
– Ça va, ça va, c'est moi ! Vidfer ! Baissez vos jouets ! répondit le second de L'Évasion en pénétrant dans la cabine.
– Vidfer ! Quelles sont les nouvelles d'au-dehors ? demanda Éloi.
– Les combats ont cessé, nous sommes maîtres des deux navires. Mais nous avons perdu beaucoup d'hommes.

Il fit une pause.

– Le capitaine m'a parlé d'une demoiselle…
– Elle est sauve également, elle s'est endormie dans le lit du capitaine, répondit Éloi.
– Ah ! Parfait… Eh bien ! Je pense que nous pouvons la laisser… dormir… Éloi et toi – il désigna Yann –, venez avec moi, nous avons fort à faire. Quant à toi, reste ici et veille sur elle.
– À vos ordres, Monsieur.
– Yann, cela te convient-il ? demanda habilement Éloi à voix basse pour ne pas être entendu de Vidfer.

– Briac est effectivement très bien ici, allons-y », répondit Yann au moment où Éloi et Briac s'adressaient un clin d'œil complice.

Sur ces mots, Vidfer, Éloi et Yann sortirent. Dehors, le tumulte avait fait place au calme. L'équipage de L'Évasion avait fini par venir à bout de ses assaillants. Les pirates s'étaient rendus quelques instants auparavant.

« On a capturé leur capitaine ? interrogea Éloi.
– Apparemment, c'est ton mousse qui aurait fait le coup, indiqua Vidfer en montrant Yann.
– Vous devez vous tromper, j'ai surtout attendu dans la cabine…
– Une fois votre départ pour emmener la jeune fille en sécurité, je suis allé veiller l'homme ligoté au bureau. Le capitaine m'a également demandé de l'exhiber au grand jour avec un pistolet sous la tempe. Au vu des gueules que tiraient ces bandits, j'ai vite compris que je détenais un invité de marque ! Voilà comment trouver rapidement qui était leur capitaine !
– Félicitations, Yann !
– Je n'ai pas agi seul, le capitaine Astaldor était avec moi.
– De toute façon, les applaudissements seront pour plus tard. On a du pain sur la planche », claqua Vidfer.

Le reste de l'après-midi fut consacré à d'imposantes tâches qui marquèrent les marins. On rassemblait les corps, on les enroulait dans des draps blancs et on les envoyait à la mer. Les pirates survivants avaient été regroupés sur l'avant de leur navire, surveillés de près par deux hommes armés. À bord de L'Évasion, on tentait de panser les blessures, de suturer les plaies, d'accompagner certains dans leurs derniers moments. Les charpentiers évaluaient les dégâts et s'attelaient à combler les brèches dans la coque avec de grandes planches et des clous. Les canons pirates avaient fait de lourds dommages. Le plus gros chantier fut cependant celui autour de la partie du mât cassé. La partie supérieure avait été touchée mais l'essentiel en avait été préservé. On acheva ainsi de couper le haut et on le largua par-dessus bord. Astaldor avait ordonné que la quasi-totalité des réserves d'eau et de nourriture du navire pirate soient chargées à bord de L'Évasion ainsi que la poudre et les armes. Une chaîne humaine s'était alors formée entre les deux bateaux et tout était consciencieusement rangé dans les cales de L'Évasion. Le capitaine pirate avait été emmené à bord et solidement enchaîné dans une cellule. Josan Astaldor retourna dans la cabine du pirate et en rapporta une grande carte marine ainsi que quelques documents. Le soleil commençait à baisser à l'horizon quand Astaldor s'adressa aux quelques adversaires survivants :

« Messieurs, vous avez vaillamment combattu et vous avez perdu. Je ne vous ferai pas fusiller ni passer par-dessus bord même si c'est l'unique sort qui devrait vous être réservé. Sachez cependant une chose : croisez une nouvelle fois la route de mon navire et je vous envoie rejoindre vos camarades au fond des eaux. Je vous laisse assez de nourriture et d'eau pour deux jours de navigation. Faites voile vers le port le plus proche et reprenez une vie honnête. J'ai tout le long de la côte des espions qui sauront m'avertir si d'aventure votre navire est revu sous pavillon noir. Si tel est le cas, je vous pourchasserai… et vous tuerai. »

Astaldor rejoignit alors L'Évasion, accompagné de ses marins. On coupa chaque grappin et cordage reliant les deux coques, on hissa les voiles, et rapidement les deux navires s'éloignèrent l'un de l'autre : L'Évasion faisant cap à l'ouest tandis que le vaincu rejoignait la côte à l'est. L'Évasion avait perdu plus d'un tiers de ses hommes et partout à bord on entendait pester Astaldor depuis sa cabine.

Les premières étoiles scintillaient dans le ciel quand les trois garçons terminèrent leurs tâches respectives et se retrouvèrent à l'avant sur le pont supérieur. Éloi s'empressa de raconter à Briac les exploits de son grand frère. La capture du capitaine pirate emplit Briac d'une immense admiration pour Yann et, alors que le petit garçon le regardait, Yann reconnut qu'Éloi n'avait peut-être pas un si mauvais fond. Ils furent rejoints par Lucía. Elle avait revêtu une belle robe bleu clair tirée de ses malles dont elle avait exigé qu'on les transborde. Si la jeune femme était d'une grande beauté quand elle portait une robe en haillons, il est facile d'imaginer son allure dans une splendide robe finement travaillée. La scène était burlesque, chaque tête se tournait dans sa direction comme des mouettes suivent du regard le passage d'un bateau rempli de poissons.

« Je peux me joindre à vous ? J'en ai plus qu'assez d'être enfermée, j'ai besoin d'air frais.
– Avec plaisir, Mademoiselle di Moña !
– Je vois qu'au moins l'un d'entre vous a de bonnes manières. Briac, c'est cela ? dit-elle avec un petit sourire en le regardant.
– Euh… Oui c'est cela, Briac, Mademoiselle di Moña, rougit Briac.
– Vous n'êtes pas obligé de m'appeler ainsi chaque fois que vous vous adressez à moi, une fois suffit.
– À vos ordres, heu… oui… Mademoiselle di Moña.
– Votre présence est remarquée à bord, je crois que nous faisons des envieux, plaisanta Éloi en indiquant les marins qui les observaient.
– Ils n'ont jamais vu une femme de leur vie ?
– Si pour sûr, mais à bord de L'Évasion jamais et encore moins dans cette tenue.
– Cette tenue ? Que sous-entendez-vous ? Elle ne convient pas ?
– Euh, non, au contraire… elle est… enfin… vous êtes très bien comme ça.

– Eh bien ! Voilà que vous prenez tous les deux un coup de soleil, vous êtes aussi rouges que les méduses de la presqu'île, se moqua Yann.
– Il fait chaud, voilà tout, répondit Éloi.
– Vous avez donc une langue ? Je vous pensais muet, répondit Lucía en plongeant son regard dans celui de Yann.
– Je n'aime pas parler pour ne rien dire. Je parle quand cela est utile. »

Yann était piqué au vif et troublé par les beaux yeux qui le regardaient.

Ils passèrent le début de la soirée à se raconter leurs aventures de la journée. Briac dit comment ils avaient encloué les canons ennemis et Yann fut forcé d'expliquer comment il avait rejoint le capitaine en glissant dans les airs. Briac applaudit son grand frère et Éloi en rajouta aussi. Lucía écoutait attentivement. Elle jetait quelques regards inquiets aux gens qui les observaient mais elle commença peu à peu à se détendre. Ces garçons l'amusaient et l'apaisaient. Elle raconta alors comment le capitaine Astaldor était venu la délivrer, sans oublier de préciser qu'il n'avait pas été aussi courtois qu'elle l'avait espéré, et comment Briac et Éloi leur étaient venus en aide. Ce fut donc dans une ambiance étrangement joyeuse, après les tourments de la journée, que le repas fut sifflé. L'équipage se rassembla sur le pont supérieur et chacun reçut une assiette. Le dîner fut animé, chaque marin se levant pour raconter, debout au centre du cercle, les péripéties qu'il avait vécues durant l'abordage. La plupart du temps, les conteurs exagéraient et inventaient des duels d'un homme seul face à dix pirates et cela faisait rire l'auditoire. Peu de marins crurent aux exploits de Yann quand Briac les raconta et s'époumona à jurer que cela était vrai. Yann n'intervint pas, il était déjà assez gêné qu'on parle de lui devant tout l'équipage, ce qui amusait Lucía. Un homme raconta comment il avait tué d'une balle quatre ennemis mais son histoire fut interrompue par l'arrivée du capitaine. Astaldor était suivi de Vidfer et de quatre hommes qui portaient sur leurs épaules un corps enveloppé d'un drap blanc. Le silence se fit au sein de l'équipage. Le capitaine dévisagea son équipage, jeta un regard à Lucía qui le fixa sans broncher, puis adressa un signe de tête à Vidfer. Le second prit la parole : « Messieurs, je me fais une joie de voir vos mines ce soir après les épreuves que nous avons traversées aujourd'hui. Beaucoup de nos compagnons nous ont quittés, des amis chers, de bons marins. Je puis vous assurer que nous ne les oublierons pas et que L'Évasion portera à jamais en elle le souvenir de la bravoure de ces hommes. Des héros sont morts et – il indiqua le corps enveloppé – parmi ceux-là figure notre maître d'équipage, Balän. Je l'ai vu combattre, enragé comme un fauve et je peux vous dire que je n'avais pas assez de doigts pour compter les corps ennemis à ses pieds. Il aura, jusqu'à son dernier souffle, servi comme un officier exemplaire. Je vous invite à vous découvrir…

Tous ôtèrent bonnet, chapeau ou autre couvre-chef.

– Et à dire au revoir à notre frère de la mer. »

Une petite procession se forma et, en file, les marins vinrent chacun rendre hommage au maître d'équipage. Comme tout le monde, Briac arriva devant le corps et, au garde à vous, le salua militairement. Il frissonna en voyant les deux pieds qui sortaient du drap. Ce matin, cet homme vivait encore, il parlait, il avait des rêves, peut-être une famille, une femme qui l'attendait… Quel sort contre-nature que la mort ! Pourquoi une interruption aussi brutale ? Des questions se bousculaient dans sa tête, des questions qu'il ne s'était jamais posées auparavant.

Il fut tiré de ses pensées par Vidfer qui entonna le chant de L'Évasion repris en chœur par l'équipage :

Hissez haut ! Virez au vent !
Hissez haut ! Pas besoin de boussole,
Hissez haut ! Virez au vent !
Hissez haut ! L'Évasion prend son envol.

Par vents et marées,
Par jour et obscurité,
L'Évasion vogue toutes voiles dehors,

Non pas pour l'or ni aucun trésor,
Mais pour sa majesté,
Melreüs l'Oublié.

Hissez haut ! Virez au vent !
Hissez haut ! Pas besoin de boussole,
Hissez haut ! Virez au vent !
Hissez haut ! L'Évasion prend son envol.

Un cheval fendant les eaux,
À bride abattue, au triple galop,
L'Évasion court sur les mers,
Suspendue dans les airs,
Au nom de sa majesté,
Melreüs l'Oublié.

Hissez haut ! Virez au vent !
Hissez haut ! Pas besoin de boussole,
Hissez haut ! Virez au vent !
Hissez haut ! L'Évasion prend son envol.

Les voix des marins se mêlaient pour former un magnifique chant, profond et fier. L'hymne de L'Évasion monta le long des mâts et résonna sur la mer calme. Quand chacun eut salué Balän, on posa son corps sur une planche de bois au-dessus de l'eau. Astaldor vint saluer une dernière fois son officier. Il était difficile de lire une émotion sur son visage. Rien ne transparaissait. Il semblait concentré, peut-être ému, mais ses yeux ne s'humidifièrent pas et sa bouche ne trembla pas. On fit alors pivoter la planche. Le corps tomba à la mer et, lesté de quelque poids, s'enfonça paisiblement dans l'obscurité. Tous se tournèrent vers le capitaine. Il inclina la tête pour saluer l'équipage, adressa un regard au clan des mousses et à la jeune femme puis tourna les talons sans un bruit.

« Eh bien, il est lugubre ! » lança Lucía à voix basse.

Éloi voulut répondre mais il fut devancé par Vidfer qui s'adressa à tout le monde :

« Messieurs, l'heure des adieux est terminée. Il est maintenant grand temps de célébrer votre courage ! Le capitaine offre à tout l'équipage une triple ration de tafia !

Il fit amener trois grands tonneaux de rhum, se servit un verre et le brandit devant lui :

– Pour L'Évasion !
– Pour L'Évasion ! Et pour le capitaine ! » reprirent en chœur tous les marins.

Le dîner continua et la fête commença.

« Il offre du rhum à son équipage mais ne vient même pas en prendre un verre ? Peut-être s'estime-t-il trop important pour passer du temps avec ses hommes ! » continua Lucía.

Éloi sourit. Il était amusant d'entendre Lucía reprocher au capitaine de se donner de grands airs. Cependant, il se garda de le dire.

« Éloi, qui est Melreüs l'Oublié ? demanda Briac.
– Hein ? Vous ne savez pas qui...

Mais Éloi se rappelant la réaction de Yann quand ils avaient échangé sur les Quatre Princes, se ravisa :

– Melreüs l'Oublié est notre roi.
– Notre roi ? À nous aussi ? demanda Briac.
– Oui ! Ah ah ! À nous tous ici. Melreüs est le roi d'Harmä. Personne ne le connaît sur votre presqu'île ?
– Personne. À Portivÿ, notre chef est le Penlü et personne n'est au-dessus de lui au village. Comment est notre roi ? Il habite loin de Portivÿ ? Tu l'as déjà vu ? »

Éloi ne put lui répondre car Vidfer les rejoignit :

« Mademoiselle, le capitaine vous fait savoir que vous occuperez ce soir sa cabine. Il dormira avec le reste des officiers. Il m'a également chargé de vous proposer de faire apporter votre dîner à l'intérieur.
– Vous remercierez le capitaine pour moi et lui sais gré de faire apporter mon dîner à l'intérieur. J'ai besoin de me retrouver au calme, sans voir de marins pendant quelque temps.

Vidfer allait partir quand elle voulut compléter sa réponse :

– Dites au capitaine que… non ne dites rien, merci.
– Cela tombe bien, je ne suis pas un cormoran voyageur.
– Eh bien, après le capitaine, c'est maintenant son second qui devrait apprendre à parler aux dames, claqua-t-elle à l'adresse de Vidfer qui était déjà trop loin pour l'entendre. Elle reprit en se tournant vers les trois garçons : Messieurs, je prends congé de vous mais vous remercie pour votre compagnie. Bonne soirée.
– Bonne soirée Mademoiselle di Moña, répondirent en chœur Briac et Éloi.
– Bonsoir, ajouta-t-elle en leur adressant un petit sourire en s'éloignant.
– Mademoiselle di Moña… c'est d'un ridicule… grogna Yann.
– C'est une dame importante Yann, peut-être même que c'est une princesse ! Ou une reine !
– Pff ! N'importe quoi, Briac. Princesse ou reine, ici elle n'est ni l'une ni l'autre. Elle joue de son charme sur vous pour se croire à la cour et le pire c'est que cela fonctionne.
– Son charme ? Que dis-tu par-là ? Mais pas du tout… je ne suis pas du tout sous son charme.
– Il me semblait t'avoir vu troublé, toi aussi, Yann, quand elle te parlait tout à l'heure, remarqua Éloi avec un soupçon de malice dans la voix.
– Troublé ? Par une femme ? Alors là tu te mets le doigt dans l'œil, mon pauvre Éloi. Tu n'y es pas du tout !

– J'ai dû me tromper alors… N'en parlons plus et célébrons la victoire d'aujourd'hui !

Cette proposition fut acceptée et les discussions se concentrèrent à nouveau sur les combats et l'état dans lequel se trouvait L'Évasion. Éloi, en particulier, s'inquiétait.

– Les maîtres charpentiers sont en train de réparer la coque mais nous ne sommes pas passés loin de la catastrophe. Je n'ai jamais vu L'Évasion dans un tel état, raconta Éloi.

– Ça fait longtemps que tu es sur ce bateau ?
– Quelques années, oui.
– Quelques années ? Comment est-ce que tu t'es retrouvé à bord de L'Évasion ?
– Ah Briac, tu es curieux et poses sans cesse des questions, ah ah ! Eh bien ce soir comme c'est jour de fête, je vais satisfaire ta curiosité mais auparavant prenons un verre, c'est notre récompense ! »

Éloi se leva et revint avec trois grands verres remplis à ras bord. Ils trinquèrent alors « À L'Évasion et au capitaine ! » et burent une gorgée. Tous toussèrent sauf Éloi qui rit aux éclats en voyant des larmes couler des yeux de Briac. Une fois remis de leurs émotions, Éloi commença son histoire :

« Je n'ai pas connu mes parents. Mes souvenirs les plus anciens datent de mon errance dans les bas quartiers de Lasinpassä. L'un des deux plus grands ports d'Harmä, au nord-ouest. C'est une grande ville à la gloire ancienne où la misère est devenue monnaie courante. Je vivais au jour le jour en volant de quoi manger ou en chapardant un bijou que je revendais.

Briac et Yann échangèrent un regard.

– C'est une période dont je ne suis pas fier, certes, mais je n'avais pas le choix. Le soir, je dormais en clandestin sur des bateaux à quai et retournais à mes activités dans les rues, une fois le soleil levé. Bien entendu, je n'étais pas le seul jeune vaurien à détrousser les poches des riches bourgeois. Progressivement, la haute société a payé des milices pour nous débusquer et les gens de la ville se sont mis à redoubler de vigilance. Seul, je n'avais aucune chance de survivre, j'ai donc intégré un clan. Nous étions tous orphelins, sans le sou mais diablement efficaces pour voler, espionner, mentir… J'avais développé un don dans le camouflage qui me valut bientôt d'être nommé chef du clan. Je disposais alors sous mes ordres d'une douzaine d'enfants sur qui je devais veiller. Nous étions une vraie famille. De longs mois passèrent ainsi. Chacun avait une mission et un rôle bien précis. Nous mettions toutes nos trouvailles en commun et nous nous protégions contre d'éventuelles déconvenues. Un jour, cependant, une mésaventure changea la donne. Alors que j'étais sur un toit à compter l'argent que nous avions récolté la veille, un membre du clan vint m'alerter qu'un enfant s'était fait attraper. Il avait tenté de voler la montre à gousset d'un homme et ce dernier l'avait pris la main dans le sac. Il menaçait de le livrer à la garde. Quand j'entendis la nouvelle, je me hâtai de rejoindre l'endroit qui m'avait été indiqué. La petite ruelle était sombre, pas un chat à l'horizon, là un homme semblait m'attendre et à côté de lui était habilement ligoté mon orphelin. Après avoir analysé le terrain et mon interlocuteur depuis les toits où je me trouvais, je descendis dans la ruelle et me présentai à l'homme. Il me demanda mon nom et en retour m'apprit qu'il se nommait Josan Astaldor. Ainsi, je rencontrai pour la première fois le capitaine. Il me dit d'un calme ironique qu'il était inutile de penser à libérer son otage par la force car il avait avec lui un pistolet et il assura savoir s'en servir, ce que je crus sur parole. Je lui demandai son prix pour relâcher l'enfant et il m'indiqua qu'il répondrait à ma question après avoir davantage échangé avec moi. Il me demanda alors de raconter mon histoire, d'où je venais, ce que je faisais avec ces garçons, notre organisation… Je devais répondre à chacune de ses questions sans quoi il n'accepterait pas de me donner le prix de la liberté. Je lui racontai alors tout, presque sans m'arrêter, je livrai contre toute attente une part intime de mon existence à un inconnu qui menaçait la vie d'un de mes enfants. Son attention m'étonna, il semblait intéressé et me posa de nombreuses questions. Nous parlâmes ainsi longtemps et, au bout de plusieurs heures, il m'indiqua le prix à payer. Je devais accepter de m'engager à bord de son navire pour une durée de six mois. L'embarquement se ferait le jour même. Il me suffit alors de jeter un regard à l'enfant ligoté pour savoir que j'étais pris au piège. J'acceptai le marché du capitaine. Il libéra l'orphelin qui me lança un regard ému avant de disparaître. Quelques instants plus tard, je rencontrai Vidfer, Balän et le reste de l'équipage de L'Évasion.

– Et as-tu revu ton clan ? Que sont devenus ces enfants ? interrogea Briac.

– Durant mes six mois à bord, j'ai beaucoup appris du métier de marin et j'ai eu envie de m'enrôler. Cependant, mon désir de revoir mes orphelins était plus fort. Je retournai à terre mais j'eus beau écumer chaque ruelle, chaque toit, chaque planque où nous avions pour habitude de nous réunir, jamais je ne réussis à les retrouver. C'était comme s'ils n'avaient jamais existé. Au bout d'une semaine de recherches, je décidai d'abandonner l'idée et j'intégrai l'équipage, cette fois volontairement. C'était il y a trois ans.

– Et la suite… ?

– La suite. Ben, cela fait un moment que je vogue sur L'Évasion. Cet équipage est devenu ma nouvelle famille. À maintes occasions, j'ai pu montrer au capitaine qu'il avait eu raison de m'engager et, depuis, une forte amitié nous unit. J'ai été nommé second maître d'équipage il y a quelques jours, mon rôle consistant notamment à m'occuper des mousses que nous recruterions.

– Pourquoi L'Évasion est-elle venue recruter des hommes à Portivy̆ ? Nous sommes un petit village de pêche, jamais pareil navire n'avait été vu au large de nos côtes. Pourquoi n'avez-vous pas complété l'équipage directement à Lasinpassä ? interrogea Yann.

– Je l'ignore. Nous avons tous été surpris de ne pas préparer notre embarquement dans un grand port. Quand le capitaine nous a ordonné de faire cap vers Portivy̆, beaucoup se sont interrogés, répondit Éloi en abaissant la voix.

– Pourquoi criez-vous “Pour le Roi” ? Est-ce lui qui missionne L'Évasion ? Travaillez-vous pour lui ?

– Yann... je comprends tes questions, cependant je n'ai pas de réponses à te donner. Les missions sont souvent ainsi à bord, nous n'en connaissons le contenu qu'une fois que le capitaine l'a décidé.

– C'était une belle histoire en tout cas, Éloi ! Je suis triste pour toi que tu n'aies pas revu le clan des orphelins... Peut-être un jour. Et Lucía ? Sais-tu pourquoi elle était sur ce navire pirate ? demanda Briac.

– Elle a dû se faire capturer en mer. Cela arrive de temps en temps. Pour faire chanter de nobles familles et récupérer une rançon en échange de la libération.

– Une dame de la haute, ça rapporte de l'argent », ajouta Yann amusé.

Le reste de la soirée se déroula dans une bonne ambiance, Éloi répondant aux questions de Briac, et Yann intervenant de temps en temps avec les piques cyniques dont il avait le secret.

Quand un sifflet les informa du couvre-feu, tout l'équipage, à l'exception des hommes de quart, alla se coucher. Quelques instants plus tard, les corps fatigués se balançaient dans les hamacs, bercés par la houle du large.

CHAPITRE VIII

LUCIA DI MOÑA DE LA MAISON KEKSII

Le lendemain matin fut très difficile pour Yann et Briac. Leur tête était lourde et il semblait qu'un marteau ne cessait de la leur frapper. Le rhum offert par le capitaine la veille leur avait donné une bonne gueule de bois. Briac s'était levé en pleine nuit et avait redonné à la mer un peu d'alcool qu'il ne pouvait garder pour lui… Leurs deux têtes fatiguées et pâles firent rire aux éclats Éloi quand ils se retrouvèrent sur le pont principal. Une fois le petit-déjeuner avalé, il leur donna leurs missions de la journée : « Ce matin, Yann tu seras à la vigie, Briac, tu iras aider à l'infirmerie le médecin du bord, il ne s'en sort pas pour soigner les blessés de l'abordage. Cet après-midi, Yann tu laveras la proue, puis tu donneras un coup de main en cuisine. Toi, Briac, tu relaieras Yann à la vigie. » Ils acquiescèrent sans poser de questions, ce qui surprit Éloi.

La matinée se déroula sans encombre. Yann rejoignit Œil-de-Faucon dans les hauteurs et il s'étonna de l'accueil chaleureux que lui réserva le vieux marin. Finalement, ce vieil homme était le membre de l'équipage qu'il préférait : Œil-de-Faucon ne parlait pas inutilement et il aimait le silence plus qu'il ne le craignait. Une merveilleuse vertu, selon Yann. Ils discutèrent quelques secondes des aventures de la veille, puis les deux se murèrent dans un silence propre aux longues veilles en mer.

De son côté, Briac rejoignit le médecin de L'Évasion, un homme instruit qui avait des yeux pétillants derrière de petites lunettes. Il était vêtu d'une blouse découpée dans une vieille voile, ce qui lui donnait un air important tout autant que ridicule. Celui qu'on appelait « Doc », mais qui se nommait en réalité Mezek, emmena aussitôt Briac changer les bandages et les pansements des blessés. Deux longues heures durant, Briac ne cessa de questionner Mezek sur son poste de médecin, comment il avait embarqué sur L'Évasion, depuis combien de temps, etc. Briac discutait également avec les hommes alités qui s'amusaient beaucoup de voir ce gamin aux innombrables questions et à l'imagination débordante. On ne parla bientôt plus que de lui à l'infirmerie, chaque homme voulant discuter avec « le minot du médecin ».

Les deux frères se retrouvèrent au déjeuner. Briac raconta à Yann toutes les histoires qu'il avait entendues, la gentillesse du Doc, les récits des marins, les blessures qu'il avait vues et, quand il interrogea Yann sur sa matinée, celui-ci lui répondit un éloquent : « Ça s'est bien passé. » Puis, Lucía les retrouva mais pas Éloi. Elle venait de se réveiller, se reposant enfin de ses longs jours de captivité. Elle avait abandonné sa robe et portait désormais une chemise blanche, un pantalon et des bottes. Elle avait également noué ses longs cheveux noirs en queue-de-cheval. Elle avait fière allure, lui fit remarquer Briac. Elle leur demanda des nouvelles et Yann ne fut pas plus bavard qu'avec son frère. Briac raconta de nouveau les quelques heures passées à l'infirmerie, ce qui eut le don d'agacer Yann, d'autant que Lucía continuait de se plaindre du manque de confort à bord.

Le déjeuner prit fin et les deux garçons retournèrent à leurs tâches. Lucía resta accoudée au bastingage quelques instants puis regagna sa cabine quand les regards de l'équipage furent devenus trop pesants.

Yann saisit son seau d'eau savonneuse ainsi qu'un vieux balai et commença à gratter le pont supérieur sous les rires moqueurs de marins occupés à recoudre les voiles déchirées pendant la bataille. Briac grimpa en haut du mât et retrouva Œil-de-Faucon qui l'accueillit lui aussi avec entrain. La joie du vieux veilleur fut cependant de courte durée quand il comprit au bout de quelques minutes que Briac ne cesserait sûrement jamais de parler. À quoi bon s'isoler en haut d'un mât si on se retrouve attaqué par un flot continu de questions en tous sens, se dit-il.

« Ce nuage me fait penser à... une mouette ! Et toi ? À quoi te fait-il penser ? »

Œil-de-Faucon plongea la tête dans ses mains en soufflant.

En fin d'après-midi, Yann, épuisé par le lavage du pont supérieur, alla prêter main-forte au cuisinier. Ce dernier se nommait Kerginër et, comme tout bon cuisinier, il était doté d'un ventre rond où il gardait, plaisantait-il, des réserves pour l'hiver. Ce Kerginër avait tout d'un bon vivant et était sûrement l'un des hommes les plus attentifs au bonheur d'autrui. Il s'était donné pour mission de rendre les gens heureux autour de lui et considérait qu'un bon moyen pour parvenir à ses fins était de leur servir les meilleurs repas possibles à bord. « Le moral de l'équipage se trouve au fond de l'écuelle », disait-il quand Astaldor lui demandait si ces mets luxueux étaient nécessaires pour la mission.

En plus d'être cuisinier, il assurait à bord un service de « discussions personnelles pour le moral du marin ». En d'autres termes, tous savaient à bord que si l'un d'entre eux traversait un moment difficile, il pouvait demander à parler à Kerginër afin de se confier et de recevoir des conseils avisés. Il accueillait ainsi le marin triste et posait toujours la même question: « Mon ami, pourquoi cet air tristounet ? » Ce pourquoi l'équipage lui avait donné le surnom de « Tristoun ». La rencontre de Yann avec Tristoun fut ainsi des plus burlesques: l'un évitait de parler tandis que l'autre cherchait désespérément à percer la muraille de silence de l'autre.

Le supplice de Yann prit fin quand sonna l'heure du dîner. Il fit le service sur le pont principal, ce qui amusa beaucoup Éloi et Briac, puis les rejoignit à la proue du navire. Cette fois-ci, Lucía avait décidé de dîner avec eux et avait refusé qu'on lui apporte son repas dans sa cabine. Chacun raconta sa journée, puis Briac posa la question qui le taraudait depuis la veille :

« Mademoiselle di Moña, pourquoi étiez-vous sur ce navire pirate ? D'où venez-vous ? »

Ce soir-là, Lucía lui répondit qu'il n'était pas convenable de poser ce genre de questions quand l'on connaît une personne depuis peu. Le lendemain soir, Briac insista, et ce ne fut que le surlendemain, après deux journées enfermée dans la cabine du capitaine, que Lucía répondit :

« Briac, vous m'avez demandé ces deux derniers soirs ce que je faisais à bord d'un navire pirate. Votre patience va être récompensée car j'ai finalement jugé bon de me confier à vous trois ce soir. Voilà plusieurs jours que je porte ce poids seule et je crois avoir besoin d'échanger sur ce sujet.
– Je vous remercie, Mademoiselle di Moña.
– Appelez-moi Lucía, ajouta-t-elle en souriant.
– Vous... Vous êtes sûre ?
– Eh bien, aussi surprenant soit-il, je crois que oui. Je pense que nous pouvons même nous tutoyer mais...

Elle leur adressa un clin d'œil complice :

– N'en parlez à personne. Je m'appelle Lucía di Moña, de la maison Keksii. Je viens des principautés de Lictée, loin au sud de vos contrées d'Harmä. Ma famille est cousine de la famille régnante, mon père est un cousin du grand Eksytö le Sage.
– C'est votre roi ?
– Non, c'est notre prince suprême, il dirige notre pays. C'est évid...

Elle s'arrêta quand Éloi lui indiqua de la tête que cela n'avait rien d'évident pour les deux frères.

– Harmä, votre pays, les principautés de Lictée d'où je viens, le royaume d'Opäle et Vihreä, chacun a son monarque. Je ne connais pas le vôtre mais celui de mon pays est doté d'une grande sagesse. Comme

chaque famille de la noblesse lictésienne, mes parents ont toujours souhaité posséder des territoires à l'ouest sur le continent de Taïvas. Mon père s'est donc arrangé pour que j'épouse un homme riche qui possède quelques terres là-bas.
– Cet homme, tu l'as déjà rencontré ?
– Évidemment que non, pour te dire je ne sais même pas à quoi il ressemble, ah ah ! Chez nous, les enfants n'ont pas leur mot à dire, ce sont les parents qui arrangent leur avenir. Nous, nous devons suivre le chemin qu'ils tracent pour nous. Je vois la surprise dans vos regards et, oui, je vous l'accorde, nous avons eu des enfances très différentes.
– Comment était-ce chez toi ?
– J'habitais une grande maison en haut d'une colline, au centre de la ville de Keksii. Mon père en est le prince élu. Nous avions de nombreux serviteurs, des femmes de chambre, des cuisiniers, des gardes... Je n'ai ni frère ni sœur mais j'y ai vécu de merveilleuses années. Imaginez des peintures du grand Sirius au plafond, des lustres sertis de pierres précieuses, des fresques de Setä cernées d'or et de nacre, des buissons de fleurs des quatre coins de Prolis aux balcons, des fontaines splendides et sculptées dans le marbre au milieu de petites cours à l'ombre. Ma chambre est aussi grande que le pont de ce navire, et plus luxueuse que ne le sera jamais la cabine du capitaine. Dans cette maison tout n'est que beauté et émerveillement.

Je vous y emmènerai peut-être, nous devons sûrement faire route en ce moment vers la Lictée pour me débarquer.
– Et comment t'es-tu retrouvée à bord du navire pirate ? interrogea Yann, coupant Éloi qui allait intervenir.
– Une fois mon mariage arrangé, il fallait que je me rende à mes noces. Mes parents ont fait préparer un navire. L'homme que je devais épouser habite dans ses terres à Taïvas. J'ai embarqué pour une traversée avec une escale sur l'île de Vartijaa. Les deux premiers jours en mer se sont bien passés mais, le troisième jour, nous avons été attaqués par surprise. Un navire pirate est sorti de nulle part. Comme s'il nous attendait. Tout l'équipage de mon navire a été tué, je suis la seule survivante. Alors que je me préparais à accueillir la mort, mes ravisseurs ont décidé de m'épargner pour exiger une rançon. Ils avaient dû reconnaître les armes lictésiennes de mon navire. Cela faisait plusieurs jours, je ne saurais dire combien, que je croupissais au fond d'une cale sombre, enchaînée aux poignets et aux chevilles, quand j'ai entendu des bruits de combat. La suite, vous la connaissez et je ne vous remercierai jamais assez de m'avoir libérée et sauvé la vie.
– Quelle fortune que les pirates aient croisé notre route, qui sait ce que tu serais devenue ?
– Nous continuerons de te protéger !

– Merci Briac, je sais que grâce à vous trois je ne crains désormais rien, répondit Lucía amusée. Et vous ? Quelle mission suit L'Évasion ? Je n'ai jamais entendu parler de ce navire auparavant.
– Nous sommes missionnés pour servir de protection aux navires de pêche d'Harmä, improvisa Éloi en lançant un regard aux deux frères.
– Un si grand navire pour protéger des pêcheurs ?
– Oui… Ils sont souvent victimes d'attaques de… pirates. Vous êtes bien placée pour savoir qu'ils peuvent grouiller dans ces eaux.
– Effectivement, je puis attester de la véracité de ces dires. D'ailleurs, j'ai cru entendre dire que le capitaine les avait relâchés à la suite des combats ? Pourquoi ne pas les avoir fait fusiller ?
– Si un adversaire baisse les armes et se rend, on ne peut pas le tuer. C'est le code de L'Évasion. Le capitaine leur a donné assez de vivres pour qu'ils regagnent la côte, répondit Éloi.
– N'aurait-on pas pu les emprisonner plutôt que les laisser à nouveau courir les mers ?
– Nous n'avons gardé à notre bord qu'un seul prisonnier. Leur capitaine, continua Éloi.
– Pourquoi ne pas l'avoir laissé avec ses hommes ? demanda Briac.
– Le capitaine souhaitait l'interroger sur les raisons de l'attaque. Il est rare qu'un navire pirate s'attaque à un bâtiment armé. Ce comportement est inhabituel

même pour des flibustiers.
– Qu'a donné l'interrogatoire ? questionna Yann interloqué.
– Nous n'avons pas pu l'interroger. Il a mis plus de deux jours à retrouver ses esprits. Je crois que le capitaine y est allé un peu fort quand il l'a assommé… Nous avons prévu de le questionner demain, mais gardez ces informations pour vous, je ne suis pas censé en parler. Cessons de parler de cette histoire, conclut Éloi.
– J'ai hâte d'entendre les raisons qui ont poussé ce fou à défier la marine princière de Lictée. Gardez-le en vie, mon père voudra le faire pendre sur la place publique. Sur ce, Messieurs, il est temps pour moi d'aller me coucher. Je vous souhaite une bonne nuit. Éloi, pourrais-tu informer le capitaine que je souhaiterais lui parler demain matin à la première heure ? Cela fait deux jours que je cherche à lui parler mais il semblerait que Sa Majesté soit trop occupée et ne puisse me recevoir. Je veux savoir quand il a l'intention de me débarquer, je suis attendue. »

Puis, elle partit sans laisser à Éloi le temps de lui répondre.

« Je crains qu'elle ne soit déçue de la conversation avec le capitaine. La Lictée ne sera probablement pas notre prochaine destination.

– Ah bon ? Et quelle est-elle, notre destination ? Pourquoi mentir sur notre mission ? Protéger des pêcheurs… questionna Yann agacé.
– Avec un tel chargement, L'Évasion ne suit pas une simple mission de surveillance, bien entendu. Je ne saurais dire où nous nous rendons mais il est certain que le capitaine n'acceptera pas de faire demi-tour pour débarquer Lucía en Lictée. Nous faisons voile depuis plusieurs jours à l'ouest, nous ne changerons sûrement pas de cap à cent quatre-vingts degrés…
– Pourtant en tant qu'officier tu sais des choses que nous ignorons. Peut-être sais-tu même où nous nous rendons mais tu aurais reçu pour ordre de ne pas nous le dévoiler, objecta Yann.
– J'ai effectivement des informations que l'équipage ne connaît point encore mais notre destination ainsi que l'objet de notre mission sont deux choses aussi floues pour vous que pour moi. Il faut l'accepter et faire confiance au capitaine.
– Faire confiance au capitaine ? Voilà plus de deux jours qu'il est enfermé dans une cabine et qu'il n'en sort plus. Que lui arrive-t-il ?
– Il doit sûrement s'acquitter de tâches qui demandent de la discrétion.
– J'ai plutôt l'impression qu'il se cache… ou qu'il a peur de quelque chose ! J'ai vu comment il regardait le bout de parchemin dans la cabine du navire pirate ! Il est devenu fou et a retourné toute la pièce. Une chose

est sûre, c'est de la peur que je lisais sur son visage.
– Un bout de parchemin ? Il ne m'en a pas parlé... Mais fais attention Yann, il est dangereux de critiquer à bord le capitaine et il est encore plus périlleux de se mêler de choses qui ne nous regardent pas...
– Est-ce une menace ?
– C'est un conseil, Yann, le meilleur que je puisse te donner. »

Un silence s'installa alors et Briac fut heureux que la discussion tendue entre Yann et Briac se termine. Au sifflet du couvre-feu, les trois garçons se dirigèrent sans un mot vers leur hamac et s'endormirent rapidement. Sauf Yann. Il n'appréciait guère la tournure que prenaient les évènements et l'impossibilité de lever le voile de mystère jeté sur la mission l'énervait autant qu'elle l'angoissait.

Deux heures passèrent ainsi durant lesquelles il chercha le sommeil sans vraiment y parvenir. À un moment, son attention fut attirée par un bruit de pas rapides sur le sol. Yann se releva et aperçut une ombre se faufiler au fond de la pièce. L'instant d'après, elle avait disparu. Bien que cette apparition l'intrigua, la nuit eut raison de lui et le sommeil finit par l'emporter.

CHAPITRE IX

UN TRAÎTRE À BORD

Le lendemain, Briac était à la vigie, au plus grand désespoir d'Œil-de-Faucon, tandis que Yann aidait le Doc à l'infirmerie.

Yann était d'une humeur massacrante. Il avait un mauvais pressentiment. Comme si quelque chose de grave allait survenir d'ici peu. Quand l'on surveille un petit frère aussi intenable que Briac depuis des années, certains dons de voyance peuvent apparaître. À peine embarqués, ils avaient déjà eu leur lot de mésaventures et ce navire gouverné d'une main de fer maintenait son cap vers un horizon toujours plus incertain. Pourtant, ce n'était pas ça ou, du moins, tout, tout cela, Yann le savait déjà. Aujourd'hui, c'était différent, quelque chose s'était ajouté à l'équation.

Un homme blessé le sortit de ses pensées. Le pauvre alité l'avait agrippé afin qu'il l'aide à refaire son bandage. Yann s'exécuta sans prononcer un mot mais il semblait exaspéré. Il écoutait d'une oreille distraite les conseils de Doc qui lui indiquait comment entourer la jambe mais sa tête continuait de bouillonner. Il tenta de retrouver les signes qui auraient pu lui annoncer la menace pressentie. La matinée se déroulait normalement et l'équipage n'affichait aucune inquiétude. Aucune annonce à la vigie. Aucune voile à l'horizon. Tout semblait normal. Il se souvint qu'il avait échangé avec Éloi mais ce dernier n'avait pas été différent des jours précédents. Yann eut beau se concentrer, rien ne lui vint à l'esprit.

Quand sonna l'heure du déjeuner, il ne partagea pas ses doutes avec son frère mais celui-ci remarqua son air préoccupé. « Finalement, quelle différence avec les jours précédents ? » se dit Briac. « C'est quand il est vraiment de mauvaise humeur que la situation est suspecte. » Animé par un monologue de Briac, le déjeuner allait toucher à sa fin quand Lucía les rejoignit. Elle semblait remontée et ses joues viraient au rouge. D'un pas rapide et décidé, elle se dirigea vers les deux frères et s'assit brusquement les bras croisés. Elle semblait vouloir contenir sa colère mais n'y arriva qu'une petite seconde :

« Des jours que j'attends une audience auprès de ce misérable capitaine et voilà qu'au moment où

Monsieur daigne enfin me recevoir, il m'informe n'avoir que quelques minutes à m'accorder ! J'exige donc de connaître le jour où je serai débarquée et pour toute réponse qu'ai-je reçu ? "Il m'est impossible de vous répondre avec précision. Je me garde donc de vous formuler une réponse qui pourrait être erronée." Vous rendez-vous compte ? Le rustre a osé ajouter que ma situation n'était pas une priorité à bord ! Pas une priorité ! Croyez-moi, il aura des nouvelles de ma famille ! Et il aura intérêt à voguer très loin et même se cacher aux confins des mers ne l'aidera pas à échapper à son sort !

– Peut-être qu'il ne peut pas te donner une date précise parce que c'est trop compliqué avec le vent et la mer. Il pourrait te donner un ordre de grandeur... Enfin, je ne sais pas...

– Rien, il n'a rien voulu me donner. Serait-ce dans une semaine ? Deux ? Trois ? Rien, il ne peut même pas m'indiquer si d'ici un mois j'aurai touché terre !

– Un mois avant de toucher terre ? Mais il est évident que nous n'allons pas rester un mois en mer comme cela.

– Ce qui est déroutant, c'est que le capitaine ne semble pas se soucier d'avoir une étrangère à bord, intervint Yann.

– Comment ça ?

– Au vu des derniers faits et du peu d'informations que nous avons sur notre destination, il est indéniable que

L'Évasion a une mission secrète. Une mission d'une certaine importance. Et dans de telles circonstances, il semble peu compatible d'accueillir à bord une personne étrangère. Pourtant, ton débarquement ne fait pas partie des plans à court terme.
– Pour ma part, je suis très heureux de ta présence à bord. Est-ce une si mauvaise nouvelle pour toi ? Ne te plais-tu pas, ici, avec nous ?
– Bien entendu, Briac, je suis heureuse avec vous. Mais, vois-tu, je suis attendue, j'ai entrepris ce voyage pour aller me marier. Votre compagnie est très agréable mais j'étouffe ici, je veux pouvoir courir, aller en carrosse, marcher en ville à l'abri de tous ces regards dont je ne sais ce qu'ils pensent quand je passe devant eux », dit-elle en montrant de la tête quelques marins qui les épiaient.

La discussion s'interrompit net quand un coup de sifflet annonça la reprise des quarts. Cette fois-ci, les tâches entre les deux frères furent inversées. Les blessés à l'infirmerie se réjouirent d'accueillir Briac tandis qu'Œil-de-Faucon afficha une mine réjouie quand il vit Yann monter le long des haubans. Ils échangèrent quelques mots, puis le silence. Yann avait fort à réfléchir.

Le matin, ce sentiment d'une menace soudaine l'avait interpellé et voilà qu'une nouvelle fois le brouillard s'épaississait : L'Évasion ne toucherait-elle pas terre avant plus d'un mois ? Cela correspondait à bien plus que les grandes campagnes de pêche des marins de Tirös. « Il faudra que je mène mon enquête », songea Yann.

Il trouva un fait anormal dans sa journée : Éloi. Il n'était pas venu déjeuner avec eux et, plus encore, depuis plusieurs heures, on ne l'avait pas aperçu sur le pont principal. À la mort de Balän, Éloi avait été promu seul maître d'équipage, il avait donc beaucoup à faire pour relayer les ordres et avait dû élire domicile sur le pont la majeure partie de la journée. « Voilà une absence surprenante… » se dit Yann.

Coup du sort ou non, c'est Éloi qui accueillit Yann au pied du mât, à la tombée de la nuit.

« Yann ! Comment te portes-tu ?
– Je me porte bien, très bien. Où étais-tu aujourd'hui ? Je n'ai pas l'impression de t'avoir croisé sur le pont.
– J'étais occupé, nous avions des sujets à traiter pour la mission avec le capitaine.
– Et tout est en ordre pour la mission ? Tu sembles tendu.
– Oui, oui, tout va bien, très bien… Je ne suis pas tendu, juste un peu fatigué, voilà tout. Ah, il me semble que le dîner est servi, allons-y, ne faisons pas attendre les autres ! »

Tristoun leur avait préparé du hareng vermeil et une soupe de chou-fleur nénuphar que Briac mit un certain temps à avaler malgré les remontrances de Yann. Lucía ne vint pas les rejoindre, elle avait demandé que son dîner soit apporté dans la chambre et n'en était pas sortie de la soirée. Briac était déçu bien que chacun sût que cette absence était due à la seconde discussion de Lucía avec le capitaine. La rumeur disait qu'elle avait claqué la porte en criant qu'il était inutile de délivrer une personne si c'était pour l'emprisonner à nouveau.

L'ambiance du dîner fut morose. Briac ressassait en son for intérieur les propos de Lucía et sa volonté de quitter le navire. Il ne comprenait pas sa décision. Il avait pourtant été gentil avec elle, Éloi aussi l'avait bien accueillie. Seul Yann avait été distant. Mais Yann… Il est toujours comme ça, se dit-il. Voilà que maintenant sa déception virait doucement à la colère contre son grand frère. « S'il avait été plus aimable et accueillant, peut-être que Lucía aurait voulu rester à bord pour quelques jours encore, le temps de la mission… » Pendant que son petit frère mangeait son dîner étrangement en silence, Yann fixait Éloi. Le jeune officier d'habitude si avenant se terrait dans un silence inquiétant. Sentant le regard lourd de suspicion de Yann, Éloi lança la discussion :

« Alors Briac, quels sont les échos de l'infirmerie ? »

Cela suffit à briser le silence et lancer le jeune garçon dans un monologue qui dura tout le repas.

Décidément, Yann n'aimait pas le comportement d'Éloi. Il cachait quelque chose et il était temps de savoir quoi. Sans prêter l'oreille aux histoires de Briac, Yann réfléchit un instant puis lança une bouteille à la mer :

« Comment s'est passé l'interrogatoire du capitaine pirate ?
– Yann ! Tu me coupes en pleine histoire !
– Alors, cet interrogatoire ? répéta Yann en plongeant son regard dans celui d'Éloi.

Briac s'apprêtait à dégainer une phrase assassine mais Éloi répondit :
– Une fois encore, Tristoun se surpasse dans ses repas. Le devoir m'appelle, je dois vous laisser. Bonne fin de dîner les amis.
– Et mon histoire ?
– Oui, oui, très intéressante Briac, à demain !
– Eh bien, voilà qui est curieux, dit Yann à voix basse.
– Oui, tu as vu ! Au beau milieu de mon histoire ! Quel malpoli !
– Non, ce n'est pas... Allons nous coucher, Briac, il est tard.
– Mais on vient à peine de dîner...
– Briac, allons dormir ! Ça ne pourra pas nous faire de mal.
– Oh... cette soirée est véritablement une réussite... »

Les deux frères descendirent alors jusqu'au faux-pont pour retrouver leur hamac. Briac s'endormit rapidement même si son sommeil fut agité. Avant de fermer les yeux, il avait vu dans le regard de Yann une petite flamme de malice qui ne présageait rien de bon…

Minuit à bord. Seuls les ronflements des marins résonnaient dans le calme de la coque. L'Évasion dormait profondément, même les flots s'étaient tus et une mer d'huile s'était formée. Le bois se détendait en de petits grincements dans le noir du pont inférieur. Ce fut le moment que Yann choisit pour agir et, avec discrétion, il se mit sur ses pieds. Il attendit quelques secondes pour s'assurer que son geste n'avait réveillé personne, puis il prit au pied de son hamac une petite toile de tissu sombre et la jeta sur ses épaules comme une cape. À un mètre de lui, Briac dormait en fronçant de temps en temps les sourcils. Yann se baissa jusqu'à être à quatre pattes et, une main après l'autre, un genou après l'autre, il passa sous le hamac de son petit frère, puis à travers la forêt de ceux des autres marins. Dans l'obscurité, on aurait dit de longs fantômes suspendus dans les airs, épiant du coin de l'œil les faits et gestes de Yann. Au moment où il se trouvait sous un hamac, un ronflement puissant surprit Yann qui s'aplatit à plat ventre contre le plancher. Une main tomba à quelques centimètres de son visage. Yann retint sa respiration pour que son souffle sur la main du marin ne le réveille. Hésitant un instant, il reprit son avancée. En rampant, il monta jusqu'au pont de batterie puis, après plusieurs pauses de vigilance, il parvint au panneau d'écoutille. Il était à moitié ouvert et Yann s'y faufila sans un bruit. Dehors, la lune était pleine et le ciel, complètement dégagé. Levant les yeux, Yann fut submergé par la clarté des étoiles. D'après la Grande Ourse, L'Évasion faisait route au sud-ouest, une information que Yann jugea utile de garder en mémoire. Lançant quelques regards autour de lui, Yann scruta le pont supérieur. La nuit étant claire, aucune lanterne n'avait été allumée. Deux hommes dissertaient à voix basse en haut de la dunette près de la barre. Ils regardaient le ciel et ne virent pas Yann. Ce dernier s'accroupit et se cacha près du bastingage, derrière une chaloupe. De là, il avait une vue imprenable sur le navire.

Deux hommes sur la dunette, un homme à la proue perdu dans ses pensées et sûrement Œil-de-Faucon dans le nid-de-pie. Parfait, je vais me glisser jusqu'aux appartements des officiers… Il n'était qu'à quelques mètres de la cabine du capitaine, il jeta un regard autour de lui mais au moment où il allait prendre son élan, ses yeux s'arrêtèrent sur une petite forme dans la mâture. À une dizaine de mètres au-dessus de lui, une tache brune se déplaçait le long d'une grande vergue en bois. Yann retint sa course et resta caché sans lâcher la forme des yeux. Il ne put retenir une petite exclamation quand il en distingua grossièrement les contours : un chat. Comment un chat avait-il pu grimper à bord ? Il aurait dû le remarquer depuis plusieurs jours. Son étonnement fut rapidement remplacé par de la peur au moment où il vit que le félin regardait dans sa direction. Deux grands yeux jaunes semblaient fixer la chaloupe derrière laquelle il s'était réfugié. Les battements du cœur de Yann s'accélérèrent quand l'animal se mit à descendre comme pour le rejoindre... Il allait le faire repérer ! Avec une agilité déconcertante, le chat quitta son perchoir et sauta sans un bruit sur le plancher du pont supérieur. Sans quitter des yeux la cachette de Yann, il avança d'un pas léger dans sa direction. Yann se recroquevilla sous sa cape et ne fit plus un geste. Au moment où seulement deux ou trois mètres les séparaient, un bruit résonna à la proue. Un objet tombé par terre. Le chat coupa sa route et tourna la tête vers l'avant du navire. L'homme de quart à la proue se fit entendre :

« Qui va là ? »

Aucune réponse. L'homme s'avança et marcha sur quelque chose. Il grommela :

« Une poulie ? Qu'est-ce qu'elle fait là ? Ça a dû tomber de la mâture... Il y a des gabiers qui vont prendre ! Ne pas savoir amarrer une poulie, pff... »

Et il reprit sa garde en marmonnant dans sa barbe.

Le chat fixa pendant de longues secondes la cachette de Yann qui ne bougeait pas d'un pouce. Finalement, l'animal finit par s'en aller. C'est ce que déduisit Yann en entendant les petits bruits de pas s'éloigner. Il resta ainsi de longues secondes avant de se détendre progressivement. Il n'avait pas pu bien voir le félin car Yann avait la tête cachée dans ses bras mais il avait pu discerner son corps quand il était en l'air : ce n'était pas un chat habituel, c'était bien plus gros que cela. Un animal que Yann n'avait jamais vu et qui n'existait sûrement pas sur la presqu'île de Tirös.

Qu'est-ce que cet animal fait ici ? L'homme de quart n'a pas pu le louper et pourtant il n'a pas réagi... Un mystère de plus... J'éclaircirai cela plus tard, il est temps d'aller écouter aux portes !

Avec rapidité et sans un bruit, Yann se faufila jusqu'à la porte du chapiteau arrière. Le calme régnait à l'extérieur mais au fond quelques bruits étouffés de voix trahissaient une discussion malgré l'heure tardive. Yann tourna délicatement la poignée de la porte, l'entrouvrit, et se glissa à l'intérieur.

Un couloir sombre lui faisait face. Au fond, deux portes s'offraient à lui. À droite, Yann put lire les lettres délicatement sculptées « CAPITAINE », à gauche, on distinguait difficilement le mot « CARRÉ » dans le bois de la porte. Les discussions venaient du carré, la cabine des officiers. Sans bruit, Yann se pencha et regarda par la serrure. Il aperçut une table faiblement éclairée par une petite lanterne. Autour de celle-ci, il put discerner trois personnages en pleine discussion : Astaldor, Vidfer et Éloi. Tiens, tiens, se dit-il, est-ce une heure pour discuter ? Voilà qui va être intéressant… Yann plaqua alors son oreille contre la porte et écouta attentivement :

« Mort ? s'exclama Éloi.
– Mort. Je n'ai rien pu faire, déclara Vidfer.
– Donc nous avons un traître à bord ? Quelqu'un tue sur L'Évasion et nous n'avons aucune idée de qui cela peut être ?
– Il s'est peut-être suicidé…
– Il était menotté ! Mains et pieds !
– Parle-moi sur un autre ton, Éloi. D'ailleurs, pourquoi étais-tu en retard ?
– Je faisais mon tour de garde dehors, Vidfer ! Capitaine, que comptez-vous faire ? Nous ne pouvons naviguer dans ces conditions. Il faut démasquer notre homme au plus tôt, voulez-vous que j'ordonne de mettre en panne ? De réveiller l'équipage ? »

Un silence s'installa. Au fond de la pièce, dans l'ombre, une pipe à la main, Astaldor semblait réfléchir. Il tira une longue bouffée puis recracha doucement la fumée. Il se leva, étala une carte marine sur la table, et répondit sans la quitter des yeux :

« Non, Éloi, ne perdons pas de temps. Nous maintiendrons notre allure et notre cap. Cependant, je te charge personnellement de trouver le traître. Il ne me sied guère qu'on tue des prisonniers à mon bord. J'avais des questions de la plus haute importance à lui poser...
– Nous maintenons notre cap à l'ouest ? Mais où allons-nous ?
– Pour commencer, Vartijaa.
– Vartijaa ? Capitaine, vous plaisantez ? s'exclama Vidfer.
– L'équipage n'acceptera jamais, c'est trop dangereux ! Et si nous nous faisons prendre ? insista Éloi.
– C'est un risque à prendre. C'est d'ailleurs le seul et unique moyen, répondit calmement mais sévèrement Astaldor.
– Pour quel objectif ? Jamais nous ne passerons, nous serons arraisonnés ou coulés avant même d'avoir aperçu les sommets des montagnes !
– Vidfer, calmez-vous. Je ne tiens pas à ce que tout l'équipage entende vos cris de jeune fille apeurée ! Personne n'osera nous attaquer car nous avons désormais une invitée de marque à bord...
– Une invitée de marque ? demanda Éloi.
– Précisément.
– Lucía ? Je ne comprends pas...
– Mademoiselle di Moña, de la maison Keksii, est attendue pour se marier. Nous sommes la délégation

dépêchée par la marine des principautés de Lictée afin de l'emmener à bon port.
– Vous voulez que nous nous fassions passer pour des marins de Lictée ? interrogea Vidfer.
– C'est dans l'optique de se rendre à son mariage que Mademoiselle di Moña ira chercher, en main propre, le laissez-passer du gouverneur.
– Comment être sûr qu'elle joue le jeu ? demanda Éloi.
– Il existe toujours un moyen de faire jouer un jeu à quelqu'un. Le tout est de trouver le bon moyen de pression. Elle souhaite se rendre à son mariage ? Utilisons ce levier pour la convaincre de nous aider.
– Le gouverneur ne croira jamais au subterfuge. Une femme de sa lignée ne se déplace pas seule et les hommes de notre équipage ont bien davantage des têtes de vieux loups de mer que de gentils serviteurs de la cour, fit remarquer Vidfer.
– Il est vrai que certains visages de nos hommes suffiraient à faire pleurer un nouveau-né. Certains visages sauf trois… Trois adolescents qui passeraient à merveille pour des membres de la famille ou de jeunes officiers envoyés pour faire leurs classes.
– Yann et Briac n'ont aucune expérience, Capitaine, Briac n'est qu'un enfant ! s'exclama Éloi.
– Et le troisième ?
– Moi, bien évidemment, répondit Éloi. Capitaine, ce ne sont encore que des gosses ! S'ils se font prendre…

– S'ils se font prendre, c'est qu'ils auront mal réalisé leur mission. Je mènerai la délégation, si mes instructions sont suivies il n'y aura aucun problème.
– D'accord, on envoie trois jolis cœurs et une princesse devant un gouverneur pour obtenir le petit papier qui nous ouvrira la porte de l'Ouest mais permettez-moi de vous informer qu'un gouverneur n'est pas aveugle ! Vous aurez beau afficher le plus beau des sourires, vous ne passerez jamais pour des Lictésiens, s'exclama Vidfer.
– Avec nos vêtements, non ; avec des costumes, oui. J'en ai une malle pleine.
– Vous aviez prévu le coup ?
– Bien entendu, avant même notre départ. À l'origine, nous devions y aller toi, moi et les mousses. Maintenant que nous détenons Lucía…
– C'est ingénieux capitaine, commenta Vidfer.
– Cela reste dangereux pour les deux mousses.
– Éloi, vois cela comme… Un rite de passage. J'aurai besoin des "oreilles" quand nous aurons doublé Vartijaa. Pour cela, je dois les tester avant.
– Les oreilles ? Vous m'aviez dit que vous n'y feriez plus appel ! Les deux derniers mousses sont m… »

Mais Yann n'entendit pas la suite car la porte du couloir s'ouvrit derrière lui, le faisant sursauter.

« Mais que fais-tu là ? »

CHAPITRE X

LA PORTE DE L'ENFER

Briac s'était réveillé en pleine nuit. Pour quelqu'un qui a toujours eu le sommeil lourd, il en fut le premier étonné. Interloqué, il referma les yeux, essaya de se concentrer sur un rêve, fronça les sourcils… Rien n'y fit, il était réveillé et n'arriverait pas à se rendormir. Il se releva doucement pour s'asseoir, les jambes pendant hors de son hamac, se frotta les yeux et son regard s'arrêta sur le hamac de Yann. Vide.

« Mais où est-il ? » Il balaya le pont inférieur des yeux. La forêt de hamacs blancs était immobile. Pas un bruit. Personne debout. Yann devait être dehors.

Briac entreprit de se glisser jusqu'aux écoutilles et, par précaution, sans se faire voir ni se faire entendre. Son instinct lui dictait d'être le plus discret possible s'il voulait éviter tout ennui. Lentement, un pas après l'autre, il parcourut la distance pieds nus sur le plancher froid. Passant discrètement la tête par le panneau donnant sur le pont supérieur, il scruta avec attention les alentours. Rapidement, il repéra son grand frère derrière une petite barque. Il semblait se cacher. Il allait s'extirper de l'écoutille pour rejoindre son grand frère quand il l'aperçut. Le chat.

Il avait des oreilles pointues qui finissaient en une petite touffe de poils noirs. Il avait une toute petite queue et de puissantes pattes. Briac n'eut que quelques secondes pour admirer le félin avant de comprendre que celui-ci se dirigeait vers Yann. Derrière la barque, son frère s'était emmitouflé dans une cape. Avait-il peur du chat ? Était-il menacé ? Briac improvisa alors. Au bord du petit escalier sur lequel il se trouvait étaient suspendues quelques poulies de rechange. Il en saisit une au hasard et lança l'objet en bois sur le pont supérieur, vers la proue. Le chat interrompit sa course, porta son regard vers la proue, puis sembla fixer Yann quelques instants. Finalement, il disparut.

Briac se recroquevilla lui aussi sur son escalier. Là, à l'ombre du pont supérieur, il ne risquait pas d'être vu. Il attendit ainsi de longues secondes une fois que l'homme de quart eut repéré la poulie et repris sa veille. Finalement, il se décida à repasser la tête par le panneau et n'eut qu'une fraction de seconde pour apercevoir Yann franchir la porte du chapiteau arrière et s'engouffrer à l'intérieur.

Voilà qui devenait surprenant. Briac sortit lentement et se faufila jusqu'à la cachette que Yann venait de quitter. Le cœur battant à vive allure, il observa longuement chaque recoin du pont supérieur afin de voir où se trouvait le chat. Il semblait avoir disparu. Peut-être s'était-il caché également pour l'observer. Briac contempla la porte par laquelle était passé Yann. Il connaissait les risques et les sanctions encourues s'il était pris dans les appartements des officiers en pleine nuit. Il jugea ainsi plus prudent d'attendre Yann ici, à l'abri derrière la barque. « Il finira bien par sortir. »

Plusieurs minutes s'écoulèrent. Yann ne ressortait toujours pas. Que lui était-il arrivé ? Était-il en danger ? Était-il allé voir le capitaine ? Étant donné son humeur des derniers jours, il était capable de lui dire tout ce qu'il avait sur le cœur... Quand il était furieux, Yann était capable de tout. Briac devait l'aider, expliquer aux autres que Yann était maladroit, qu'il ne pensait pas ce qu'il avait dû dire. Il fallait intervenir. Alors rassemblant son courage, Briac jeta un regard circulaire autour de lui, prit une longue inspiration et se jeta en avant en direction de la poupe. Il ouvrit doucement la porte, le corps parcouru de frissons, et aperçut une ombre accroupie au fond du couloir. C'était Yann.

« Mais que fais-tu là ?
– Briac ? Que fiches-tu ici ?
– Je t'ai suivi ! Pourquoi es-tu accroupi ainsi ?
– Chut ! À voix basse ! J'écoute ce qui se dit !
– Tu écoutes qui ? Le capitaine ?
– Oui ! Mais plus bas, je n'entends plus rien ! »

La voix du capitaine résonna derrière la porte.

« La discussion est close. Éloi, tu as quelques heures pour mettre de la lumière dans cette affaire. Je veux savoir qui l'a tué et pourquoi. Rendez-vous demain soir à la même heure, ici. Je vous partagerai le plan pour Vartijaa. Je vais faire un dernier tour dehors. »

Des bruits de pas se rapprochèrent de la porte.

« Vite, sortons ! » chuchota Yann.

Avec rapidité et sans un bruit, les deux frères débouchèrent sur le pont supérieur en prenant soin de refermer délicatement la porte du couloir. « Là, derrière la barque ! » ordonna Yann et les deux frères s'y faufilèrent. À peine avaient-ils eu le temps d'atteindre leur cachette que la porte s'ouvrit en laissant apparaître Astaldor.

Le capitaine ralluma sa pipe, tira une longue bouffée et la rejeta doucement en regardant les étoiles. Il les contempla longuement comme s'il étudiait leur position puis promena son regard vers la mâture.

Il inspecta les voiles et emprunta l'escalier pour atteindre la dunette. Il se mit à discuter avec l'homme de barre mais ni Yann ni Briac ne purent entendre ce qu'ils se dirent.

« Pourquoi est-ce que tu voulais écouter ce que disait le capitaine ?
– Je n'aime pas ce qui se trame à bord ! Je voulais savoir dans quoi nous nous sommes embarqués…
– Et alors, qu'as-tu entendu ? »

Yann réfléchit rapidement : le prisonnier mort, Vartijaa, les « oreilles »… Il devait garder ces informations pour lui, Briac risquait de les ébruiter, ce moulin à paroles…

« Rien d'intéressant. Aucune information importante.
– Tu es sûr ? J'ai cru entendre qu'Éloi devait trouver qui avait tué quelqu'un, qu'il y avait un plan pour Vartaja ou Vartoja, je ne sais plus… J'ai également aperçu un énorme chat à bord ! C'est moi qui l'ai éloigné quand il avançait vers toi et…
– Oui, oui, silence tu vas nous faire repérer ! Tu as mal compris… C'est… C'est justement le chat qui a été tué et… et Éloi doit trouver comment il a été tué. Peut-être était-il vieux, voilà tout.
– Et Varoja ?
– Vartijaa ? C'est… C'était le nom du chat !
– Ah bon… Ils devaient y tenir au chat pour en parler ainsi. Je suis triste, j'aurais aimé mieux le voir, il était

impressionnant. Je proposerai à Éloi de l'aider demain avec cette affaire. Mais il paraît impossible que quelqu'un ait songé à le tuer.
– Non ! N'en parle pas à Éloi, surtout pas !
– Pourquoi ?
– Parce que… c'était le chat du capitaine et… c'était un secret s'il était à bord. Nous ne sommes pas censés le savoir, continua d'improviser Yann.
– Pourquoi ? Il est défendu d'avoir un chat à bord ?
– Oui… Sur les navires, c'est interdit. Ça porte malheur. Il est même recommandé de ne pas prononcer le mot “chat” à bord ni même d'en parler ! Tu comprends maintenant ?
– Oui, je vois… C'est surpr…
– Parfait ! Le capitaine vient de rentrer, nous pouvons y aller. »

Et les deux frères, après avoir veillé à ce qu'aucun homme de quart ne les aperçoive, se faufilèrent jusqu'au panneau d'écoutille. Ils parvinrent à se glisser dans leur hamac sans se faire entendre et Briac s'endormit en pensant au chat. Yann ne ferma pas l'œil de la nuit, il était terrifié.

Le lendemain, ce fut le bruit des vagues qui réveilla Briac. Le vent s'était levé pendant la nuit et L'Évasion filait bon train. Yann dormait toujours sur son hamac et Briac eut du mal à le sortir de ses rêves.

« Eh bien, voilà que tu dors comme une tombe !

– Laisse-moi, je n'ai pas fermé l'œil de la nuit au contraire.
– Il y a du vent aujourd'hui, la vue doit être splendide du haut du nid-de-pie. Peut-être allons-nous enfin voir une terre à l'horizon !
– Une terre… Vartijaa ! chuchota Yann en se relevant d'un coup. Comment savoir ? Œil-de-Faucon, il saura lui !
– Que dis-tu ?
– Rien ! Tu as raison, sortons de nos hamacs, c'est une superbe journée ! »

Ils n'eurent le temps de faire que quelques pas sur le pont supérieur qu'un sifflet retentit.

« Rassemblement de l'équipage !
– Que se passe-t-il ? demanda Briac à Yann.
– Aucune idée… mais mon instinct me dit qu'il va y avoir du nouveau… »

En une poignée de secondes, l'ensemble de l'équipage se rassembla devant les cabines des officiers. Un murmure parcourait déjà la petite foule réunie quand la porte donnant sur le pont s'ouvrit à la volée. Astaldor devançait de quelques pas Éloi qui tenait en joue un marin aux traits tirés. Les trois hommes montèrent à la dunette et le marin inconnu se mit à genoux face à l'équipage, jetant un coup d'œil à l'arme pointée sur lui.

Le murmure dans les rangs devint plus intense et d'après ce qu'entendirent Yann et Briac, le marin à genoux n'était pas depuis longtemps dans l'équipage. Il avait dû embarquer à Portivÿ car peu connaissaient son nom. Yann se concentra sur l'homme. Il tremblait alors que le soleil annonçait à l'horizon une journée des plus chaudes. Les yeux écarquillés, les mains jointes et les poignets reliés par une chaîne, il faisait peine à voir. Son corps était parcouru d'hématomes, du sang séché témoignait qu'il avait saigné il y a peu et une tache brunâtre lui cerclait l'œil gauche. Il avait dû dérouiller. Il n'était pas vieux, pas jeune non plus, mais sa peau brûlée au soleil témoignait qu'il connaissait bien la mer. Peut-être un ancien pêcheur d'Harmä qui avait voulu tenter sa chance sur L'Évasion.

« Qu'a-t-il fait ? demanda Briac en se tournant vers Yann. Tu penses que c'est lui qui a tué le chat du capitaine ?
– Peut-être… »

À voix basse ils entendirent derrière eux :

« Il n'a pas dû être très bavard…

Yann et Briac se retournèrent et virent Œil-de-Faucon. Hormis l'étrangeté de le voir les pieds au sol, il avait parlé d'une voix énigmatique qui interpella Briac :

– Pourquoi n'aurait-il pas été bavard ? À quel sujet ?

– À propos de quoi, je l'ignore. Mais s'il avait parlé, il n'aurait point été si amoché. Ils ont dû taper fort et en vain… »

Briac voulut enchaîner mais la foule se tut à l'unisson. Le capitaine avait levé la main. Il lança son regard habituel, s'attardant un léger instant sur Yann et Briac, puis fit un signe de tête à Vidfer. Le second de L'Évasion tira de sa poche un parchemin roulé et le lut à haute voix :

« Messieurs, l'équipage de L'Évasion se réunit en ce jour pour juger d'un crime commis à son bord. Un prisonnier de guerre a été froidement assassiné alors qu'il était, par sa condition même, protégé par les lois du Code contre toute atteinte à sa vie. Comme le veulent nos règles, l'équipage est donc rassemblé pour juger de la culpabilité présumée de l'auteur de ce crime : Monsieur Piatö. Engagé en tant que gabier voilà quelques jours, Monsieur Piatö est accusé d'avoir assassiné un homme sans aucun motif de légitime défense, la victime étant ligotée pieds et mains.

Vidfer jeta un regard à Éloi qui approcha et lui tendit un objet. Vidfer reprit sa lecture :

– Le prisonnier est mort d'asphyxie après avoir eu la carotide tranchée. Au vu de l'entaille, il semble qu'un poignard correspondrait à cette signature.

Il montra à tous l'objet donné par Éloi.

– Ce poignard de gabier a été retrouvé dans un hamac, sur le pont inférieur, encore taché de sang. Après interrogation de plusieurs membres d'équipage ce matin même, le hamac et le poignard ont pu être identifiés comme tous deux appartenant à Monsieur Piatö.

Un murmure se fit à nouveau entendre dans l'équipage.

– Au vu de ces faits et comme le veut le Code, Monsieur Astaldor en sa qualité de capitaine de L'Évasion proposera une sentence à la hauteur du crime commis à bord. Monsieur Piatö aura ensuite la parole afin d'assurer sa défense. La décision finale reviendra à l'équipage qui décidera par vote du sort de l'accusé. La parole est à Monsieur Astaldor. »

Le capitaine qui observait la scène de derrière, assis sur un rebord de la dunette, se leva. Lentement, il avança vers l'accusé. Il se baissa et attrapa doucement son menton. Il planta son regard dans le sien. Pendant plusieurs secondes, ils restèrent ainsi, en silence, l'un avec les pupilles dilatées et tremblantes du condamné, l'autre avec les yeux plissés du juge. Ils semblaient échanger quelque chose, comme si l'interrogatoire se faisait simplement par la langue des yeux. Alors le capitaine lâcha le visage de Piatö, se releva et se tourna vers l'équipage.

« Messieurs, moi, Josan Astaldor, procureur de justice en ma qualité de capitaine de L'Évasion, je réclame pour Monsieur Piatö la peine des Dix Embruns.

Stupéfaction dans la foule. La peur déforma le visage de l'accusé.

– Qu'est-ce que cela veut dire ? demanda Briac à voix basse à Œil-de-Faucon.
– Cela signifie que le capitaine hésite...
– Il hésite ? Piatö a l'air terrifié par la proposition du capitaine... remarqua Yann.
– Il aurait pu être mis à mort, c'est ce que le Code prévoit pour les traîtres, répondit le vieux marin.
– Le Code ? Qu'est-ce que c'est ? » demanda Briac.

Mais Œil-de-Faucon leur avait tourné le dos et se dirigeait déjà vers un hauban. Le capitaine s'était rassis et Vidfer reprit :

« La peine demandée est celle des Dix Embruns. La parole est à Monsieur Piatö.

L'homme qui s'était tu depuis le début, peut-être par peur d'être une nouvelle fois battu, ne manqua pas l'occasion qui lui était donnée :

– Je suis innocent ! Je suis innocent ! Je n'ai tué personne ! Je le jure sur Harmä !
– Et ton poignard ! Qu'est-ce que tu en fais ! lança une voix dans le public.

– Je l'avais perdu voilà deux jours ! Je ne sais pas comment il s'est retrouvé dans mon hamac ! Je le jure !
– Bien sûr, tu l'avais perdu ! se moqua une autre voix.
– Je suis un honnête homme ! Je n'ai jamais rien volé, je n'ai jamais tué, je suis pêcheur, rien de plus !
– Pêcheur ? Pourquoi es-tu à bord alors ? railla un marin.
– Pour ma famille ! Je n'ai plus les moyens de la nourrir ! On m'a dit que la paie serait importante à bord !
– Quelle surprise ! Un couplet sur la famille ! continua de se moquer la voix. Trempez-le, que la mémoire lui revienne ! Les Dix Embruns ! »

Et la foule reprit en chœur son cri : « Les Dix Embruns ! Les Dix Embruns ! » On n'entendait plus la voix de Piatö qui continuait de hurler qu'il était innocent. Alors, le capitaine leva la main et le silence se fit. Vidfer reprit :

« L'accusé a pu assurer sa défense. J'en appelle maintenant à l'équipage comme juge de ce procès. Que lèvent la main ceux qui sont en faveur de l'acquittement de Monsieur Piatö.

Personne ne leva la main. Sauf… Briac. Sa petite main se vit à peine mais Vidfer l'aperçut tout de même.

– Une voix ! Que lèvent la main ceux qui sont en faveur de la condamnation de Monsieur Piatö. »

Tous levèrent la main. Sauf Briac… et Yann.

« Tu n'as pas voté ! chuchota Briac à Yann.
– Je ne veux pas me mêler à ça ! »

Vidfer reprit :

« Quarante-huit voix !

Il se tourna alors vers le capitaine qui se leva et s'avança vers l'équipage :

– En vertu des pouvoirs qui me sont conférés et après jugement par l'équipage, je condamne Monsieur Piatö à la peine immédiate des Dix Embruns.

Un hourra parcourut l'équipage. Astaldor sembla soupirer. Il reprit d'une voix forte :

– Deux gabiers sur le grand mât. Fixez-moi une poulie et un bout à l'extrémité de la vergue du grand hunier. Sur bâbord. Une fois la peine appliquée, que chacun reprenne son activité. Et prestement. Le procès est terminé. »

Alors, deux hommes montèrent en vitesse au grand mât pour préparer l'installation ordonnée par le capitaine tandis que la plupart de l'équipage se réunissait déjà sur bâbord.

« Que doit-on faire, nous ? demanda Briac à Yann.
– Je l'ignore. Mais nous n'assisterons pas à cette torture. »

Pendant tout le procès, Éloi n'avait pas bronché. Il avait été difficile pour les deux frères de lire une expression sur son visage et de savoir ce qu'il pensait. Il se trouvait encore en haut de la dunette, un pistolet pointé sur Piatö, toujours à genoux, en pleurs. Briac rejoignit Éloi et le héla.

« Ne t'approche pas, Briac, l'interrompit Éloi.
– Je souhaitais seulement… Sommes-nous de quart ?

Éloi réfléchit un instant puis répondit :

– Oui. Envoie Yann à la vigie. Toi, tu seras à l'infirmerie. Vas-y maintenant, je ne veux pas que tu sois dehors.
– Bien, nous y allons. Éloi ?
– Oui ?
– Les Dix Embruns, qu'est-ce que c'est ?
– Briac, file ! »

Vraisemblablement, Éloi était tendu, ce qui surprit Briac. Le petit garçon transmit les ordres à Yann et descendit directement à l'infirmerie.

Il fut à nouveau chaleureusement accueilli par le Doc Mezek ainsi que par les nombreux blessés allongés sur leur lit. Mais le médecin fut surpris par l'air anxieux du garçon :

« Eh bien petit, pas dans ton assiette aujourd'hui ?
– Qu'est-ce que la peine des Dix Embruns, Doc ?

– Les Dix Embruns ? C'est donc ça, ce qu'on entendait en haut. Qui a été condamné ?
– Piatö.
– Connais pas…
– Il a embarqué il y a quelques jours.
– Qu'a-t-il fait ?
– Il est accusé d'avoir tué le prisonnier pirate retenu à bord…
– Tuer un prisonnier et il s'en sort avec les Dix Embruns ? Voilà qui n'est pas cher payé, le bonhomme s'en tire bien !
– Vous ne m'avez pas dit ce qu'étaient les Dix Embruns, insista Briac.
– Ah oui. Eh bien, ce n'est pas très compliqué. Vois-tu, on suspend dans les airs un pauvre bougre par les pieds, la tête en bas, pieds et mains liés. Dix fois on donne du mou dans le bout jusqu'à ce que le corps entier plonge dans la mer. Dix fois on le remonte. Ça vous refroidit un homme mais on n'en meurt pas.
– On n'en meurt pas ? » résonna une voix à côté d'eux.

L'homme avait la moitié droite du visage broyée. Son œil avait disparu, la joue ne semblait tenir que par les cicatrices de grossiers points de suture. Un trou gros comme une pièce à la place de la fossette permettait de voir une partie de sa dentition. Il s'avança vers Briac qui fit un mouvement de recul. Plaçant son visage à quelques centimètres de celui du garçon, l'homme continua :

« J'ai été au bout de cette corde. Plongé puis hissé et cela jusqu'à ce que les remous attirent les squales. Ils s'amusaient à me laisser de plus en plus longtemps dans l'eau pour tester ma respiration. Je n'ai jamais pu leur crier que les sales bêtes rôdaient autour de moi. Dès que j'ouvrais la bouche pour hurler, j'étais déjà replongé, je n'avais pas assez d'air... Alors au moment de me hisser pour la dixième fois, un requin a attrapé mon visage et m'a laissé en souvenir la face pourrie que tu dévisages. »

Briac retint sa grimace. Il se forçait à regarder le visage défoncé du marin sans manifester de dégoût mais cela lui était impossible.

En haut du grand mât, Yann avait rejoint Œil-de-Faucon. Il ne lui avait pas posé de question sur le sort réservé à Piatö, de là où il était, il aurait de toute façon une vue imprenable sur le châtiment. De plus, pour Yann, l'essentiel n'était pas là. Il ne cessait de penser à la discussion qu'il avait entendue hier. Il trépignait.

« Cesse de trembler du genou comme ça, qu'est-ce qui te met dans cet état ? interrogea Œil-de-Faucon.
– Rien. Je suis nerveux, voilà tout.
– Dans ce cas, sois moins nerveux. Ce nid-de-pie est un havre de paix et tu en perturbes le calme.

Yann hésita. Après quelques secondes de silence, il se lança :

– Connais-tu Vartijaa ?
– Vartijaa ? Peu de gens ne la connaissent pas. Mais peu de gens la connaissent vraiment.
– Quel endroit est-ce ?
– Une porte sur un autre monde. Il semblerait pourtant qu'elle ne s'ouvre que dans un sens…
– Œil-de-Faucon, s'il te plaît, j'ai besoin de savoir… Quel est cet endroit ?
– Pourquoi me demander cela à moi ?
– Car tu me diras la vérité. J'ai confiance en toi.
– Oh ! La flatterie est faite pour les rois, mon garçon… Et, quand bien même tu dis vrai, fais attention à ne pas accorder ta confiance trop vite. En mer, c'est dangereux.
– Je ne suis pas un enfant. Tu sais ce qu'est Vartijaa, raconte-moi. »

Le vieux marin regarda l'horizon. Il prit une longue inspiration, puis il planta son regard dans celui de Yann. Il raconta d'une voix caverneuse qui semblait venir du fin fond des temps anciens.

« Nos ancêtres ne l'appelaient pas Vartijaa. Ils l'appelaient Getä Ifrÿnn : la Porte de l'Enfer. Il ne pouvait y avoir meilleur nom pour cet endroit.

Son regard transperçait les yeux de Yann. Comme s'il semblait voir quelque chose à l'intérieur. Les reflets du passé. Une ancienne vision.

– Vartijaa est un rocher perdu dans l'Océan. Le dernier îlot avant la mort. Le barrage des vivants.
– Un barrage ? Qu'y a-t-il derrière cette île ?
– On y trouve la fin du monde. On y trouve des spectres qui rôdent sans vie. Ils errent dans une terre putréfiée et dévastée par la magie noire. À l'ouest est la terre des morts et les vivants n'y sont pas acceptés...
– Cette terre dont vous parlez, c'est Taïvas ?
– Oui... C'est ainsi qu'on la nomme dans le langage commun. Au pays d'Harmä, nous la nommons Mortür Tolmir, le continent défendu... Où as-tu entendu ce nom ?
– C'est Lucía, la jeune fille à bord. Elle a dit qu'elle devait se marier à un homme qui avait des terres là-bas.
– À Taïvas ? Un haut dignitaire du royaume d'Opäle ?
– Elle dit venir des principautés de Lictée, j'imagine que son futur mari également...
– Je vois, encore un à qui on a vendu de fausses terres. Rien ne pousse sur ce continent maudit. Ils vendent des terres pour féliciter les jeunes officiers et les faire parader en propriétaires terriens alors qu'ils n'ont gagné que désolation et malheur...
– Les terres de Taïvas se vendent ? Qui peut faire cela ?
– Les couronnes d'Opäle et de Lictée.
– Et Harmä ? La couronne n'a pas de terre ?
– Bien sûr que non, mon garçon ! Le continent lui est interdit ! Personne ne doit poser le pied sur Taïvas !
– Mais pourquoi Lucía...

– Elle vient de Lictée et est issue d'une grande famille.
– Et ?
– Seules les grandes familles et les forces armées d'Opäle et de Lictée peuvent accoster sur Taïvas.
– Les forces armées ? Il y a une guerre sur Taïvas ?
– Mais bien sûr qu'il y a une guerre ! Cela fait des siècles que nous sommes en guerre !
– Nous ? Harmä également ?
– Le monde entier est en guerre ! souffla Œil-de-Faucon.
– Mais contre qui ? »

Œil-de-Faucon voulut répondre. Il regarda autour de lui, inquiet, et parla d'une voix si basse que Yann eut du mal à l'entendre :

« Les Autres, Yann… Les Autres…
– Les Autres ?

Yann réfléchit un instant. Il avait déjà entendu ce nom. D'un coup il se rappela :

– Les Autres, les créatures de l'histoire des Quatre Princes ? Le conte de Tarïn ? Il nous a raconté l'histoire, nous venions d'embarquer !
– Ceux-là même, mon garçon…
– Ah ah ah ! Tu as bien failli m'avoir ! Ah ah ah ! J'ai plongé dans ton récit sans même faire attention ! Bravo, Œil-de-Faucon, je ne te savais pas farceur ! Ton erreur a été de parler des créatures ! Sans cela je

t'aurais bien cru !
– Yann… Les Autres existent vraiment.
– Oui ! Oui ! Tout comme les licornes et les phénix ! Ah ah ! Tu devrais raconter cette histoire à Briac, il adorerait, c'est sûr !
– Mais bougre d'idiot ! Pourquoi crois-tu que Vartijaa a été créée ! Penses-tu que c'est pour faire joli qu'ils ont décidé d'y installer une forteresse ! Sans Vartijaa, ils se seraient déversés sur nous !
– Tes fameuses créatures ? Elles sont bloquées par la porte de l'Enfer, c'est ça ? Ah ah ! L'histoire est bien ficelée ! Vraiment, conte-la à mon frère ! Tu verras, il te croira ! J'en mets ma main au feu ! »

Œil-de-Faucon, hors de lui, voulut répliquer mais la voix du capitaine, quelques dizaines de mètres plus bas, les interrompit. Un attroupement s'était formé sur bâbord, l'équipage au quasi complet était venu admirer le spectacle. Même Lucía observait la scène depuis la dunette. Cinq mètres au-dessus de leur tête, Piatö était pendu à une corde par les pieds. Il regardait apeuré la mer et gigotait en tous sens, les bras attachés le long du corps. Le capitaine n'avait pas ordonné de mettre en panne le navire. Avec la vitesse du navire, le châtiment devenait plus éprouvant pour le condamné. Le capitaine le savait, c'est pour cela qu'il avait pris cette décision. Il n'avait pas souhaité mettre à mort Piatö, alors il devait compenser. Debout sur le bastingage, Astaldor s'adressa à l'équipage :

« Messieurs ! L'Océan est notre mère. Il nous nourrit. Il nous porte dans ses bras. Il nous emmène par-delà les continents et nous ramène à la maison. L'Océan, Messieurs, est aussi un juge. Il punit les faibles. Il noie les imprudents. Il ensevelit les morts. Aujourd'hui et ce matin même, l'Océan est bien plus encore. Aujourd'hui, l'Océan est une compagne. Une compagne qui connaît nos faiblesses et nous pardonne. Une compagne qui lave nos fautes. Une compagne qui accepte que l'on se rachète. Monsieur Piatö a fauté. L'équipage a reconnu son crime et le châtiment a été choisi. Une nouvelle fois, c'est l'Océan qui lavera la faute de l'Homme.

Il se tourna vers le condamné :

– Monsieur Piatö, puisse la mer vous purger de votre crime et faire de vous un homme nouveau.

Il attendit quelques secondes.

– Plongez ! »

Au moment même où Astaldor en donna l'ordre, plusieurs marins sur le pont qui tenaient la corde la laissèrent filer. Piatö plongea tête en avant dans l'eau avec une vitesse affolante. Le choc de l'eau fut violent, de quoi sonner un homme. L'équipage hurla, certains rigolaient, tous fêtaient le premier plongeon. Et là, le silence, c'était également ça, la rudesse des Dix Embruns. Il ne s'agissait pas seulement de vous assommer brutalement dans l'eau dix fois. On testait votre apnée. On vous étouffait, juste assez pour vous laisser en vie.

Seuls les pieds de Piatö étaient encore hors de l'eau. De longues secondes s'écoulèrent. L'équipage s'était maintenant tourné vers Astaldor. Le capitaine regardait devant lui, imperturbable. C'était lui et lui seul qui décidait du temps de chaque immersion.

Au pont inférieur, à l'infirmerie, Briac n'avait rien raté de la scène. À quatre pattes, il avait passé la tête par le sabord et n'était qu'à deux ou trois mètres du niveau de l'eau et de Piatö.

« Pourquoi ne le relèvent-ils pas ? Il va manquer d'air ! »

Finalement, la voix du capitaine claqua :

« Remontez ! »

On hissa donc Piatö hors de l'eau. Jusqu'en haut. Il était livide et aspira une longue bouffée d'air. Une chose était sûre, il n'aurait pu tenir plus longtemps sous l'eau. Alors qu'il était revenu à plusieurs mètres au-dessus de l'eau, il hurla :

« Ce n'est pas moi ! Je me souviens ! J'ai vu quelqu'un qui… »

Mais l'homme ne put finir sa phrase. L'ordre du capitaine avait fendu l'air et, avec la même violence, le corps rentra dans l'eau. Le bruit que fit la tête de Piatö sur la surface de l'eau fit naître une nouvelle fois des acclamations sur le pont de L'Évasion.

Même en haut du mât, Yann avait entendu Piatö. L'homme avait parlé distinctement. Il n'aurait peut-être pas dû. Il allait manquer d'air sous l'eau. Et pourtant, il semblait que, devant le danger, l'homme avait retrouvé la mémoire. Ou du moins était-ce ce qu'il voulait faire croire. Les deux frères, l'un en haut, l'autre en bas, attendaient la prochaine sortie de l'eau pour avoir la suite des propos de Piatö. S'il en était capable.

À nouveau, de longues secondes s'écoulèrent.

« Remontez ! » ordonna Astaldor.

Alors que les marins tiraient pour hisser Piatö, une voix cria :

« La... La corde est en feu ! »

Tout l'équipage leva les yeux. Là, juste en dessous de la poulie, à cinq mètres au-dessus d'eux, une flamme rongeait le chanvre. Sous l'effet de la pression du hissage, les torons tressés se rompirent un à un et alors que le corps de Piatö était quasiment sorti de l'eau, la corde lâcha. Les trois hommes qui hissaient tombèrent en arrière sur le pont. Le corps de Piatö plongea.

Astaldor réagit aussitôt :

« Un homme à la mer ! Faites mettre en panne ! Lancez cinq filins sur bâbord ! Apprêtez une chaloupe ! Vidfer, à vous la tête des opérations ! »

Et sous les yeux ébahis de tous, le capitaine jeta sur le pont son manteau ainsi que son chapeau et plongea dans la mer.

L'équipage reprit ses esprits aussi rapidement qu'il les avait perdus. Sur bâbord on lança de longs cordages flottants à l'eau. On avait donné tout le mou dans la voilure et des gabiers remontaient les haubans quatre à quatre pour la ranger. Quatre hommes s'étaient précipités vers une chaloupe pour la mettre à l'eau.

Briac ne tenait plus en place ! Il avait hurlé quand la corde avait rompu. Puis, une personne, avait plongé dans l'eau et le jeune garçon avait aperçu son visage : Astaldor ! Le capitaine nageait en direction de l'endroit où avait disparu le corps de Piatö. Malheureusement, L'Évasion n'était pas tout à fait immobilisée et le malheureux avait déjà dû rapidement défiler. Le vent était monté durant toute la matinée et Astaldor progressait difficilement dans une mer déjà bien formée. Briac ne le lâchait pas des yeux. Arrivé à l'endroit d'immersion, Astaldor prit une grande inspiration puis plongea sous l'eau. Briac retint son souffle. Sur le pont, l'équipage n'avait pas perdu une miette de la scène et, bien qu'on s'agitât en tous sens, tout le monde observait l'eau. En haut du nid-de-pie, Yann et Œil-de-Faucon étaient eux aussi bouche bée. L'attente était insupportable. Rien ne remuait à la surface. Soudain, le capitaine émergea de l'eau. Il avait trouvé Piatö ! Cependant la chaloupe prenait du temps et le capitaine n'avait qu'une seule solution : nager vers les cordages de L'Évasion qui flottaient à la surface. Mais la tâche était rude. Trop rude. Les vagues s'entrechoquaient et la dérive n'aidait pas. Astaldor nagea difficilement d'un seul bras ; épuisé, il tenait sous le bras gauche le corps de Piatö inanimé. Le cordage le plus proche était à trois mètres à peine mais il semblait que le capitaine ne l'atteindrait jamais. Vidfer hurla depuis le pont principal :

« Capitaine ! Lâchez-le ! Vous allez couler ! Lâchez Piatö ! »

Mais Astaldor ne répondit pas. Il ne lâcha pas non plus le corps.

Ce fut précisément ce moment-là que choisit la vie pour faire bifurquer Briac vers le destin qui l'attendait. Peut-être est-ce là que tout s'accéléra pour lui...

Yann retint un cri. Il reconnut la tête blonde qui venait de s'élancer du milieu de la coque. Son petit frère avait, à son tour, plongé. Il se leva d'un coup et se lança dans la descente le long du mât.

« Que fais-tu ! ? demanda Œil-de-Faucon.
– Je vais sauver mon frère qui a encore une fois eu la bonne idée de vouloir se tuer ! »

Briac remonta à la surface. Les vagues étaient plus hautes que lui mais il se souvenait où était le capitaine. Il avait plongé du sabord de l'infirmerie en visant le cordage que souhaitait atteindre Astaldor. Non sans difficulté, il atteignit le filin. Instinctivement, il le noua autour de sa taille et se remit à nager en direction du capitaine. Le cordage était lourd mais Briac progressait. Déporté sur la gauche puis sur la droite, il tentait de fendre la mer en fixant les deux corps qu'il apercevait entre deux vagues. Briac sentit ses forces diminuer. Ses bras étaient lourds. Ses jambes aussi. Derrière lui, un bruit retentit.

Ce fut peut-être à ce moment-ci que le destin de Yann prit à son tour un virage brutal. Ou serait-ce plus tard ?

Yann avait plongé de l'arrière de L'Évasion. Au plus près de Briac. Le grand frère ressortit de l'eau à un mètre de lui.

« Détache le cordage de ta taille, vite ! » ordonna Yann.

Briac s'exécuta.

« Une main sur le cordage, une main qui nage ! Ensemble ! Allez ! » reprit Yann.

Les deux enfants progressèrent ainsi à travers les flots vers le capitaine. Astaldor n'en pouvait plus. Lui aussi était épuisé. Le corps inanimé de Piatö pesait trop lourd. Il ne sentait plus son bras gauche. Il devait lâcher le corps. Et même ainsi, aurait-il la force de nager jusqu'au filin le plus proche ? La chaloupe venait de toucher l'eau, trop tard… Astaldor desserra sa prise sur Piatö quand une voix sur sa droite lui fit retenir son geste.

« Capitaine ! Par ici ! »

Les deux mousses. Ils avaient sauté pour venir à son secours !

« Par ici, Capitaine ! Nous avons un cordage ! »

Yann et Briac apparurent alors portés par une vague à un mètre d'Astaldor.

« Le corps ! Faites passer la corde autour de lui ! » ordonna le capitaine à bout de souffle.

Yann et Briac amarrèrent aussitôt Piatö au filin et tous se saisirent fermement du cordage. Avec le peu de force qui lui restait, Astaldor hurla en direction de L'Évasion :

« Hissez ! Hissez ! »

À bord de L'Évasion, les hommes étaient déjà prêts à tirer sur le cordage depuis que Briac avait plongé. Quand l'ordre résonna, ils tirèrent dessus de façon régulière et sans à-coups pour ne pas détacher ceux dans l'eau. Les deux enfants, Astaldor et Piatö se laissèrent traîner jusqu'à L'Évasion, les muscles raidis par le froid. À bord de la chaloupe, on ramait déjà vers eux. Au moment où la barque arriva sur eux, Vidfer qui était à l'avant de l'embarcation ordonna de mettre en panne. Quatre hommes hissèrent alors Piatö, puis les deux enfants et enfin le capitaine.

CHAPITRE XI

LES DÉS MENTEURS

Yann ouvrit les yeux. La pièce était baignée d'une douce lumière. Bien que sa vision fût floue, il distingua une lanterne à huile où une petite flamme dansait. Ses yeux s'habituèrent et il reconnut l'endroit. La chambre du capitaine. Une petite voix à côté de lui le fit sursauter. Lucía parla d'une voix rassurante, presque envoûtante.

« Du calme, tout va bien. Reste allongé, ton corps est fatigué. »

Elle avait raison, à peine Yann essaya-t-il de se relever qu'il retomba aussitôt sur le dos.

Soudain comme si la mémoire lui revenait, il s'agita :

« Briac ! Mon petit frère !

– Il va bien. Calme-toi. Il s'est réveillé il y a peu mais s'est très vite rendormi. Il est à côté, dans la chambre des officiers. »

La voix de Lucía l'apaisait. Elle passa délicatement sa main sur son front. Il ferma les yeux comme pour mieux ressentir les doigts délicats de la jeune fille. Ce contact était nouveau pour lui. À la fois perturbant et si agréable… Des pas résonnèrent dans le couloir, Lucía retira sa main. La porte s'ouvrit et Éloi apparut.

« Yann ! Tu es réveillé !

Yann lui adressa un signe de la main. Éloi reprit :

– Briac va bien. Il continue de se reposer mais j'ai pu lui parler ! Il m'a dit de te rassurer.
– Combien de temps ai-je dormi ? demanda Yann avec une faible voix.
– Toute la journée, répondit Lucía.
– Et… comment vont…
– Le capitaine est sur pied, répondit Éloi. Quant à Piatö… il était déjà mort quand nous l'avons remonté à bord. Nous avons tenté de le ranimer mais rien n'y a fait.
– À peine étiez-vous à bord de la chaloupe que toi et Briac vous êtes évanouis de fatigue, continua Lucía. Le capitaine a alors ordonné qu'on vous transporte jusqu'aux cabines et que vous couchiez dans de vrais lits le temps que vous repreniez des forces. »

De rapides pas résonnèrent dans le couloir. Yann sourit, il reconnut cette rapide démarche.

La porte s'ouvrit sur Briac qui avait visiblement repris toutes ses forces. Il se jeta sur Yann.

« Tu es réveillé ! Comment te sens-tu ?
– J'irais mieux si tu me permettais de respirer ! Tu as les genoux sur ma poitrine !
– Excuse-moi, j'ai eu si peur », répondit Briac tandis que Lucía et Éloi se retenaient de rire.

Les retrouvailles furent interrompues par la porte qui s'ouvrit une nouvelle fois. Le visage de Vidfer apparut. Il afficha presque une mine réjouie derrière ses petites lunettes quand il aperçut les deux frères réveillés. Il se tourna vers Éloi :

« Éloi, le capitaine nous attend à côté. Vous autres, le dîner vous sera apporté ici, puis vous retournerez dormir au pont inférieur cette nuit. »

Avant de partir, Éloi dit encore :

« Yann et Briac, je tenais à vous féliciter pour ce que vous avez fait ce matin. Il faut faire preuve d'un grand courage pour risquer ainsi sa vie. Vous commencez à connaître le capitaine, sachez que s'il ne vous adresse pas un mot, il est pourtant tout à fait reconnaissant. Au moins autant que quelqu'un qu'on a sauvé d'un sort tragique. Reprenez des forces, les prochains jours

ne seront pas de tout repos.
– Pourquoi ? Que va-t-il se passer ? demanda Briac.
– Vous le saurez bientôt », répondit Éloi en disparaissant par la porte.

Yann attendit que la porte de la cabine des officiers se referme derrière Éloi pour prendre la parole :

« Il n'y a qu'une façon de savoir ce qui nous attend ces prochains jours…
– Laquelle ? interrogea Lucía en baissant la voix. Un feu de malice animait les yeux de Yann.
– En écoutant aux portes.
– Cette idée me plaît ! lança avec entrain Briac.
– Briac ! À voix basse ! répliqua Yann.
– Et s'ils découvrent que nous les écoutons ? s'inquiéta Lucía.
– Faisons en sorte de ne jamais être découverts. Vous êtes partants ?
– Oui ! répondit Briac.
– Cela permettra enfin de tromper l'ennui… Je vous suis ! acquiesça Lucía.
– Je passe devant, Lucía derrière moi, Briac tu fermes la marche. Laissons la porte de notre cabine ouverte, si on entend des pas on y retourne à toute vitesse. »

Il semblait que la fatigue de Yann s'était évaporée. Il était transformé. Il avait surtout besoin d'autres informations. Ce qu'il avait récolté ne tenait pas debout, il avait besoin d'y voir plus clair. Les trois adolescents sortirent sans bruit de leur cabine. Le couloir était plongé dans le noir mais de la lumière s'échappait sous la porte du carré des officiers. Yann, qui était le plus grand en taille, colla son oreille contre le panneau, le plus haut possible. Lucía colla son oreille juste en dessous du visage de Yann et Briac fit de même sous Lucía. La scène avait quelque chose de comique surtout étant donné l'air sérieux et concentré de chacun.

« Comment vont-ils ? demanda Astaldor.
– Ils ont beaucoup dormi et sont encore fatigués.
– Mais demain ils seront sur pied, ajouta Éloi.
– Parfait, nous avons besoin d'eux.
– Ils seraient honorés que vous les remerciiez, j'en suis sûr.
– Je le ferai, je le ferai, Éloi. Demain matin. Nous les réunirons pour les informer de leur mission. Je verrai aussi Lucía, elle aura bien entendu son rôle à jouer.

Dans le couloir, les trois adolescents échangèrent un regard. Ils avaient bien fait de venir écouter aux portes.

– On continue donc votre plan ? Vartijaa, hein ? demanda Vidfer.
– Précisément. Vartijaa.
– Capitaine, pouvons-nous en savoir davantage sur la mission que nous suivons ? Dans deux jours, Vartijaa et après ? Taïvas ? s'inquiéta Éloi.

– Le moment n'est pas venu de vous le dire. Pensons à doubler les feux de Vartijaa avant de penser à la suite. Si nous passons, je vous en dirai plus.
– Vous croyez que la demoiselle acceptera ? demanda Vidfer.
– Il le faut.
– Et pour le bal masqué ? Quand commençons-nous à préparer L'Évasion ?
– Demain. Vidfer, vous réunirez l'équipage sur le pont principal. Je veux que chaque homme qui ne soit pas de quart ait un pinceau en main.

Il tendit un parchemin à Vidfer :

– Voici le modèle à suivre. Du bleu et du blanc. Repeignez la coque en suivant ce schéma. Et effacez L'Évasion à la poupe.
– Quel nom mettons-nous ?
– L'Atalante.
– À vos ordres. Et l'équipage ? Ça va les amuser de jouer aux artistes peintres mais ils vont poser des questions…
– Je m'adresserai à eux demain soir. Je les connais, ils obéiront quel que soit l'endroit où nous allons. »

Un silence pesant s'installa. Le capitaine était sûr de lui et ses officiers en proie au doute. La mission prenait une tournure des plus incertaines et dangereuses. Au bout d'une longue minute, Éloi reprit la parole :

« Et pour Piatö ?
– Qu'y a-t-il pour Piatö ?
– Vous le savez comme moi, sa culpabilité n'était pas prouvée. Nous ne pouvons affirmer que c'était lui le traître. Dans le cas contraire, vous auriez demandé qu'il passe par la planche.
– Il est vrai.
– Il... »

Des bruits de pas résonnèrent proche du chapiteau arrière. Quelqu'un allait entrer dans le couloir. Ni une ni deux, les trois adolescents filèrent discrètement dans leur cabine.

Tristoun apparut à leur porte. Il tenait dans les bras un large plateau où se trouvait un magnifique poisson fumant entouré de petites pommes de terre :

« Eh bien vous voilà à nouveau sur pied ! Quelle bravoure, mes garçons ! Quelle bravoure ! Vous avez sauvé notre capitaine ! Ah ! Je peux vous dire qu'en bas on parle encore de vous ! Tarïn s'entraîne déjà à conter vos exploits ! Ah ah ! »

Le cuisinier avait empli la pièce de sa bonne humeur et il fut alors très facile pour Lucía et les deux frères de faire comme si de rien n'était.

« Tout le monde en aurait fait autant, répondit Briac.
– Ah ! Assez de modestie ! Vous êtes des héros, ce pour quoi je vous ai préparé mon plat préféré, un thon à

corne et ses légumes d'Harmä ! Vous m'en direz des nouvelles !

Il adressa ensuite un clin d'œil à Lucía :

– Bien entendu, Mademoiselle, vous êtes si jolie que vous n'avez pas besoin de sauver des vies pour participer à ce dîner !
– Je… merci… je crois.
– Bien, parfait, parfait ! Je dois redescendre nourrir le reste de l'équipage. Bon dîner, mes enfants et finissez-moi ce plat, je ne veux plus rien voir quand je viendrai chercher le plateau ! »

Et aussi vite qu'il était apparu, Tristoun sortit de la pièce.

« Eh bien, il était en forme, ce soir. Quel honneur pour moi d'être avec deux si grands héros, plaisanta Lucía.
– Oh, je pense que le mot héros est peut-être un peu fort, tu sais, répondit un Briac rouge de fierté.
– Éloi a raison, dit Yann.
– De quoi parles-tu ? demanda Lucía.
– À propos de Piatö. Éloi a raison. Ce n'est peut-être pas lui le coupable. Le capitaine le sait.
– De toute façon, cela ne change malheureusement rien à l'histoire. Personne ne pourra le rappeler à la vie.
– Ça change beaucoup de choses au contraire. Cela veut dire que le traître pourrait être toujours à bord.

D'ailleurs, les causes de sa mort ne sont pas claires. Comment la corde a-t-elle pu prendre ainsi feu ?
– Vidfer disait que la poulie était vieille et le cordage aussi. Selon lui, il est possible que les frottements dans la poulie aient pu faire chauffer le chanvre et l'enflammer.
– Cela ne tient pas debout, une corde ne prend pas feu comme ça, toute seule, répliqua Yann.
– Tu penses que quelqu'un y aurait mis le feu ?
– Peut-être...
– Quelqu'un avait une torche enflammée sur le pont ? demanda Briac.
– Non, cela n'aurait eu aucun sens en plein jour... répondit Lucía. Et puis, c'est à plus de cinq mètres de hauteur que les flammes sont apparues. Il aurait fallu que la personne se hisse jusque-là pour embraser le cordage. Nous l'aurions tous vue.
– Tu as raison... il n'empêche que cette histoire n'est pas claire.
– Que veux-tu faire ? Mener une enquête pour trouver le coupable ?
– Si le capitaine et Éloi sont de mon avis, ils mèneront leur enquête.
– Une chose est sûre, ils n'ébruiteront jamais l'information auprès de l'équipage, précisa Lucía.
– Pourquoi ? demanda Briac.
– S'il y a un traître à bord, les récents évènements ont dû éveiller sa méfiance. Il faudra que chacun fasse

comme si Piatö était coupable afin qu'il baisse sa garde. Lucía a raison.
– C'est à peu près cela que je voulais dire.
– Et d'ailleurs Yann, Vartijaa ! Tu as entendu ? Ils en ont reparlé ! Et ce n'était pas le chat du capitaine.
– Vartijaa ? Le chat du capitaine ? dit Lucía avec un air surpris.
– Oui... c'est une longue histoire, ce chat... » Yann sentait qu'il ne pouvait continuer à jouer la comédie plus longtemps, de plus Lucía aurait sûrement des réponses à lui apporter. « ... et effectivement, Briac, tu avais raison. Vartijaa est le nom d'un endroit, d'une île même, d'après ce que m'a dit Œil-de-Faucon.
– Evidemment que c'est une île, répondit Lucía. Tout le monde sait cela.
– Tu as parlé de Vartijaa à Œil-de-Faucon ? Depuis le début tu savais que ce n'était pas le chat et tu ne m'as rien dit ?
– Je l'ai appris au moment où tu as une nouvelle fois décidé de jouer au héros ! Il se tourna vers Lucía : Tu es déjà allée à Vartijaa ?
– Non, jamais. Je ne suis jamais allée aussi loin à l'ouest. C'était une étape prévue de notre trajet avant que nous ne soyons attaqués par les pirates. D'ailleurs, sais-tu pourquoi le capitaine veut conduire L'Évasion là-bas ? Il sait que c'est interdit. Et moi ? Pourquoi veut-il me parler demain ? Pourquoi a-t-il dit que je devais accepter quelque chose ?

– Pourquoi Vartijaa serait-elle interdite à L'Évasion ? demanda Yann.
– Parce que vous venez d'Harmä, vous n'êtes pas autorisés à passer à l'ouest. C'est normal, non ?
– Parce que nous venons d'Harmä, nous n'avons pas le droit d'aller à Vartijaa ? demanda Briac.
– Parfaitement, c'est évident, non ? Passer à Vartijaa, c'est prendre la direction de Taïvas…
– Le continent seulement autorisé aux peuples d'Opäle et de Lictée… marmonna Yann qui se souvint de la discussion avec Œil-de-Faucon.
– Oui, c'est ça, comme ça a toujours été depuis des milliers d'années.
– Œil-de-Faucon ne s'est donc pas joué de moi.
– De quoi parles-tu ? demanda Briac.
– Œil-de-Faucon m'a dit que Vartijaa était une île gardée par le royaume d'Opäle et les principautés de Lictée. Selon lui, l'île est la porte vers le continent défendu.
– Il t'a dit vrai, et seules les deux nations protectrices peuvent aller sur Taïvas », acquiesça Lucía.

Ils ne purent continuer quand Éloi apparut à la porte.

« Je peux me joindre à vous ? J'ai fini ma réunion.
– Bien sûr, rejoins-nous, répondit Lucía. Tristoun nous a ordonné de finir ce plat, tu ne seras pas de trop pour nous aider.

– Ah ah ! Je reconnais bien là le personnage ! Alors, comment vous sentez-vous, Yann et Briac ?
– Ça va, ça va… répondirent en chœur les deux frères.
– C'est une bonne nouvelle ! Voyons voir ce que vous a préparé Tristoun… Du thon à corne ! Vous avez goûté ? Il est bon ?
– Ça va, ça va… »

De toute évidence, Éloi était arrivé au milieu d'une discussion qui ne pouvait reprendre s'il était présent.

« Eh bien, vous n'êtes pas très bavards, cette nuit…
– Nous sommes tous fatigués. Nous allions justement nous coucher, répondit Lucía en adressant un regard insistant à Yann et Briac.
– Oui, tout à fait, je tombe de fatigue ! répondit Briac.
– Déjà ? Mais vous avez à peine touché au plat.
– Emporte-le avec toi dans la cabine des officiers, je suis sûre que cela leur fera plaisir, répondit Lucía.
– Eh bien, comme bon vous semble, j'ai l'impression d'être mis à la porte, mais si vous souhaitez dormir, je comprends. À demain et bonne nuit !

Lucía se tourna vers les deux frères :

– Si vous restez ici, il va se douter de quelque chose. Allez-vous coucher, demain nous reprendrons notre discussion. D'ici-là, pas un mot à personne.
– Parfait ! Retrouvons-nous au déjeuner ! acquiesça Yann.

– Quelle sacrée équipe ! ajouta joyeusement Briac. Bonne nuit Lucía !
– Bonne nuit Briac, bonne nuit Yann, à demain ! »

Dehors, un petit vent rafraîchissait le fond de l'air et L'Évasion filait bon train. Dans le ciel, pas un nuage n'obstruait la vue sur les étoiles. Yann et Briac descendirent l'escalier, traversèrent le pont de batterie, atteignirent le faux-pont et se dirigèrent vers leur hamac. Le pont était plongé dans le noir sauf un petit recoin. Là, trois hommes jouaient à un jeu de dés à la lueur d'une lanterne. Yann eut une idée.

« Briac, va te coucher, je te rejoins bientôt.
– Pardon ? Mais que vas-tu faire ?
– Jouer aux dés.
– Mais ? Tu sais jouer ? Pourquoi à cette heure-ci ?
– Parce que c'est l'heure des confidences. La nuit, les langues se délient. Je te raconterai, file te coucher ! »

Et tandis que Briac rejoignait son hamac, Yann se dirigea vers les trois joueurs nocturnes. Il y avait là Tarïn le conteur d'histoires et deux autres hommes de l'équipage. Tous avaient le visage marqué par des années en mer, ils n'en étaient pas à leur première mission à bord de L'Évasion. Yann arriva à leur hauteur et ils le reconnurent.

« Eh, regardez-moi qui voilà ! Tu n'es pas couché à cette heure-là, petit ? lança Tarïn.

– Eh, mais tu as raison, Tarïn ! Voilà not'petit héros du jour ! Ça ne t'a pas fatigué, ta baignade de ce matin ?
– Une chose est sûre, c'est que vous, vous n'avez pas dû être trop fatigué par votre activité de la matinée. Ce n'était pas trop épuisant de regarder des enfants sauver le capitaine ? répondit froidement Yann.
– Mais dis donc, c'est que ça mord, ces choses-là ! Plus c'est petit et plus c'est hargneux…
– À quoi jouez-vous ? enchaîna Yann sans prêter attention à la remarque.
– Aux dés trompeurs, petit, mais va te coucher, c'est un jeu pour les grands, il faut avoir de quoi parier pour pouvoir jouer, répondit Tarïn.
– Et si je vous disais que je parie l'intégralité de ma solde à la fin de la mission ?
– L'intégralité de ta solde ? Ah ah ! Allez petit, laisse-nous jouer !
– Je suis sérieux. Jouons. Si je perds, je distribuerai ma solde au vainqueur.
– Petit… tu es vraiment sérieux ? demanda Tarïn.
– Je ne l'ai jamais autant été.
– Je ne miserai pas ma paie sur un jeu de hasard ! rétorqua l'un des hommes.
– Non, non, je serai le seul à parier ma paie.
– Et qu'espères-tu gagner en échange ?
– Des histoires, sourit malicieusement Yann.
– Des histoires ?

– Faisons une partie. Si je l'emporte, vous devrez me raconter tout ce que vous savez sur le sujet que je choisirai ; si l'un de vous gagne, vous vous partagerez ma paie en fin de mission. Sommes-nous d'accord ?
– Pour sûr ! répondirent les deux hommes.
– Attends, dit Tarïn. Pourquoi es-tu prêt à risquer autant uniquement pour des informations ? Que cherches-tu à savoir ?
– Jouons et vous verrez… s'amusa Yann.

Les deux joueurs qui accompagnaient Tarïn se tournèrent vers lui.

– Tarïn, tu es fou ! Si tu ne joues pas, quitte la table. Nous, nous suivons les termes du gamin !

Tarïn hésita un instant. Mais cet homme était comme les autres : une pièce scintillante et un rêve de richesse effaçaient bien vite la méfiance.

– Entendu. Je suis des vôtres.
– Parfait, installe-toi ici, petit ! dit l'un des hommes. Tu connais déjà Tarïn, moi c'est Abgrall et l'autre là, c'est Helias, il n'est pas beau, je sais, mais c'est mon cousin ! Ah ah !
– Ferme-la, Ab' ! répliqua tout de suite Helias.
– Ici, on nous appelle les cousins Dartös.
– Yann, enchanté. Quels sont vos postes à bord ?
– Canonniers, mon p'tit ! Dix ans déjà qu'on astique ces bijoux du tonnerre ! Crois-moi, on en a envoyé

par le fond des navires…
– Cela arrive donc souvent que vous attaquiez d'autres bâtiments ? Pourquoi ? Nous ne sommes pourtant pas en guerre.
– Bon, on joue ou pas ? On parlera plus tard ! » interrompit Tarïn.

Tous acquiescèrent et Yann s'installa sur un petit tabouret entre les cousins Dartös.

« Au début du jeu, chaque joueur dispose d'un gobelet en bois dans lequel se trouvent cinq dés. Quand un tour commence, chaque joueur secoue son gobelet puis le retourne d'un coup sur la table. Chaque joueur peut regarder les faces de ses dés mais n'a pas le droit de regarder les dés des autres. Ne t'avise pas de regarder les miens ou je te crève un œil ! Vient le temps des annonces. Le jeu est de deviner les faces des dés présents sur table en se basant sur ses dés et sur les annonces que font les autres participants. Si un joueur lance : “Je parie qu'il y a au moins sept dés avec la face six en jeu”, cela indique aux autres joueurs qu'il a forcément plusieurs dés avec la face six. Le deuxième joueur a le choix, soit d'annoncer un autre pari et, dans ce cas, il doit annoncer une mise supérieure au joueur précédent, donc plus risquée, soit il pense que le pari du joueur précédent était déjà trop risqué et il dit alors “menteur”. Alors, tous les joueurs soulèvent leur gobelet et on se met à compter les faces des dés. Si le

premier joueur a “menti”, il perd un de ses cinq dés. Si au contraire la mise était bonne, c’est le second joueur qui perd un de ses dés. Tu as le choix : sentir quand les paris sont trop risqués ou tromper les autres joueurs en annonçant des paris avec des faces de dés que tu n’as pas. Dans le second cas, tu induis en erreur les autres joueurs et pourras en traiter un de menteur quand le tour te reviendra. Tu as compris, petit ?
– Compris », répondit Yann.

En vérité, Yann connaissait déjà bien ce jeu. C’était le jeu favori à l’auberge de la Mouette rieuse. De nombreuses fois, il avait regardé les marins soûls attablés et pariant sur les faces des dés. Dans ce type de soirée, il valait toujours mieux faire croire aux autres joueurs qu’on était novice. Endormir la méfiance pour garder l’effet de surprise. Dans cet exercice de stratégie pure, Yann excellait. Il alternait entre un bluff judicieux et un jeu prudent. Surtout, il affichait un visage impassible, lisse de tout sentiment. Insondable et imperturbable.

L’énervement de Tarïn et les jurons des cousins Dartös tendirent la partie. Ce qui inquiétait Yann, c’était le bruit que faisaient ses adversaires. Ils risquaient d’ameuter d’autres membres de l’équipage. Yann ne jouait pas par plaisir, il jouait pour avoir des informations. Si trop de personnes se rassemblaient autour de la lanterne, il ne pourrait aborder ces sujets sans éveiller les soupçons. Il fallait donc gagner le plus rapidement possible.

Yann jouait de la façon la moins risquée possible. Il ne poussait pas ses adversaires à la faute, il annonçait des mises raisonnables, se contentant de laisser les autres se prendre au jeu. Cependant, il remarqua que Tarïn l'épiait constamment, comme s'il cherchait quelque signe qui le trahît. Et, en effet, un geste semblait révéler la nervosité du jeune joueur. À chaque fois qu'il se passait la main dans les cheveux, il bluffait. Au tour suivant, après que Yann fit à nouveau le même geste, Tarïn tenta sa chance et le traita de menteur. Le vieux conteur avait vu juste, il jubila : il avait compris ce que Yann tentait de dissimuler.

La scène se reproduisit à deux reprises. Deux fois Yann se recoiffa, deux fois encore Tarïn découvrit qu'il bluffait. Quelques instants plus tard, les cousins Dartös avaient été tous deux éliminés et il restait alors deux dés à Yann et un seul à Tarïn.

Le bras de fer entre Yann et Tarïn débuta. Yann semblait moins serein. Pour la première fois, il ne survolait plus facilement la partie. Le dénouement du jeu intervint lorsque Yann décida d'appliquer son plan. Il regarda ses deux dés cachés et prit la parole en premier :

« Il y a un cinq sur les trois dés restants ! »

Et il resta immobile.

Tarïn regarda à son tour sous son gobelet. Il possédait lui aussi un cinq, son dernier dé. Yann n'avait pas passé la main dans ses cheveux, il ne bluffait donc pas et possédait vraiment un cinq. Avec le sien, cela faisait au moins deux. Par précaution, le marin annonça :

« Il y a deux cinq sur les trois dés restants ! »

Alors, doucement et pour la première fois du jeu, Yann afficha un sourire sur ses lèvres. Il répondit lentement en fixant Tarïn :

« Menteur... »

Puis il souleva son gobelet et montra ses deux dés : un deux et un quatre. Il avait gagné, il avait roulé le conteur d'histoires dans la farine.

« Petit morveux ! Tu... tu as bien joué, reconnut Tarïn.
– Bravo, petit, aussi futé qu'un renard ! ajouta Abgrall.
– Les gens disent que la mission sera longue, on aura l'occasion de te prendre ta paie une prochaine fois ! plaisanta Helias.
– Venons-en au fait. Que veux-tu savoir ? » demanda Tarïn.

Le moment était venu. Yann avait réussi à amadouer les trois marins. Il se souvenait que le matin même après avoir quitté Portivy, Tarïn avait parlé des

« Autres ». C'était le conteur du bord, il connaissait donc beaucoup d'histoires. Yann hésitait. Il ne savait pas par où commencer. Beaucoup de choses se bousculaient dans sa tête : Vartijaa ? Piatö était-il coupable selon eux ? Le chat à bord de L'Évasion ? La tache de cire rouge qui avait figé de peur le visage d'Astaldor sur le bateau pirate ? Le continent défendu ? Il ne fallait pas éveiller l'attention. Se concentrant, il choisit sa question :

« Parlez-moi de Taïvas... »

Les visages des trois hommes devinrent graves en entendant le nom du continent défendu. Helias frissonna, Abgrall resta bouche bée. Tarïn répondit d'une voix faussement calme :

« Peu de gens osent évoquer cette terre, petit. Pourquoi t'y intéresses-tu ?
– Il ne me semble pas avoir donné pour condition la raison de mon choix. Notre accord prévoyait que vous me répondiez, pas que vous me questionniez.

Un silence s'installa. La petite flamme de la lanterne sembla vaciller. Les cousins Dartös fixaient Tarïn comme pour le dissuader de répondre à Yann. Le conteur croisa le regard du garçon puis fit un hochement de tête :

– Très bien. Voici donc l'histoire de Mortür Tolmir, le continent défendu. »

Les deux cousins frissonnèrent une nouvelle fois. Yann se concentra sur la voix de Tarïn. Il avait changé de ton, il avait pris la voix des conteurs, le timbre de ceux qui font voyager par les mots.

CHAPITRE XII

MORTÜR TOLMIR

« Trois siècles. Trois longs siècles de paix et de prospérité séparaient Prolis de l'enfer que le continent avait connu. Les hommes avaient lutté âprement contre les Autres et ils avaient fini par repousser les créatures à la mer. Les monstres étaient partis dans la nuit à l'ouest pour ne jamais revenir. Ainsi vint un temps béni que certains appelèrent Ikür Toris, "le Temps de la joie". Les grands États prospérèrent et gagnèrent en puissance. Tous, sauf le pays d'Harmä, la maudite. Les terres déshonorées avaient perdu leur prestige au milieu des combats. Nul ne savait véritablement pourquoi, même les passeurs de monde avaient oublié. À la mort d'Ictaris Ier, dernier roi capable de charmer le vent, la terre d'accueil, prestigieuse autrefois, devint un territoire perdu. Sans chef. Sans renommée. Sans espoir. Des clans virent le jour et le peuple fier du nord se morcela en petites tribus méfiantes et belligérantes. Mise à l'écart, Harmä ne connut jamais l'avenir flamboyant des autres États de Prolis.

Le royaume d'Opäle, demeure du feu, naquit à la fin du conflit. Nouveau fleuron des peuples libres, le royaume dut sa renommée en premier lieu à son grand roi Ignis III, petit-fils d'Ignis Ier, fils aîné du grand Amparion, le plus puissant et respecté des Quatre Princes. À sa mort, le vaste territoire qu'il légua à son fils, Ignis IV, devint le plus grand État de Prolis. La priorité du nouveau roi fut la découverte et la maîtrise totale de ses territoires. C'est par ces grandes incursions dans les montagnes du nord mais surtout les Pics de Synkä, en plein centre du royaume, que les Opäliens découvrirent leur trésor. Les pierres précieuses. Émeraudes, rubis, diamants, saphirs, ainsi que grenat, lapis-lazuli, cornaline, jaspe, pierres de jade et de nacre... Chaque jour des nouveaux gisements sortaient de terre et chaque jour une mine était créée par la Couronne. C'est par cette puissance économique, et militaire, que le royaume d'Opäle devint le Grand Royaume de Prolis.
Au sud d'Opäle, les descendants du prince cadet d'Amparion, Vesda, s'installèrent sur une terre fragmentée en de nombreux îlots. Le prince suprême Virtün Ier nomma cette terre du nom que nous lui connaissons aujourd'hui : les principautés de Lictée.

Berceau de culture, d'arts, de poésie et de chants, la Lictée devint rapidement une terre aussi accueillante que mystérieuse. Liés à l'eau, ses habitants adoptèrent un rythme de vie plus lent que ceux d'Opäle. Persuadés que la vie devait être vécue sans empressement comme la lune attend son heure pendant la journée, ils prirent le temps de contempler la nature et furent les premiers grands navigateurs à sillonner les côtes de Prolis. Petit à petit, leur vie s'allongea. Comme des roseaux, ils s'installèrent près de la mer intérieure. Chaque îlot se mit à élire son prince et un parlement fut constitué. La gestion du pays revint au prince suprême, les propositions de lois aux princes élus. Entretenant de puissants liens d'amitié avec le royaume d'Opäle, les principautés de Lictée devinrent le second État le plus puissant de Prolis. Bien que naturellement pacifiques, les Lictésiens étant attachés à leur terre, le calme lac laissa parfois place à une mer déchaînée de fiers combattants.
Enfin, plus au sud, à la limite méridionale de notre monde se dressa un quatrième État : Vihreä, le berceau des rêves. Cette grande île, reliée au continent par un unique pont, accueillit les descendants de Lüto, l'avant-dernier fils d'Amparion. L'île était composée d'une forêt impénétrable et elle s'organisa en son centre autour d'une large clairière. C'est ici que fut scellée la Guerre de l'Ombre, c'est là que s'acheva le conflit entre les Hommes et les Autres. Sur les lieux

mêmes du combat, le Chêne des Anciens fut planté et le sanctuaire d'Ikä Tammi érigé. Pour se souvenir. Pour ne jamais oublier. Il est difficile d'en dire davantage sur Vihreä. Peu de gens y sont allés, moins encore en sont revenus. Certains disent que la forêt était magique et que les arbres mangeaient les malheureux qui s'y aventuraient. D'autres encore proclament qu'en réalité aucun homme ne vivait sur l'île. De la vérité à la légende, il n'y a qu'un pas.
– Et Taïvas ? demanda impatiemment Yann.
– Chut, petit ! chuchotèrent Abgrall et Helias. Laisse-le raconter !

Tarïn reprit :

– Ainsi, voilà trois cents ans que les quatre États de Prolis vivaient en paix. Pourtant, un matin d'été, une troublante nouvelle vint briser la quiétude du continent… »

C'était il y a cent quarante-sept ans, à Synkä, la capitale du royaume d'Opäle.

Comme chaque matin, les nobles de la cour d'Opäle s'étaient réunis dans la chambre royale pour le réveil de sa majesté. Trandïs ouvrit les yeux. Devant lui, les courtisans s'étaient prosternés : les hommes, courbés ; les femmes, les genoux pliés sous leur grande robe. Le vieux monarque n'aimait pas les réveils royaux. Il ne les avait jamais aimés. Un tas de profiteurs, le front contre terre, espéraient chaque matin un geste ou un regard afin de pouvoir gagner un semblant d'estime royale. Obtenir du pouvoir sur les autres loups de la meute. Ce matin-là, Trandïs repoussa d'un geste de la main l'aide du valet de chambre. Il pouvait encore se lever seul.

Debout, face à un magnifique miroir d'or où trônaient des rubis, on lui enfila sa tenue du matin. Pas de perruque. Il préférait sa longue chevelure grise qui tombait sur les épaules. Une perruque n'irait pas avec ses cheveux, pas plus qu'avec sa barbe. Une fois habillé, il lança un regard circulaire dans la pièce. Il leva la main droite et les fronts se relevèrent. Chacun essaya alors d'accrocher son regard. Mais aujourd'hui personne n'aurait cette grâce. Trandïs était soucieux. Occupé. Perturbé. La veille, ses espions lui avaient annoncé que les voiles de L'Escadre vermeille avaient été aperçues au large du port d'Orjaa. Des mois que ces frégates du royaume avaient disparu et voilà qu'elles réapparaissaient par magie. Que s'était-il passé ? L'avaient-ils trouvée ? Était-ce la raison de leur si longue absence ? Trandïs y avait pensé toute la nuit. Il sortit d'un pas rapide de sa chambre. Dans la salle du petit-déjeuner, d'autres nobles attendaient. Une grande table en bois de noyer parcourait la pièce sur toute sa longueur. Un seul siège était attablé, le sien. À peine le roi s'était-il assis que le ballet des serveurs débuta. Œufs à la coque, faisans aux cèpes, harengs de Lictée, pâtisseries et gâteaux en tout genre ainsi que des fruits du verger du palais. Il ne mangea rien. Il attendait. Il fixait la grande porte. Afin de s'occuper l'esprit, il avait fait apparaître une flamme dans le creux de sa main droite. De sa main gauche, il la faisait tourner machinalement. Derrière lui, le feu dans la cheminée s'était réveillé et de longues flammes semblaient lécher des bûches inexistantes. Il était rare qu'il ait recours à son pouvoir. Cela était d'ailleurs formellement interdit par le *Décret I.* Les charmeurs ne pouvaient l'utiliser qu'en dernier recours. Aujourd'hui, Trandïs n'en avait que faire. Et personne n'était assez fou pour le lui interdire. Se concentrant sur un battant de la porte, le roi la fixa et, à sa grande surprise, elle s'ouvrit. Un grand aboyeur martela le sol de trois puissants coups. L'écho résonna dans toute la salle.

« Le grand amiral Hemdal ! Il demande à vous voir, Votre Majesté.
– Pas ici. Dans la salle du trône ! Que tout le monde sorte », claqua Trandïs.

En un instant, la pièce se vida. Les nobles et les grandes dames, les serviteurs et les gardes de Jade, les cuisiniers et musiciens. Tous disparurent. Seul le Grand Chambellan suivit le roi dans sa chambre pour l'aider à s'habiller. Il fallait le vêtir de sa tenue de chef des armées. Hemdal était le plus haut commandant de la flotte d'Opäle.

Trandïs pestait.

« Disparaître aussi longtemps avec mon escadre ! Hemdal a intérêt à m'apporter des nouvelles étonnantes s'il souhaite garder sa tête sur les épaules ! »

C'était pour cela qu'il fallait le recevoir dans la salle du trône. Trandïs perché sur le puissant trône d'Opäle et Hemdal courbé. En contrebas. Pour que cet officier se souvienne de sa place. Et de l'allégeance à son roi.

Une fois vêtu de son long manteau pourpre bordé d'hermines, Trandïs déposa la couronne d'Opäle sur sa tête. De fines flammes se mirent à danser sur sa coiffe ainsi que ses cheveux. D'un pas pressé, il parcourut les couloirs menant à la salle du trône. Les valets s'empressèrent d'ouvrir les portes sans oser croiser son regard. Après avoir franchi une série de pièces, deux gardes firent pivoter les immenses panneaux de bronze et Trandïs pénétra dans la salle du trône. Il remonta l'allée qui le séparait du promontoire et s'installa sur son trône. Il affichait une mine royale. La moue du pouvoir. Il leva la main et on annonça une nouvelle fois le grand amiral. Hemdal entra seul. Il avança courbé et s'arrêta à quelques mètres des marches du trône. Il semblait éreinté. De grosses gouttes de sueur perlaient sur son visage. D'une voix fatiguée, il clama :

« Je vous salue, Votre Majesté. Je crus ne jamais vous revoir.
– Et moi donc, Amiral ! Et moi donc ! Je vous fais l'honneur d'être à la tête d'une expédition des plus importantes et voilà que vous revenez après plus de cent jours d'absence. Il me tarde d'entendre les récits qui sauraient expliquer cette déconvenue.
– Je viens dans ce but, Votre Majesté. J'ai chevauché toute la nuit depuis Orjaa pour vous apporter de grandes nouvelles !
– Relevez-vous, Amiral ! Je n'entends rien de ce que vous dites. Parlez et parlez fort !

Hemdal releva le front et contempla son roi. Calmant sa respiration, il reprit :

– Nous l'avons trouvée, Votre Majesté !
– Comment ?
– Nous l'avons trouvée, Sire ! Elle existe…
– Qu'avez-vous vu ? Expliquez-vous, bon sang !

Trandïs avait changé de ton. La peur s'était emparée de sa voix.

– Nous avons fait voile à l'ouest. Plus que nous n'avions jamais osé. Voilà plusieurs jours que nous errions dans une épaisse brume quand nos vigies aperçurent une île au milieu de la Grande Mer. La terre était déserte. Encerclée par une ceinture de montagnes, l'île comportait de puissants torrents qui nous permirent de remplir nos barriques d'eau douce. Après avoir refait nos vivres, nous avons continué notre route à l'ouest. Plusieurs semaines en mer, nous nous sommes égarés à la suite d'une tempête. La moitié de L'Escadre disparut. J'ordonnai de rentrer à Prolis quand la vigie annonça une terre. Apparut alors devant nos yeux une longue côte. Un continent aussi vaste que le nôtre. Un monde plongé dans le noir. Une nature en feu d'où une épaisse fumée s'élevait. Une odeur de pourriture et de putréfaction envahit nos nez alors que nous nous trouvions encore à plusieurs milles de la côte. Je fis mouiller dans une vaste crique et mettre des chaloupes à la mer. Trois barques d'éclaireurs posèrent le pied sur le continent. Là, nous les avons vues. Des créatures, mi-hommes mi-bêtes, hurlant comme des loups. Par centaines, elles sortirent du couvert des arbres et remplirent la plage. Les hommes des chaloupes n'eurent que le temps de tirer un coup de semonce. Il était trop tard. Se remémorant la scène, Hemdal frissonna.

– Que s'est-il passé ? Ne vous arrêtez pas, Amiral !

– Ils les ont mangés. Devant nos yeux. Sans que nous ne puissions rien faire. Ils ont découpé nos hommes. Ils les ont démembrés et mangés.

– N'avez-vous pas ouvert le feu ?

– J'ai ordonné d'ouvrir le feu mais le temps d'armer nos pièces, les créatures avaient disparu dans les bois.

– Vous pensez donc que ce sont eux ?

– J'en suis sûr, Votre Majesté, à n'en point douter.
– Les Autres… chuchota Trandïs.

Un sentiment d'urgence venait d'apparaître dans les yeux du vieux roi. Il marmonna dans sa barbe :

– Ainsi ils n'ont pas disparu… C'est là-bas qu'ils se cachaient… À quelques semaines de navigation… Prêts à envahir notre monde…

Il leva la voix en se tournant vers l'Amiral :

– Avez-vous nommé ce territoire ?
– Oui, Sire. Nous avons pensé à Taïvas, le continent défendu…
– Taïvas… oui, c'est un bon nom…

Alors le roi claqua dans les mains :

– Qu'on donne au grand amiral un repas et une nouvelle tenue. Nous partons dans une heure pour les principautés de Lictée ! Prévenez Sa Majesté mon cousin que nous venons pour une entrevue de la plus haute importance. »

« Et c'est ainsi, conclut Tarïn, que Taïvas fut découvert il y a deux siècles de cela. »

Cela faisait beaucoup d'informations pour Yann. Quelle histoire. Tant de questions se bousculaient dans sa tête.

« Qu'est allé faire Trandïs en Lictée ?

– Le grand roi d'Opäle était terrifié par la découverte de son amiral. Prolis avait connu la Grande Guerre contre les Autres et le rêve de leur disparition venait de s'évaporer.
– Il venait donc chercher de l'aide ?
– Plus que cela encore. Lors de leur entrevue, le roi d'Opäl apprit à son cousin la découverte du continent mais il lui demanda surtout d'affréter sur-le-champ la plus grande flotte de guerre de la Lictée.
– Il voulait attaquer Taïvas ?
– Trandïs savait que cela n'était qu'une question de temps avant que les Autres ne songent à rassembler leurs forces et débarquer à Prolis. Il comptait les devancer et débarquer rapidement sur leur continent avec une puissante armée. Hemdal embarqua à nouveau un mois après à la tête d'une escadre forte d'une cinquantaine de navires des États d'Opäle et de Lictée.
– Et que s'est-il passé… ?
– Ils ont retrouvé la plage et y ont débarqué. Depuis, cela fait cent cinquante ans que la guerre fait rage sur Taïvas.
– Les Autres n'ont pas été exterminés ? En autant de temps ?
– Non. Malgré les efforts des deux États, ces créatures n'ont pas disparu et rôdent encore sur Taïvas.
– Pourquoi Trandïs n'a-t-il pas fait appel aux deux autres États ? Harmä et Vihreä ?

– Il y a sûrement pensé. Certains racontent que Vihreä refusa d'entrer en guerre. D'autres disent qu'ils n'ont finalement trouvé personne sur l'île du sanctuaire.
– Et Harmä ? insista Yann.
– Non, bien sûr que non. Il n'allait pas demander de l'aide au pays d'Harmä. Notre terre était maudite depuis bien trop longtemps. De plus, qu'aurait-il trouvé comme aide ? Nous n'avions déjà plus d'armée.
– Mais pourquoi ? Qu'ont fait nos ancêtres ?
– Nul ne sait, Yann, même les plus vieilles histoires ne le racontent pas. Il n'existe que des suppositions…
– Des suppositions ? Que disent-elles ?
– Qu'Harmä aurait mis en danger notre monde et qu'en rachat de sa faute elle resterait isolée des affaires de Prolis.
– Quelle faute ?
– Je ne sais pas, Yann. C'est un mystère. Et ce sont des suppositions aussi vieilles que le monde.
– Ainsi Taïvas est devenu le continent défendu ?
– C'est cela. Rapidement, un grand conseil des États réunit les monarques d'Opäle et de la Lictée. C'est lors de cette réunion que fut signé le traité de Tordesäs régulant un accès très strict au continent découvert.
– Que dit ce traité ?
– Que seules les nations protectrices de Prolis peuvent y poser le pied. Que seuls les hauts dignitaires et les forces armées, tous dotés d'un laissez-passer officiel signé à Vartijaa, peuvent y débarquer.

– En d'autres termes, seuls les soldats ou les nobles du royaume d'Opäle et des principautés de Lictée sont autorisés à aller à l'ouest de Vartijaa…
– C'est cela, acquiesça Tarïn.
– Vartijaa est donc la porte vers le continent défendu, marmonna Yann. Qu'arrive-t-il aux navires qui ne passent pas par Vartijaa et qui souhaitent aller à Taïvas ?
– Ils sont envoyés sans sommation par le fond. Les escadres d'Opäle ou de Lictée croisent nuit et jour au nord et au sud de l'île. »

Un bruit résonna sur le pont inférieur. Quelque chose était tombé et avait fait sursauter les joueurs de dés. Au fond dans un angle, les deux yeux jaunes d'un gros chat les fixaient. Seul Yann le remarqua.

« Mais que fait ce chat à bord ? demanda à voix basse Yann.
– Un chat ? Où ça ? demandèrent les cousins Dartös.
– Ici, indiqua Yann du doigt.
En apercevant les deux grands yeux jaunes qui transperçaient le noir, les marins changèrent d'attitude.
– Allons nous coucher, les gars ! Il se fait tard !
– Mais… il me restait d'autres questions !
– Tu as eu beaucoup de réponses ce soir, Yann, peut-être plus qu'il n'en fallait », répondit mystérieusement Tarïn avant de se diriger vers son hamac.

Yann continua d'insister mais rien n'y fit. Il finit donc par aller se coucher lui aussi. Avant de s'endormir épuisé, il jeta un coup d'œil dans le coin sombre. Là-bas, les deux yeux jaunes avaient disparu.

CHAPITRE XIII

CACHER L'ÉVASION

T*riiiiiii Triiiiiiiiii Triiiiiii*!

Le sifflet tira Yann de son sommeil aussi violemment que si on l'avait jeté au sol. Une fois de plus, il avait mal dormi. Plus il tentait d'y voir clair sur le but de leur mission, plus le brouillard s'épaississait.

« Allez Yann ! L'équipage doit se rassembler en haut ! » lui jeta Briac tout excité.

Yann se traîna hors de son hamac et enfila sa chemise. Les yeux encore flous et bouffis, il suivit son petit frère jusqu'au pont supérieur. L'air frais lui fit du bien. En haut de la dunette, Vidfer s'époumonait sur son sifflet.

« Dépêchez-vous ! Rassemblement ! Plus vite que ça ! »

La situation était tendue, Yann savait pourquoi. D'un regard circulaire, il remarqua l'absence du capitaine ainsi que celle d'Éloi. Ils devaient préparer leur plan comme prévu et Lucía, Briac et lui allaient en faire partie. Ce n'était plus qu'une question de minutes avant qu'ils n'apprennent ce qu'Astaldor manigançait.

Yann n'était pas le seul à attendre qu'on vienne le chercher. Briac avait également compris le sens des discussions de la veille et il attendait avec impatience de connaître la mission que lui donnerait le capitaine.

« Silence ! hurla Vidfer. Bien. Messieurs, vous n'ignorez pas que nous faisons depuis plusieurs jours cap à l'ouest. Certains m'en ont demandé la raison, d'autres s'en sont inquiétés, je comprends votre préoccupation. Ce matin, je vous ai réunis pour vous informer que nous continuons notre marche vers l'ouest. »

Des murmures grondèrent parmi l'équipage. La peur se lut sur certains visages.

Vidfer reprit :

« Oui, nous maintenons notre cap. Nous le maintenons car nous avons une mission. Tous ici présents avons la même ambition : servir notre Roi et servir Harmä. Sa Majesté nous demande d'aller à l'ouest, nous irons à l'ouest ! Vive le Roi !
– Vive le Roi… répondirent timidement les hommes sur le pont.

– Nous connaissons les risques que nous prenons en allant sur cette route. Le capitaine le premier. Mais nous sommes du pays d'Harmä et la peur est un sentiment que nous ignorons ! Pour Harmä !
– Pour Harmä ! reprit avec plus d'entrain l'équipage.
– Messieurs, je connais chacun de vous. J'ai vu de mes propres yeux le courage qui vous a animés dans les moments périlleux que ce navire a traversés. Il y a quelques jours, vous mettiez en déroute un équipage de forbans, de pirates par votre détermination et la force de vos épées. Nul ne doit ignorer que L'Évasion ne saurait accepter que sa route soit barrée. Pour L'Évasion !
– Pour L'Évasion ! Pour L'Évasion ! crièrent tous les marins.
– Nous sommes forts, mes frères, mais plus encore, nous pouvons être rusés. Aujourd'hui, nous allons nous cacher aux yeux des marines d'Opäle et de Lictée. Aujourd'hui, nous allons nous payer la tête des deux États protecteurs !

Certains sifflets retentirent.

– Pour cela je veux que chaque homme qui ne soit pas de quart se munisse des pinceaux qui seront distribués. Repeignez-moi cette coque aux couleurs des principautés de Lictée et allons doubler les feux de Vartijaa ! À Vartijaa !

– À Vartijaa ! À Vartijaa ! À Vartijaa ! reprit en chœur la foule.
– Mahé ! Alanic !

Il appela deux charpentiers du bord :

– Vous êtes ici les seuls à avoir une sensibilité artistique supérieure à celle d'une dorade. Prenez ce parchemin et conduisez les travaux. Vous avez la journée pour camoufler le navire.
– Quel nom donne-t-on au navire ? demanda Mahé.
– L'Atalante.
– À vos ordres. »

Alors que l'équipage se dirigeait vers des seaux où étaient entreposés des pinceaux et de la peinture, Éloi vint à la rencontre de Yann et Briac.

« Yann ! Briac ! Venez avec moi ! Le capitaine vous fait demander !
– Enfin... » murmurèrent au même moment les deux frères.

Ils suivirent Éloi et pénétrèrent dans la cabine des officiers. Lucía était déjà là. En pleine discussion avec Astaldor.

« Je veux que vous me débarquiez ! Je dois me rendre à Taïvas ! Mon futur mari m'y attend !
– Ah ! Yann et Briac ! Entrez, entrez donc, lança le capitaine en se tournant vers les nouveaux venus.

Prenez place autour de la table, je vous prie. »

Lucía lança un sourire aux deux frères que lui rendit Briac. Yann esquissa un mouvement de la bouche et ils s'installèrent à la table des officiers. Astaldor était au centre, Éloi à sa droite. En face d'eux, Lucía était encadrée par Yann et Briac. On amena un plateau de fruits et quelques pâtisseries sur lesquelles Briac se jeta. Lucía accepta un thé et la partie commença. Astaldor joua le premier :

« Chère Mademoiselle di Moña, j'entends tout à fait votre désir de rejoindre votre futur époux et je conviens que votre place n'est pas ici au milieu d'un équipage. C'est pourquoi j'ai fait de votre vœu ma priorité. Je compte vous emmener moi-même à votre mariage.
– Pardon ? M'emmener à mon mariage ? Il a dû vous échapper, Capitaine, que je célèbre mes noces sur Taïvas, pas en Lictée.
– Il a toujours été clair dans mon esprit que votre mariage se tiendrait à Taïvas, Mademoiselle. Mon offre concerne cette destination.
– Alors, vous perdez la tête, Capitaine ! Avec quel navire souhaitez-vous m'y emmener ?
– Celui-ci. L'Évasion.
– Sottises ! Vous savez mieux que moi que vous ne passerez jamais les Portes de l'Ouest ! Le Nouveau Monde vous est interdit !

– Pas si nous devenons… un navire de la flotte de Lictée.
– Que voulez-vous dire ?
– J'ai en ce moment tout mon équipage qui repeint la coque de L'Évasion. D'ici ce soir, nous deviendrons L'Atalante, navire dépêché par la maison Keksii pour vous emmener à vos noces.
– Vous souhaitez que je trahisse ma famille ?
– Non, loin de moi cette idée. Juste que vous utilisiez votre nom…
– Vous pensez vraiment qu'un coup de peinture suffira à vous faire accueillir à bras ouverts par le gouverneur ? Ignorez-vous qu'il faut un laissez-passer pour voguer à l'ouest de Vartijaa ?
– C'est une information qui ne m'a pas échappé. C'est précisément sur ce point que j'aurai besoin de vous.

Puis, il regarda chacun des frères :

– Et de vous deux.
– Nous deux ? demanda Briac.
– Pourquoi voulez-vous passer à l'ouest, Capitaine ? Il vous suffirait de me déposer à Vartijaa et d'informer les autorités de notre aventure. Vous rentreriez chez vous avec une belle somme d'argent pour service rendu à la Lictée et moi je ferais affréter un navire de mon pays pour rejoindre Taïvas. Je ne doute pas un seul instant que vous ayez envisagé cette option mais ce n'est pas celle que vous avez retenue. Ainsi

permettez-moi de réitérer ma question : Pourquoi voulez-vous passer à l'ouest, Capitaine ?
– Vous êtes un esprit éclairé, Mademoiselle di Moña. Effectivement, il eût été moins risqué pour nous de vous débarquer mais, pour autant, beaucoup plus dangereux pour vous.
– Que voulez-vous dire ?
– Votre dernière expérience en mer à bord d'un navire lictésien s'est, et cela est regrettable, tragiquement terminée. Sans l'intervention de mon équipage, nul ne sait ce que vous seriez devenue. Or, les eaux à l'ouest de Vartijaa sont bien plus dangereuses que les côtes de Prolis. Les Autres rôdent, les tempêtes y sont fréquentes et l'Océan là-bas recèle bien d'autres monstruosités.
– Dans ce cas, j'embarquerai sur une frégate princière de Lictée. À bord d'un tel navire, je pense que je serai en sécurité tout autant qu'à bord de L'Évasion. Merci pour votre proposition, Capitaine, mais c'est non, répondit Lucía en se levant de table.
– Les frégates sont réservées aux soldats. Bien que vous soyez issue d'une noble famille, le gouverneur de Vartijaa ne vous laissera pas embarquer à bord de l'une d'elles. Les hommes envoyés sur le front doivent être concentrés sur les combats à venir. Vous seriez dangereuse pour eux. Vous pourriez leur faire… tourner la tête.

– Merci pour le compliment, Capitaine, mais je ne pense pas avoir le charme de détourner un régiment entier de sa destinée.
– Permettez-moi de penser le contraire. Une telle beauté est rare. »

La réponse avait fusé. Elle semblait vraie. D'une véracité qui déstabilisa Lucía. La jeune fille reprit ses esprits et continua :

« Très bien, acceptons l'idée qu'on me refuse l'accès à un navire de guerre. Et après ?
– Vous embarquerez alors sur un petit navire de vivres qui vient alimenter les troupes sur Taïvas. Peut-être aurez-vous la chance d'avoir un ou deux gardes armés à bord. Pas plus. Et dans ce cas, vous prierez chaque jour le Grand Amparion qu'aucune mésaventure ne vous arrive.
– Peut-être ne m'arrivera-t-il rien, en effet.
– Êtes-vous prête à en prendre le pari ? C'est votre vie qui est mise en jeu. »

Une fois encore, Lucía se retrouvait sans arguments. Le capitaine semblait avoir tout prévu.

« Nous allons donc à Taïvas uniquement pour y convoyer Lucía ? Est-ce cela notre mission de départ ? Est-ce pour cela qu'un tel équipage a été mobilisé ?

La question venait de la droite de Lucía. Yann plantait ses yeux dans ceux d'Astaldor. Il n'avait pu se retenir.

– La question est pertinente… Et la réponse tout aussi facile : Non. Non, nous n'avions, bien entendu, pas prévu d'aller aussi loin à l'ouest avec L'Évasion. Notre mission première était de repérer les eaux est de Vartijaa et d'y stopper l'activité de flibusterie. Nombreux sont les navires de pêche d'Harmä qui y sont attaqués. Nous protégeons notre commerce.
– Vos pêcheurs s'éloignent-ils autant de vos côtes pour se retrouver dans les mers de Vartijaa ? lança ironiquement Lucía.
– Tout à fait. C'est là-bas qu'on trouve les plus gros bancs de thons ailés. Vous intéressez-vous à la pêche ?
– Et qui vous a donné pour ordre de laver les eaux de Vartijaa de ces pirates ?
– Notre roi.
– Harmä n'est plus un royaume. Votre roi n'est plus un véritable monarque.
– Mademoiselle di Moña, j'ai toujours veillé à ne pas vous manquer de respect et à rendre votre séjour à bord de ce navire le plus agréable possible. Ne commettez pas l'erreur de retourner son capitaine contre vous. Il est dangereux de traiter ainsi la couronne d'Harmä. »

La réponse avait été faite avec délicatesse mais les mots utilisés firent comprendre à Lucía qu'elle était allée trop loin.

« Je vous prie de bien vouloir m'excuser. Mes paroles ont dépassé ma pensée. Acceptons le fait que L'Évasion soit le moyen le plus sûr pour moi de rejoindre Taïvas. Comment comptez-vous y arriver ? En évitant Vartijaa ?

– Non, il serait fou de penser l'éviter. Les armadas d'Opäle et de Lictée nous enverraient aussitôt par le fond. Nous passerons par Vartijaa et y chercherons un laissez-passer.

– Il n'est pas facile d'en avoir un.

– Certes et, pourtant, il le faudra. Cela se fera en deux étapes : l'envoi d'une lettre avec votre sceau pour prévenir de votre arrivée, puis une entrevue avec le gouverneur.

– Que souhaitez-vous que j'écrive dans cette lettre ?

– Vous devrez l'adresser au gouverneur. L'informant que vous avez pris la mer pour vous rendre à vos noces. Que votre navire mouillera bientôt dans la baie de Vartijaa et que vous serez honorée de vous entretenir avec lui pour lui demander la permission de continuer votre route.

– Et ensuite… ?

– Ensuite, nous arriverons à Vartijaa. L'Atalante, votre nouveau navire, vous déposera à terre.

– Là, une délégation vous accompagnera à l'entrevue avec le gouverneur.

– Une délégation ? De qui sera-t-elle composée ?

– Nous, Éloi et le capitaine… lâcha Yann.

Il avait répondu sans prêter attention. Il était censé ignorer cette information.

– Précisément… répondit Astaldor avec un regard interrogateur.
– Pure logique en effet, enchaîna Éloi. Il est facile d'imaginer que ce sont les personnes rassemblées autour de cette table qui formeront la délégation », ajouta-t-il en fixant Yann.

Dans le regard d'Éloi, Yann crut reconnaître deux yeux qui l'avaient observé dans le noir.

« C'est l'objet de notre réunion, reprit Astaldor. Je souhaitais tout d'abord vous remercier, Yann et Briac, pour le courage dont vous avez fait preuve hier. Sans votre bravoure et votre audace, je ne serais sûrement plus des vôtres aujourd'hui. C'est pourquoi j'ai décidé de vous honorer en vous confiant cette mission. Vous ferez partie de la délégation en tant que cousins de la famille Keksii. Deux jeunes officiers mandatés pour faire leurs classes et découvrir la réalité du front.
– Ils ne connaissent rien de la Lictée ! Et si on les interroge ? demanda Lucía.
– Pour cela, nous nous en remettons à vous, Mademoiselle di Moña. Votre mission sera de former vos jeunes amis sur ces sujets. Bien qu'il serait étonnant que le gouverneur soit très curieux à ce propos.
– Et vous ? Et Éloi ?

– Nous serons les officiers de L'Atalante qui vous emmènent à Taïvas. Nous avons… disons… l'habitude de ce genre de subterfuges.
– Bien, reprit Lucía légèrement déboussolée. J'imagine que je n'ai pas vraiment le choix… Il semble plus sûr pour moi de continuer ma route avec vous. Quand devrai-je rédiger ma lettre ?
– Si vous le pouvez, maintenant.
– Ah ! Très bien. Et combien de temps disposé-je pour former Yann et Briac à leur nouveau rôle ?
– Une journée. Nous arrivons demain matin à Vartijaa.
– Demain ? Mais je n'aurai jamais le temps de tout leur apprendre !
– Allez à l'essentiel. De plus, nos mousses seront dispensés de quart aujourd'hui, ajouta Astaldor en échangeant un regard entendu avec Éloi.
– Nous apprendrons vite, ajouta Briac à l'adresse de Lucía.
– Je n'en doute pas, Briac, assura-t-elle avec une gentillesse mêlée d'un sentiment d'urgence.
– Combien de temps resterons-nous à Vartijaa ? demanda Yann.
– Le moins longtemps possible. L'objectif est d'arriver au petit matin et de repartir avec la marée, avant la tombée du soir.
– Que devrai-je dire au gouverneur lors de l'entrevue ? demanda Lucía.

– Écrivez votre lettre et formez les mousses aux traditions de la Lictée. Pour l'entrevue, nous ferons une répétition ce soir dans cette cabine.
– Bien. Permettez-moi donc de prendre congé.
– Je vous en prie. Par mesure de, disons, sécurité, je serais bien aise si vous pouviez me transmettre la lettre avant de la faire envoyer du bord. Pour m'assurer que les bons mots soient utilisés, précisa le capitaine.
– Je n'y manquerai pas… » lança Lucía en pinçant les lèvres.

Puis, elle sortit. Les deux frères se levèrent pour lui emboîter le pas.

« Garçons, restez ici quelques minutes je vous prie, lança le capitaine. Il y a un autre sujet dont nous devons parler. »

Yann se tendit. Qu'allait ajouter le capitaine ? Savait-il que Yann enquêtait de son côté ? Quelqu'un l'avait-il surpris espionnant aux portes ou interrogeant l'équipage ?

« Je connais bien les hommes à bord de ce navire, reprit Astaldor. Malgré la confiance que j'ai en eux, il se peut que certains soient amenés à…

Il fit une pause.

– … Me surprendre, me décevoir.

Aïe. Il savait. Nul doute…

– Mon statut de capitaine me donne droit de vie ou de mort à bord…

La mort… Vraiment ? Pour avoir écouté aux portes et posé quelques questions ?

– … Mais cela ne me confère pas le privilège d'être le confident de mes hommes. D'être l'oreille attentive qui peut les écouter…

Où voulait-il en venir ?

– … Or, ignorer ce que ressent et pense un équipage est très dangereux. Une mauvaise décision et le lien peut être rompu. L'incompréhension peut faire naître la peur ; la peur, la colère ; la colère, la folie ; et la folie, la mutinerie.

Avait-il peur que Yann tente de soulever l'équipage contre lui ? Il n'en était pas capable, le capitaine pouvait dormir sur ses deux oreilles…

– Ce pour quoi un bon capitaine se doit d'anticiper les actions de son équipage en comprenant de l'intérieur son humeur.
– Ne peuvent-ils pas vous demander s'ils ne vous ont pas compris ? demanda Briac.
– C'est exactement ainsi que tous devraient réagir, Briac. Malheureusement, je suis leur capitaine et il arrive parfois que ce soit envers moi qu'ils éprouvent de l'amertume. Dans ce cas, il est rare que l'information

me parvienne directement. Il faut du cran pour défier l'autorité de son supérieur et beaucoup en manquent.
– Alors ne peuvent-ils pas se confier à monsieur Vidfer ? Ou à Éloi ?
– Malheureusement pas toujours, répondit Éloi. L'équipage sait que nous sommes proches du capitaine. Il peut leur paraître dangereux de nous transmettre le fond de leur pensée.
– Où voulez-vous en venir ? demanda Yann.
– Du pragmatisme, parfait, allons droit au but. Je ne peux entendre les rumeurs qui agitent les cales et les ponts de mon navire. Moi, non, mais vous, oui. Je veux que vous deveniez mes oreilles.
– Vos oreilles ?
– Oui, Briac. Les oreilles qui entendent tout à bord. Les oreilles à qui on se confie, à qui on raconte ses doutes, ses joies et ses malheurs. Je veux savoir si mon équipage est derrière moi ou pas.
– Pourquoi maintenant ? demanda Yann.
– Vous l'avez deviné, nous prenons une route dangereuse. Les réserves émises par Lucía sont justifiées. L'Évasion prend des risques, nécessaires certes, mais bien réels. Ce type de nouvelles peut chambouler certains et faire naître des idées déviantes dans leur tête.
– Pourquoi nous ? Personne ne se confie à moi.
– Œil-de-Faucon se confie à toi, Yann, répondit Éloi. C'est un défi qu'aucun n'a réussi à relever. Tu fais parler l'homme le plus silencieux du bord. Œil-de-Faucon

connaît les rouages de l'équipage, il saura quand est arrivé le moment d'agir. À cet instant, c'est à toi qu'il se confiera. De plus, tu es souvent à la vigie, tu ne peux peut-être pas entendre mais observer. Beaucoup oublient de lever les yeux au ciel pour voir si on épie ou non.
– Et moi ? répondit Briac.
– Jeune Briac, ne soyez pas modeste comme votre frère, répondit Astaldor. Le Doc m'a beaucoup parlé de vous, vous êtes devenu en quelques jours l'attraction de l'infirmerie. On ne demande qu'après vous là-bas.
– Oh ! Vous savez, je n'ai fait que ce qu'on me demandait, répondit Briac en rougissant.
– Les hommes de l'équipage se méfient rarement des mousses, reprit Éloi. Pour eux, vous êtes insignifiants et c'est bien là votre atout.
– Et ils ne se doutent pas que nous sommes liés à vous… pensa Yann à haute voix.
– Précisément, dit le capitaine. Le moment de vous confier cette mission n'a pas été choisi au hasard. Vidfer harangue une foule occupée à repeindre un navire, personne ne prêtera attention à vous en sortant d'ici.
– Et si nous refusons ? » osa Yann.

Astaldor ne répondit pas tout de suite. Il planta ses yeux dans ceux de Yann. Son regard perça le jeune garçon dont la respiration s'accéléra.

« Il est dommage que Piatö ne puisse être parmi nous pour vous partager un retour d'expérience sur les Dix Embruns.
– Nous sommes à vos ordres ! Merci de votre confiance, Capitaine », répondit Briac. Astaldor était sur le point de conclure la réunion quand la porte de la cabine s'ouvrit.

« Ma lettre est écrite. La voici », lança Lucía sèchement.

Le capitaine prit le parchemin qu'elle lui tendait et le lut à voix haute :

Monsieur le Gouverneur,

Je viens vous présenter mes respects ainsi que ceux de toute la Lictée. Moi, Lucía di Moña, de la maison Keksii, fais actuellement voile vers Taïvas dans le but de célébrer mon mariage avec le seigneur Del Catras en la colonie de Jakanä. Notre union a été bénie par sa gracieuse Majesté Eksytö dit Le Sage en la cité de Virtös et mon voyage vers cette terre, approuvé par le Concile des douze.

Comme le prévoit le traité de Tordesäs ainsi que la volonté commune du royaume d'Opäle et des principautés de Lictée dans la lutte contre le fléau des Autres, je ferai halte à Vartijaa afin de recueillir de vos mains la permission de reprendre la mer à l'ouest de la Porte.

À cet effet, je me présenterai demain matin au lever du jour dans la baie de Vartijaa à bord de L'Atalante. Je serai honorée de pouvoir ainsi vous rencontrer lors d'une entrevue et renforcer le lien d'amitié de nos deux nations.

« Que veille tard la garde à l'ouest et que le jour chasse les démons. »

Lucía di Moña, de la maison Keksii

La plume était habituée ; les mots parfaitement posés et orchestrés. Lucía connaissait bien le monde aristocratique des États protecteurs et sa lettre en était la plus belle preuve.

« Eh bien, après avoir lu votre lettre, je peux donc témoigner qu'il vous arrive parfois de faire preuve de respect… lança Astaldor.
– Je ne le suis qu'avec les personnes dont le rang mérite une telle attention. Il ne serait pas convenable que je traite avec le gouverneur de Vartijaa comme j'échange avec le capitaine d'un petit navire.
– Hélas, voici que l'expérience se termine aussitôt. Décidément, je n'aurai été témoin de votre politesse que l'espace d'un instant. Voilà que déjà l'ignoble arrogance des États protecteurs refait surface.
– L'arrogance peut parfois être un luxe. Pour être arrogant, il faut avoir quelque chose que les autres n'ont pas. Il est vrai que cela paraît impossible à vous autres

Harmaïens chez qui le vent du passé a depuis longtemps disparu. L'air s'est évaporé, plus un souffle...
– Comment osez-vous ?

Éloi intervint aussitôt :

– Bien, il me semble qu'il est urgent de faire parvenir cette lettre au gouverneur. Lucía, je t'accompagne. Yann et Briac, joignez-vous à nous. Capitaine, nous reviendrons ce soir afin de planifier ensemble l'entrevue de demain. »

Astaldor, serrant le poing, acquiesça d'un signe de tête et les quatre jeunes sortirent de la cabine. Dehors l'atmosphère était plaisante. De nombreux marins poussaient la chansonnette tout en peignant consciencieusement le bastingage, la coque, les sabords et les voiles de L'Évasion. Sur l'une d'elles apparaissait déjà un blason avec treize gouttelettes d'eau dont une coiffée d'une couronne. Au-dessus de l'écusson se croisaient deux tridents.

« Les principautés de Lictée, le blason de notre État, commenta Lucía.
– Quel bel emblème ! Quel est celui du pays d'Harmä ? » demanda Briac.

Lucía leva les yeux au ciel.

« Le vent du passé a disparu en Harmä, qu'est-ce que cela veut dire ? Et cette histoire de souffle évaporé ?

questionna Yann.
– Voilà notre homme ! intervint Éloi en pointant un marin en train de peindre un escalier de la dunette. Staël ! Pose ton pinceau, nous devons envoyer un cormoran le plus vite possible ! »

L'homme se retourna et leur sourit avec le peu de dents qu'il lui restait. Il n'était pourtant pas vieux. Il portait une pauvre veste en cuir, tachée en plusieurs endroits de fiente d'oiseau. Lucía fit un mouvement en arrière quand il se releva pour les accueillir :

« Ah, le premier courrier du voyage. Ah ah ! Parfait, parfait, où dois-je l'envoyer ? Lasinpassä ? Lahtï ? Hylkäm ?
– Vartijaa, répondit Éloi.
– Vartijaa ? Eh bien ce n'est pas souvent qu'on envoie des oiseaux là-bas ! Je n'en ai qu'un seul qui connaisse le chemin, vous êtes chanceux. À qui écrivez-vous là-bas ?
– Cela ne te regarde pas, Staël. Assure-toi que la missive arrive jusqu'au bureau de lettres, là-bas, répondit Éloi.
– Bien, bien, à vos ordres, Maître d'équipage, répondit Staël avec un air amusé. Si ces Messieurs Dames veulent bien me suivre », ajouta-t-il en descendant de la dunette.

Éloi attendit qu'il soit à quelques mètres puis s'adressa aux trois autres :

« Il faut être ferme avec ce type d'homme, ce sont des bons gars mais ils ont la fâcheuse habitude de se mêler de ce qui ne les regarde pas. Et vous savez ce qu'on pense à bord de la curiosité mal placée... » chuchota Éloi en adressant un clin d'œil troublant à Yann.

Ils suivirent Staël jusqu'au pont inférieur. Là, ils arrivèrent devant une petite porte en bois. Ils pénétrèrent dans la pièce et le spectacle surprit les deux frères et Lucía : l'endroit était rempli d'oiseaux noirs au long cou et au long bec qui, perchés sur de petits promontoires, les observaient de haut. Il y avait sept cormorans qui les accueillirent avec des bruissements d'ailes. Un cormoran fonça même sur Lucía qui laissa échapper un cri en se protégeant le visage. Les garçons sursautèrent et donnèrent des coups en l'air pour chasser le volatile, ce qui eut pour effet d'agiter tous les autres sur les perchoirs. La scène fit rire Staël qui agrippa l'oiseau et le calma en un instant.

« Bienvenue au bureau de poste du navire, Ah ah ! Voici votre cormoran, il s'appelle Irtü, un bon voyageur, très fiable. Vous avez la missive ?
– La voici », répondit Lucía en prise avec ses cheveux emmêlés.

Staël inséra alors le rouleau de papier dans un petit tube de verre fixé par de fines lanières sur le dos du cormoran. Il referma le tube avec un bouchon de liège et déposa un baiser sur le crâne de l'oiseau.

« Allons l'envoyer ! »

Ils sortirent de la salle et remontèrent vers le pont supérieur. Une fois en haut, ils s'approchèrent du bord et Staël brandit le cormoran. Il lui chuchota alors quelques mots à l'oreille, puis il ouvrit les mains. L'oiseau déploya aussitôt ses ailes, fonça en piqué vers la mer et au dernier moment redressa sa trajectoire. Il fila ainsi plein ouest, rasant de peu les flots.

– C'est un magnifique oiseau, lança Briac.
– Les cormorans sont les plus beaux, Mon Petit !
– Les plus agressifs aussi… ajouta Lucía qui n'avait pas digéré l'attaque quelques instants plus tôt.
– Ils ont leur caractère, c'est vrai. Comme nous… Ah ah !
– À Portivy̆, nous utilisons des goélands ou des mouettes pour les plus petites missives, continua Briac.
– Les goélands ne sont pas endurants, ils ne traversent pas un océan. Les cormorans volent plus vite et plus longtemps. Surtout, ils volent si proche de l'eau qu'on ne les détecte que très rarement. Nos messages arrivent quasiment tous à destination. Même les phénix n'arrivent pas à les intercepter. Ah ah !
– Les phénix ? Ça existe ?
– Évidemment que ça existe, mon garçon !
– Vous allez me dire qu'un cormoran est capable de traverser un océan en une fois sans s'arrêter ? railla Yann.

– Non, évidemment que non, c'est impossible. Il ne le fait pas en une fois. Il s'arrête pour reprendre des forces et pêcher puis il reprend sa route.
– C'est pour cela le petit tube en verre ? demanda Briac.
– Bien sûr ! Ce n'est pas pour faire joli. Ah ah ! Au moins le message reste au sec quand l'oiseau pêche. Mais où avez-vous vécu pour poser toutes ces questions ? Ah ah ! Allez, bonne journée à vous. »

L'homme les salua de la main et retourna à son pinceau.

« C'est certes ingénieux comme système mais pour cela il faut savoir tenir et éduquer ces maudits oiseaux ! commenta Lucía.
– Peut-être est-ce leur façon de te montrer de l'affection, répondit Briac.
– Dans ce cas, je préfère qu'ils ne m'aiment pas et en restent là. Bien, il me semble que nous avons un programme chargé aujourd'hui. Je dois faire de vous de vrais Lictésiens et la tâche ne sera pas aisée ! Donnez-moi quelques minutes, puis rejoignez-moi dans ma cabine.
– Je me joindrai à vous, répondit Éloi. Quelques révisions ne me feront pas de mal.
– Avec plaisir, Éloi, à tout de suite ! »

Les trois garçons la regardèrent s'éloigner. Un silence s'installa. Chacun était dans ses pensées. Briac avait du mal à contenir sa joie. Quel chemin parcouru depuis Portivÿ. L'Évasion, les pirates, les veilles à la vigie, les quarts à l'infirmerie et maintenant une nouvelle mission de la plus haute importance. Yann avait le regard sombre. Ses doutes se confirmaient, ils faisaient route vers Taïvas. Les récits de Lucía, Œil-de-Faucon et Tarïn concordaient : L'Évasion se dirigeait vers des dangers dont il ne pourrait jamais protéger son petit frère. Il fallait réfléchir à un plan d'évasion et vite.

Ce fut Éloi qui le premier brisa le silence :

« Quelle nouvelle, hein ! J'imagine que vous devez être un peu chamboulés.
– Éloi, pourquoi n'avons-nous pas le droit d'aller à Taïvas ? demanda Briac.
– C'est une longue histoire dont personne ne connaît le début. Il y a bien longtemps, les gens du pays d'Harmä furent punis car incapables d'assurer la sécurité de Prolis. De nos jours, l'interdiction est toujours en vigueur…
– S'il nous est interdit d'y aller, pourquoi chercher à s'y rendre ?
– Le capitaine doit avoir de bonnes raisons de vouloir continuer notre route. Mais j'en suis au même point que toi, je ne connais pas le but de notre voyage.
– Qu'y a-t-il sur Taïvas pour que nous devions en être protégés à Prolis ?

– Rien. Juste un continent sauvage qui reste à découvrir, coupa Yann en fixant Éloi dans les yeux. Rien qui ne doive nous inquiéter.
– Oui, rien de... d'inquiétant, confirma Éloi en jouant le jeu.
– Alors, c'est une super aventure qui nous attend ! Nous allons découvrir le continent défendu !
– Chut, plus bas, Briac. Pour le moment, l'équipage sait uniquement que nous allons à Vartijaa.
– Le reste, il devra l'apprendre plus tard.
– Il est l'heure, Lucía nous attend, grommela Yann.
– Tu as raison, allons-y ! »

Éloi et les deux frères rejoignirent la jeune femme dans la cabine du capitaine. Comme le temps se gâtait, elle avait allumé une lanterne pour éclairer une vieille carte finement dessinée qu'elle avait déployée sur la table.

« Le capitaine me l'a prêtée, cela permettra de mieux vous faire découvrir mon pays. Installez-vous, prenez place. Tristoun a préparé du thé, l'eau est bouillante. »

Éloi et Briac prirent une tasse de thé tandis que Yann scrutait minutieusement le parchemin. C'était la première fois qu'il voyait une autre carte que celle de la presqu'île de Tirös. Les noms lui étaient inconnus, sauf la région située au nord, le royaume d'Opäle, dont Tarïn lui avait parlé.

Lucía prit la parole :

« Messieurs, j'ai l'honneur de vous présenter l'un des deux États protecteurs : les principautés de Lictée.
– Toutes ces petites terres, ce sont des îles ?
– Oui, Briac, mais…
– Et où se trouve Portivÿ ? Est-ce loin d'où tu habites ?
– Si tu m'en laisses le temps, je suis sûre de pouvoir répondre à l'ensemble de tes questions. Écoute bien et interroge-moi à la fin. La Lictée est un État qui ne ressemble à nul autre. Nous avons une histoire à part, des codes particuliers, beaucoup de disparités dans notre peuple et, en même temps, une communion de tous envers la Couronne. Je ne rentrerai pas dans les détails mais soyez vigilants. Demain, vous devrez maîtriser ces éléments.

Ils inclinèrent la tête d'un air entendu. Lucía continua son explication :

– La Lictée est née durant la Guerre de l'Ombre contre les Autres. À cette époque, les hommes se battaient déjà ensemble contre les hordes de monstres qui parcouraient Prolis. Les Quatre Princes, fils du grand roi Amparion, ont créé voilà plus de cent cinquante ans le royaume d'Harmä. Ils chassèrent toujours plus au sud les bêtes de la nuit. Après d'amères victoires où ils perdirent nombre de leurs camarades, les Hommes pacifièrent les grands territoires qui s'étendent de Sgiath au nord jusqu'à la Mer intérieure au sud.

Ignis III et Virtün Ier, petit-fils des Princes Ignis et Vesda, créèrent deux nouveaux États des Hommes. Le premier, aîné de la famille régnante, choisit le plus grand territoire et le nomma “royaume d'Opäle”. Le second s'intéressa aux îles du sud à la frontière du dernier territoire des Autres et les appela “principautés de Lictée”. »

CHAPITRE XIV

LES PRINCIPAUTÉS DE LICTÉE

« Les îles de l'archipel de Lictée sont au nombre de treize.

D'abord simples postes avancés durant la Guerre de l'Ombre pour les vivres et les soldats, les principautés connurent une époque d'expansion maritime et de prospérité dès la disparition des Autres en l'an 402. Au nombre de douze, elles devinrent toutefois dépendantes de la plus puissante : la principauté de Virtös. Comme pour chaque principauté, cette dernière porte encore de nos jours le nom de sa ville principale. Elle est également la capitale de l'État. C'est ici qu'ont été érigés les plus beaux bâtiments du pays : le palais, le temple de Vesda et la basilique d'Amparion. Virtös est une ville construite sur l'eau. Des centaines de canaux la parcourent et des ponts

encore plus nombreux l'enjambent où se mêlent commerçants, hommes de lettres, joueurs d'épée et politiciens. C'est également là que se rassemble chaque année le Concile des douze, notre parlement. Chaque prince élu, représentant chaque principauté, en fait partie tout comme notre prince suprême, Eksytö dit Le Sage. C'est ici que sont proposées et votées les lois de l'État. Son Altesse y décide aussi de leur adoption ou de leur abrogation. La famille du prince héréditaire réside dans la capitale. Le reste de l'île est composé de bourgeois, de classes moyennes ou pauvres mais les grandes familles, notamment celles des princes élus, ne peuvent y vivre. C'est interdit par la loi. Elles sont parfois conviées mais ne peuvent s'y installer.
– De quelle principauté sommes-nous censés venir ? interrogea Yann.
– De celle-ci, indiqua Lucía en pointant un endroit de la carte. La principauté de Keksii.
– C'est donc pour cela que tu dis venir de la Maison Keksii ? interrogea Briac.
– Exactement, dans le langage courant on dit qu'on vient d'une principauté mais pour les familles régentes : elles viennent de la Maison.
– Ta famille dirige l'île Keksii ? demanda Éloi.
– Oui, mon père est prince élu de l'île. Il représente les intérêts de Keksii au Concile des douze. Chaque principauté possède un rôle dans l'équilibre de la Lictée. La mienne est dédiée à la construction navale et

à la marine princière. C'est ici que mouille la flotte de guerre mais également l'ensemble des navires de commerce. Ils déposent à Keksii leur cargaison qui est triée, répertoriée et acheminée jusqu'à la capitale. De grands chantiers navals font sortir chaque semaine les vaisseaux de bois commandés par la couronne ou les autres principautés.

– Où trouvent-ils le bois pour construire ces navires ?

– Sur Ölridge et Ekhtos, les deux principautés à l'ouest. Historiquement, ce sont sur ces îles que la majorité des combats avec les Autres ont été menés. La terre est encore marquée par les blessures du passé mais, peu à peu, de grandes forêts ont recouvert les anciens champs de bataille. Ces deux îles sont dédiées à l'exploitation du bois et c'est ici qu'on trouve les meilleurs bûcherons des principautés.

– Et la petite île au sud d'Ekhtos ?

– La principauté d'Artïs. On y trouve peu d'habitants. Quelques maisons se dressent sur les flancs d'une vieille tour et de grands remparts noirs épousent les côtes de l'île. Artïs était la dernière terre habitée par les Hommes avant d'entrer en territoire ennemi durant la Guerre de l'Ombre. De nombreux assauts ont été menés contre ses murs et la principauté a toujours résisté. Mais à quel prix…

– Il y a des camps dessinés sur cette île, remarqua Yann en pointant la carte.

– Tu as raison, ceci est la principauté d'Aonar. Voisine de Keksii, cette île est entièrement dédiée à l'armée princière. C'est ici que sont regroupés les différents bataillons de Lictée, qu'ils s'entraînent et se forment. C'est également d'ici qu'ils prennent la mer pour Taïvas.
– Et la petite terre juste à côté ?
– Celle-ci, Briac, c'est Rok. C'est un rocher en pleine mer battu par les vents et les embruns. Un grand phare a été érigé en son centre afin de guider les navires venant du sud et à destination de Virtös. Personne n'y vit, seuls le prince élu et sa famille y habitent. Mais des légendes disent qu'ils sont morts et que ce sont leurs fantômes qu'on aperçoit depuis le large…
– Il n'est donc pas convié au Concile des Douze ? demanda Éloi.
– Si bien sûr, comme tout prince élu, mais il ne s'y rend jamais…
– Pourquoi parle-t-on du Concile des Douze ? Il y a treize îles sur la carte, remarqua Yann.
– Tout à fait, il y en a treize. On retrouve ce nombre sur l'emblème des principautés : treize gouttes dont seule celle représentant Virtös est coiffée d'une couronne. Et…
– Comme sur la voile de L'Évasion, coupa Briac.
– Exactement, comme ce que peint en ce moment l'équipage. Quant au chiffre treize, deux îles distinctes par le passé ont finalement décidé de devenir une

seule et unique principauté : les Jumeaux, dit-elle en indiquant du doigt les deux îlots. Cette principauté à deux îles héberge le savoir de la Lictée. Deux grandes tours abritent les plus riches bibliothèques de tout le continent. Un prince élu règne sur les deux îlots, passant une moitié de l'année sur l'un, puis sur l'autre.

– Sur la droite, on dirait des champs, remarqua Briac.

– La principauté de Mectalüm, le grenier à blé de l'archipel. C'est ici que l'on retrouve les grands champs de céréales. Plusieurs fermiers possèdent des terres fécondes transmises de génération en génération. La principauté est dédiée à la culture du blé, de l'orge et de l'avoine. Mectalüm est liée à une autre principauté qu'est Arboräte, le plus grand territoire. Ici s'étendent d'immenses pâturages, des vergers à l'infini, des vignes à flanc de collines et les potagers les plus jalousés de Prolis. On y retrouve de grands villages où se pressent fermiers, commerçants, revendeurs et aubergistes. Les gens y vivent heureux et la voix d'Arboräte est une parole écoutée au parlement.

– Qu'en est-il des deux îlots au nord, demanda Yann.

– Ektar et Mirthor sont les deux seules principautés montagneuses de la Lictée. Peu de gens y vivent car les conditions sont parmi les plus dures de toutes les îles. Cependant, elles sont vitales pour la population de Virtös et des autres principautés. C'est là qu'ont été construits il y a bien longtemps les grands aqueducs. Ils transportent chaque jour l'eau pure des

sommets jusqu'à Virtös. Puis, de la capitale, de grands navires-citernes livrent l'eau dans toute la Lictée.
– Qu'est-ce qu'un prince élu ?
– On les appelle ainsi car ils sont élus par les habitants de leur île. Les candidats sont des hommes issus des grandes familles des principautés qui ont déjà servi quelques années dans l'armée. Ils sont élus à vie. Ils prennent donc place avec leur famille dans la "Stèle" de leur principauté, grande tour blanche présente sur chaque île. Ces tours sont l'histoire de mon peuple, elles furent érigées en l'an 152 à la création des Principautés. Elles représentent l'allégeance d'une communauté à son prince et de la principauté à la couronne de Lictée.
– Nous venons donc de la principauté Keksii, reprit Éloi. Nous connaissons la construction navale et sommes des marins aguerris j'imagine, un rôle assez simple à jouer pour nous. Comment se nomme ton père ? J'imagine que c'est à lui que nous sommes censés avoir fait allégeance.
– Tu as raison. Mon père se nomme Solcaff, Solcaff de la maison Keksii. Cela fait plus de vingt ans qu'il dirige l'île. C'est un homme qui a fait ses classes dans la marine princière en participant à la conquête de colonies sur Taïvas. Ma mère, Mirëla, vient des Jumeaux. C'est une femme très cultivée et douce. Je suis leur seule enfant.

– Est-ce qu'il faut vraiment retenir tout ce que tu nous as dit ? demanda Briac. Cela fait beaucoup de choses…
– Il y a des choses qui sont censées être ancrées en vous depuis votre plus jeune âge, répondit Lucía. Vous devez les connaître, on ne sait jamais ce qui peut arriver demain. Le gouverneur de Vartijaa a la réputation d'être un homme méfiant, il sentira qu'on essaie de le tromper si nous n'agissons pas comme de vrais Lictésiens.
– Qui sommes-nous censés être justement ? demanda Yann.
– Comme le capitaine l'a dit, mes cousins. Une enfant d'une grande famille de Lictée se déplace rarement sans être accompagnée par une délégation familiale. Vous serez Artus et Virloc de la Maison Keksii. Deux vrais cousins qui sont d'ailleurs de jeunes officiers en Lictée.
– Tu dis te déplacer rarement sans une délégation familiale. Tu étais pourtant sans celle-ci lorsque nous t'avons trouvée.
– Deux cousines et un oncle m'accompagnaient…

Sa voix trembla :

– Ils… ils n'ont pas survécu à…
– Ils sont morts ? demanda Briac.
– Bon, je pense qu'il est temps de faire une petite pause, conseilla Éloi. Laissons Lucía reprendre ses

esprits. Yann et Briac, je vous propose d'aller en vigie tous les trois.
– Mais je pensais que nous étions dispensés aujourd'hui ?
– Cela vient de changer, allons-y. Merci Lucía pour toutes ces informations, j'emporte la carte avec moi, nous pourrons ainsi réviser avec Yann et Briac. Repose-toi bien. »

Les trois garçons quittèrent la cabine et laissèrent seule la jeune femme en lutte avec de douloureux souvenirs.

En arrivant sur le pont supérieur, ils constatèrent que les travaux de camouflage de L'Évasion avaient bien avancé. Vidfer distribuait ses ordres et le travail était près d'être terminé. Chaque voile portait l'emblème des principautés de Lictée et un joli bleu entourait désormais la partie supérieure de la coque de L'Évasion ainsi que le bastingage. Plusieurs hommes étaient attelés à réaliser un nouvel écriteau finement sculpté où figurait le nom de L'Atalante. Briac était émerveillé de la nouvelle parure de L'Évasion et n'hésita pas à communiquer sa joie à son grand frère. Yann restait silencieux. Il fut surpris quand, arrivés au pied du grand mât, Éloi cria à Œil-de-Faucon qu'il devait descendre du nid-de-pie et prendre une pause. Bien entendu, le vieil homme rechigna mais l'insistance d'Éloi eut raison de lui.

Les trois garçons grimpèrent alors le long des haubans et arrivèrent en haut du mât. Il était presque midi. Le temps à l'ouest se gâtait. L'Évasion avait pris un cap plus au sud que d'habitude afin de viser Vartijaa. De sombres nuages se rapprochaient et déjà la luminosité baissait. La mer semblait coupée en deux, une partie au soleil, l'autre plus agitée et dans l'ombre. Le vent avait forci et balayait leur visage. Éloi prit la parole :

« Yann et Briac, je vous ai fait venir ici afin de pouvoir échanger à l'abri des oreilles indiscrètes. Avez-vous compris la mission que vous a donnée le capitaine ?
– Celle où nous devons espionner à nos risques et périls et rapporter le tout ? Oui, c'était plutôt clair, grommela Yann.
– Ne le prends pas ainsi, dis-toi que c'est une chance. Peu d'hommes à bord ont l'opportunité d'être missionnés par le capitaine. S'il vous a chargés de cela, c'est qu'il vous fait confiance et croyez-moi, il n'a jamais accordé sa confiance aussi rapidement.
– Tu as été espion toi aussi quand tu étais mousse ? demanda Briac.
– Oui, comme vous, je l'ai été. C'est surtout pour cela que j'ai été recruté dans cette ruelle par le capitaine. Aujourd'hui, ce n'est plus possible, les gens font trop attention, ils n'osent plus rien dire de compromettant en ma présence.
– Tu crois que c'est dangereux ?

– Cela peut l'être, Briac, si tu manques de discrétion. Mais tu disposes de la meilleure cachette !
– Laquelle ?
– L'innocence de l'enfance. Personne ne fait attention à toi et c'est ton meilleur camouflage.
– Ah… si tu le dis.
– Je souhaitais également vous amener ici pour vous demander si tout allait bien pour vous. Je sais que votre vie a bien changé en seulement quelques jours, j'ai connu ça et j'aurais aimé avoir une personne avec qui le partager.
– Nous allons très bien, ne t'en fais pas. Nous pouvons échanger entre nous si nous voulons, nous sommes frères, lâcha, cinglant, Yann.
– Mais c'est gentil à toi de nous poser la question, ajouta Briac. Je suis content que tu fasses partie de la délégation demain, cela me rassure un peu.
– On va bien s'en sortir, ne vous inquiétez pas. Nous avons Lucía et surtout nous avons le capitaine. Avec lui, nous ne risquons rien.
– Tu as raison, acquiesça Briac.
– Bien, quelques révisions sur la Lictée ? Alors, qui peut me dire comment se nomme la principauté qui… »

Et les garçons révisèrent ainsi en haut du mât pendant de longues heures afin de parfaire leurs connaissances. Ils descendirent du poste de vigie pour le déjeuner. Puis, Éloi laissa les deux frères. Œil-de-Faucon reprit son poste en haut du mât et Yann et Briac s'occupèrent de lover de longs cordages à la proue du navire. Ici, ils pouvaient continuer de parler sans être entendus.

« Yann… Je crois que j'ai un peu peur de la délégation demain.
– Il ne faudra pas le montrer ! S'ils soupçonnent quelque chose, nous serons découverts !
– Je sais… Tu m'aideras, hein ? dit Briac en posant sa tête sur l'épaule de son grand frère.
– Oui. Je serai là, je t'aiderai.

Il contempla la mer à perte de vue autour d'eux et souffla :

– Ah la la, Briac… Dans quoi nous sommes-nous embarqués ?
– Je crois que Portivy me manque.
– À moi aussi, petit frère, à moi aussi.
– Mais j'aime bien être sur ce navire, tout le monde est gentil à bord et nous avons fait la connaissance de Lucía. Nous avons des amis ici.
– Personne n'est notre ami, ici, Briac. Nous sommes des mousses, nous devons obéir aux ordres pour servir les intérêts des plus grands. Si nous fautons, personne ne sera là pour nous défendre. Nous ne pouvons compter que sur nous-mêmes.
– Tu crois ? Lucía nous défendrait, Éloi aussi, j'en suis sûr, même le capitaine !
– Pff ! Sottises… Nous sommes seuls et il va falloir trouver un plan.

– Un plan ?
– Pour s'évader.
– Pour s'évader ? Mais Yann, tu n'es pas sérieux ?
– Tu veux rentrer à Portivy ou pas ?
– Oui… mais… enfin je ne sais pas… ça me manque beaucoup mais je ne sais pas si…
– Briac, sais-tu ce qu'est la destination de notre voyage ? Sais-tu ce qu'est Taïvas ?
– C'est un continent défendu…
– C'est la fin du Monde ! C'est là que vivent les Autres ! Les créatures, les monstres ! Nous allons mourir, Briac ! Le capitaine est fou ! Je ne sais pas ce qui le pousse à faire route vers là-bas mais c'est une folie !
– Il a dit qu'il voulait déposer Lucía…
– Tu crois vraiment qu'il fait ça uniquement pour elle ? Tout ça n'est qu'un plan monté par le capitaine pour aller sur Taïvas !
– Mais… qui t'a dit que c'était si horrible là-bas ? Et depuis quand crois-tu aux monstres ?
– Tout le monde ! Œil-de-Faucon, les hommes d'équipage, tout le monde m'en a parlé, Briac !
– Mais il est impossible de s'évader…
– Je ne sais pas encore comment nous allons procéder mais une chose est sûre : demain, nous descendons à terre. Ce sera la dernière terre avant de poser le pied sur Taïvas, ce sera notre unique chance.
– S'échapper sur Vartijaa ? Mais nous ne connaissons pas l'île ! Et nous ferons partie de la délégation !

C'est impossible ! Et Lucía ? Éloi ? Le capitaine ? Que leur arrivera-t-il si nous nous échappons ? Ils seront attrapés !
– Peu importe leur sort, ce qui compte, c'est nous. La vie est ainsi, petit frère, il faut penser à soi avant de penser aux autres.
– Mais si je n'ai pas envie… ?
– Pardon ?
– Si je n'ai pas envie de m'échapper ?
– Tu plaisantes ? Et bien, tu n'auras plus que tes larmes pour pleurer mon départ ! Tu pleureras en pensant à Portivÿ quand tu seras face à un Autre sur Taïvas. Supplier le ciel ne suffira pas à te sauver.
– Tu m'abandonnerais alors que je suis ton petit frère ?
– Non, Briac. C'est toi qui t'abandonneras si tu ne veux pas t'échapper avec moi.
– Mais on ne peut pas laisser des gens mourir comme ça… Je les aime bien tous, ils ont été gentils avec nous. L'équipage a besoin de nous, Yann. Ils nous font confiance pour la délégation…
– L'Évasion n'est rien pour nous. Un tas de bois sur l'eau, c'est tout.
– L'Évasion… c'est tout pour moi, tu sais.
– Sottises, je suis tout pour toi et il n'y a rien d'autre. Donne-moi la nuit pour trouver un plan et demain nous nous échapperons, fin de la discussion.
– Mais Yann… s'il te plaît… je ne veux pas les laisser.
– Briac !

– À Portivy, personne ne s'occupe de nous, personne ne nous parle, ici nous avons des amis.
– Il n'y a aucune amitié qui tienne dans ces eaux ! De toute façon, je suis ton grand frère, tu n'as pas ton mot à dire, tu viendras avec moi un point c'est tout.
– Et pourquoi ? Pourquoi ne peux-tu pas t'empêcher de me donner des ordres ? De me surveiller ? De toujours décider à ma place ?
– Parce que papa me l'a demandé, Briac ! Voilà ! »

C'était la première fois qu'il évoquait cela. La colère l'avait emporté. Cette fois-ci, Yann n'avait pas pu se retenir.

« Qu'as-tu dit ?
– Rien, rien. Oublie.
– Yann ! Que t'a demandé Papa ? Dis-moi !
– Je t'ai dit d'oublier !
– Yann !
– Il m'a dit de veiller sur toi. De te protéger ! De t'élever ! De tout faire pour toi ! Voilà ce qu'il m'a dit ! Bien sûr, il est facile de dire cela sur un lit de mort quand on a passé sa vie en mer loin de sa famille ! C'est maman seule qui nous a élevés ! Pas lui ! Et quand la grippe l'a emportée et qu'il a eu l'opportunité de rattraper ses années d'absence ? Qu'a-t-il fait ? Hein ? Il est mort deux semaines plus tard ! Il faut s'occuper de Briac et ne pas l'abandonner, par contre m'abandonner moi, il n'y a pas de soucis ! J'avais dix ans, Briac !

Dix ans quand ils sont morts !
– Je ne savais pas que…
– Tu ne savais pas ? Bien sûr que tu ne savais pas ! Tu ne t'es jamais soucié de savoir ce que j'ai enduré pour toi, Briac ! Tu as une enfance, toi ! Un grand frère qui s'occupe de toi ! Moi, je n'avais personne ! Personne !
– Mais tu m'avais moi…
– Tu n'avais même pas cinq ans ! Comment voulais-tu m'aider ?
– Je suis désolé, Yann…
– Il a osé me faire promettre de veiller sur toi ! Évidemment, je n'avais pas le choix ! J'ai sacrifié mon insouciance pour que tu puisses vivre à l'abri du besoin ! Et regarde-nous maintenant…
– Tu as réussi, Yann. Je suis sain et sauf. Je suis heurcux ! Tu as tcnu ta promcssc !
– Jusqu'il y a quelques semaines, oui ! Mais là ? Nous n'aurions jamais dû monter à bord de ce maudit bateau ! À peine étions-nous partis que déjà nous subissions l'assaut d'un navire pirate ! Et toi filant égoïstement en plein cœur du combat…
– Mais j'ai fait ça parce que… »

Mais Briac ne put finir sa phrase car une voix les interpella :

« Yann ! Briac ! On vous fait demander ! »

Les deux frères quittèrent la proue et se dirigèrent vers le château arrière. Là, Lucía les attendait. Il faisait maintenant nuit à bord et elle tenait à la main une petite lanterne.

« Le capitaine nous attend. »

CHAPITRE XV
VARTIJAA

Astaldor, Éloi et Vidfer étaient déjà réunis autour de la table des officiers. Le capitaine accueillit Lucía et les deux frères et les invita à prendre place. L'atmosphère était lourde. Chacun était soucieux, concentré, aux aguets. Yann et Briac firent le maximum pour dissimuler leur mine irritée et Astaldor prit la parole :

« Messieurs, Mademoiselle, demain sera sûrement l'un des jours les plus importants de notre voyage et très certainement le plus stratégique depuis notre départ d'Harmä.

Il fit une pause et posa le regard sur chacun :

– D'ici quelques heures vous aurez tous un rôle à jouer. Un rôle capital. Si l'un de vous ne suit pas sa partition, ce sera la vie de tous qu'il mettra en danger.

Une nouvelle pause. De nouveaux regards échangés. Briac se retenait de jeter un regard inquiet à Yann.

– L'objectif de cette réunion est de vous faire part du plan que nous allons suivre mais également de pouvoir anticiper des portes de sortie si un imprévu survient.

Le capitaine se dirigea jusqu'à une petite étagère où étaient rangés de vieux parchemins roulés. Il en saisit un, souffla dessus et l'épousseta de sa manche avant de le dérouler délicatement sur la table :

– Voici Vartijaa ! La Porte de l'Enfer !

La carte était magnifique. Une île y était peinte et de nombreuses informations avaient été griffonnées dessus.

Astaldor reprit :

– Vartijaa est une île fortifiée et habitée depuis plus de deux siècles. Officiellement, l'île appartient aux États protecteurs mais les principautés de Lictée ne disposent en réalité que d'une petite partie au nord-est : la baie de Lictée ainsi que la cité d'Akpä. Le reste de l'île dépend de la Couronne d'Opäle et de son représentant : le gouverneur de Vartijaa. Il dirige l'île et son organisation depuis le palais, au centre de la carte. L'îlot du Gouverneur est inatteignable par la mer sauf par petite embarcation : de hauts-fonds le ceinturent et un navire comme L'Évasion s'échouerait à plus de cinquante mètres de la Tour. Deux moyens permettent d'accéder au palais : par la mer en prenant une petite embarcation officielle à Forkäss ou par la terre en suivant la presqu'île de l'Aube.

– Qu'est-ce que cette ligne noire entre le palais et la cité d'Akpä ? demanda Éloi.

– Le téléphérique, répondit Lucía en ôtant les mots de la bouche du capitaine. Les hommes de Lictée n'ont pas le droit de débarquer sur l'îlot du Gouverneur. Ainsi, pour transférer de la marchandise, ils utilisent le téléphérique.

– Mais nous, nous venons de Lictée, dit Briac.

– J'y viens justement, répondit Astaldor. Le palais du gouverneur est la plupart du temps interdit aux Lictésiens ou, du moins, aux habitants dc la cité d'Akpä. Bien entendu, il est possible de s'y rendre si le gouverneur l'a autorisé, c'est notamment le cas pour les navires de Lictée se rendant à Taïvas venus chercher leur laissez-passer.

Il se saisit d'une plume, la trempa dans un encrier et commença à tracer deux chemins sur la carte.

– Nous arriverons demain matin par l'est. L'Atalante, notre nouveau navire, pénétrera dans Vartijaa selon les réglementations en vigueur : par la porte des Rois. Nous ferons ensuite halte à Forkäs, la capitainerie de l'île. C'est là que chaque navire doit s'enregistrer.

Notre délégation descendra donc à terre tandis que Vidfer restera à bord. Si tout se passe comme prévu, nous serons attendus et une barque nous sera affrétée afin de rejoindre directement le palais. Une fois notre convoyage confirmé, L'Atalante devra lever l'ancre et ne pas stationner dans le bassin intérieur de Vartijaa. Étant un navire lictésien, il devra attendre notre retour dans la baie de Lictée. Vidfer prendra donc le commandement du navire et fera ledit trajet.

Il se tourna vers Vidfer :

– Vous attendrez notre retour à quai mais serez prêts à appareiller dans la plus grande hâte si cela tourne mal. Nous n'aurons que peu de temps avant d'être envoyés par le fond.
– À vos ordres, Capitaine.
– Vous l'avez remarqué, l'île est un véritable bastion contre les invasions des Autres. Outre la muraille naturelle des chaînes de montagnes, plusieurs grandes tours et forts ont été érigés dans les hauteurs enneigées. Les tours sont munies de canons et communiquent entre elles grâce à de grands brasiers allumés à leur sommet. Si nous sommes repérés mais que par chance nous avons le temps de rejoindre le navire et mettre le cap à l'ouest, de grands feux seront allumés au sommet de chaque tour et l'alerte sera donnée dans toute l'île ainsi qu'aux encablures alentour pour nous donner la chasse. Si tel est le cas, vous pourrez

dire au revoir à vos rêves d'évasion. Vartijaa est une île de guerre, nous devrons jouer serrer.
– Comment rejoindre L'Atalante si nous sommes découverts ? demanda Lucía.
– Cela dépend d'où nous serons alors. Si nous sommes à l'intérieur du palais, il faudra espérer réussir à nous frayer un chemin jusqu'au dehors. De là, soit rejoindre la cité d'Akpä à la nage, soit emprunter la presqu'île de l'Aube et espérer disparaître dans la forêt. Quoi qu'il arrive, si ça tourne mal, Vidfer lèvera l'ancre aux premiers boulets tirés contre nous. Nous, nous nous débrouillerons.
– Rejoindre à la nage ? Combien y a-t-il entre le palais et la cité d'Akpä ?
– Plus d'un kilomètre, avec un tir nourri de fusils dans notre dos.
– Donc, si vous vous faites prendre, vous êtes morts, conclut Vidfer.
– C'est à peu près ça, répondit Astaldor.
– Qu'est-ce que la cité d'Ortimont ? demanda Briac en lisant le nom sur la carte.
– La ville des Opäliens. Elle s'étend sur la majeure partie du littoral. Nous ne serons pas autorisés à y aller.
– Un bon endroit où se cacher si nous devons fuir… Ils ne s'attendront pas à ce qu'on y soit, fit remarquer Yann.

– Effectivement, la côte est un peu plus proche de ce côté-ci. En nageant vers le sud, nous aurons peut-être une chance de nous en sortir, commenta Éloi.
– Pourquoi dit-on que cela tournera mal ? Si nous jouons nos rôles, cela devrait bien se passer, hein ?
– Briac a raison, concentrons-nous désormais sur ce que va devoir faire la délégation demain », acquiesça Astaldor.

Ainsi, le capitaine expliqua à chacun son rôle et comment devrait se dérouler l'entretien avec le gouverneur. À une heure avancée de la nuit, chaque membre de la délégation alla ensuite se coucher. Briac s'endormit rapidement mais Yann ne trouva pas le sommeil. Il lui sembla alors distinguer le visage de leur père et entendre ses derniers mots : « Mon fils… veille sur Briac. »

Les premiers rayons du soleil réveillèrent Yann. Il s'était endormi sur la tête de cheval en bois et il mit de longues secondes à réaliser où il se trouvait.

« Ah ! Tu es là ? J'ai eu peur ! J'ai cru que tu t'étais sauvé ! le héla Briac, quelques mètres en dessous, agrippé à un hauban.
– Non, pas encore.
– Tu sais pour hier, pour la promesse que papa t'a demandé de faire…
– N'en parlons plus. Tout cela, c'est du passé.
– Tu es sûr ? Parce que…

– Briac, n'en parlons plus.
– D'accord… Je suis monté te dire que le capitaine nous attend en bas, nous devons mettre nos costumes. »

Ils gagnèrent alors la cabine des officiers où la délégation était réunie à l'exception de Lucía. Le capitaine et Éloi étaient dignement vêtus. Ils avaient mis une belle chemise blanche et, tandis que le capitaine portait son tricorne et sa grande veste, Éloi était vêtu d'un petit gilet de cuir où avait été brodé l'écusson de la Lictée. Les deux s'étaient coiffés et étaient presque méconnaissables. Yann et Briac durent enfiler un tout autre costume. Issus d'une grande famille lictésienne, leurs vêtements en portaient les couleurs. Une chemise bouffante bleu ciel, une fine cuirasse en métal habilement sculptée sur le poitrail, une culotte bleu marine descendant sur des collants blancs et de grandes bottes de cuir noir. Deux tricornes sertis chacun d'une plume blanche et, à la ceinture, une petite dague à la poignée d'or. Une fois habillés, ils semblaient déguisés. Alors que Briac défilait d'un pas fier, les éclats de rire d'Éloi et de Vidfer firent virer au rouge le teint de Yann.

« Ces dagues sont d'apparat, ne les tirez du fourreau qu'en cas d'extrême nécessité, cela pourrait être très mal perçu », indiqua le capitaine.

On toqua à la porte. Vidfer l'ouvrit et laissa apparaître Lucía. Tous furent bouche bée. Elle n'était pas seulement belle, elle était magnifique. Une longue natte descendait majestueusement dans son dos laissé nu. Elle était habillée d'une robe aux reflets dorés et bleus qui scintillait dans la pièce. Elle portait autour du cou un petit médaillon en or retenu par une très fine chaîne du même métal. Lucía s'amusa de l'effet provoqué par son entrée mais décida de rompre le silence :

« Êtes-vous prêts ? »

Au même moment, on frappa de nouveau à la porte et un marin apparut :

« Capitaine ! Vartijaa est en vue ! »

Aussitôt la délégation se rendit sur le pont principal. Briac l'aperçut par le travers avant sur tribord : une grande île. Elle se rapprocha rapidement et le jeune garçon fut émerveillé de ce qu'il vit. Il semblait que les montagnes tombaient dans l'eau comme si elles avaient été déposées ici au beau milieu de la Grande Mer. Touchant les nuages, les sommets étaient enneigés et de longues taches blanches descendaient jusqu'aux forêts qui s'accrochaient aux flancs montagneux. « Pourquoi bâtir des tours quand on dispose de pareilles murailles ? » songea Briac. Ce qui attira le plus son attention furent deux grandes formes sculptées dans la pierre qui s'élevaient à plus de cent mètres de hauteur. Plus L'Évasion s'approchait, mieux Briac discernait les deux imposantes statues. Elles encadraient de part et d'autre la fameuse porte des Rois et représentaient deux hommes coiffés d'une couronne. Le premier sur la gauche portait une imposante armure qui lui parcourait tout le corps hormis le visage. Il avait l'air fier et terrifiant. De sa main droite, il tenait un bouclier posé contre sa jambe tandis que de sa main gauche, il brandissait une immense torche au bout de laquelle un vrai feu avait été allumé. La torche trônait au-dessus de la porte des Rois. De l'autre côté, un homme tout aussi grand était vêtu d'une longue tunique. Une ceinture serrait sa taille et une goutte d'eau avait été sculptée dans la boucle. Il tendait sa main gauche, paume ouverte, comme pour interdire l'accès du chenal et brandissait dans sa main droite un grand trident qui venait croiser, au-dessus de l'entrée, la torche du premier homme.

« La porte des Rois, commenta Lucía. Elle représente les premiers rois d'Opäle et princes de Lictée : Ignis III et Virtün Ier. Ils sont là pour garder l'île et empêcher l'accès aux Autres.
– Comment font-ils pour garder la flamme allumée ? demanda Briac.
– C'est un feu éternel.
– Un feu éternel, ça existe ?

– Oui, c'est magique, répondit Lucía en lui adressant un clin d'œil.
– Un feu qui ne s'éteint jamais, c'est prodigieux… »

Alors que L'Évasion n'était qu'à un quart de mille des deux grandes statues, Œil-de-Faucon alerta :

« Deux gardes hippocampes ! Sur bâbord !
– Des gardes hippocampes ? demanda Briac.
– Des Lictésiens », répondit Lucía.

Effectivement, sur bâbord, deux formes se déplaçaient sur la mer en direction de L'Évasion : deux hippocampes de plus de deux mètres semblaient glisser sur l'eau. Chacun disposait d'un cavalier et l'un d'eux, arrivé à hauteur du navire, leur cria :

« Hommes de Lictée ! Que veille tard la garde à l'ouest…
– … Et que le jour chasse les démons ! répondit le capitaine.
– Que nous vaut l'honneur de votre venue, Capitaine ?
– Nous faisons route vers Vartijaa et sommes mandatés par sa gracieuse Majesté. Nous venons demander notre laissez-passer au maître des lieux.
– Que votre demande soit alors entendue ! Pardonnez que nous ne puissions vous y emmener. Faites halte à Forkäss puis allez vous mettre à quai dans la baie de Lictée. Nous vous préparerons une place.
– Il sera fait selon vos dires. Merci et bonne garde ! »

Alors les deux gardes s'éloignèrent, les hippocampes fendant avec élégance les flots.

« Ils sont gentils et très polis ! remarqua Briac.
– C'est ainsi que nous parlons entre nous, dit Lucía. Et puis nous sommes un navire d'une Grande Famille, ils doivent montrer un certain respect.
– La supercherie fonctionne, alors ?
– Il semblerait, en effet ! Mais ce n'est que le début. »

Toutes voiles dehors et portée par une brise de sud-est, L'Atalante se jeta en avant par la porte des Rois. De chaque côté du chenal, de grandes murailles noires avaient été érigées. Elles semblaient construites en métal, plus résistant que la pierre et impossible à escalader. Alors que le navire progressait, des gardes tout d'or et de rouge vêtus les observaient plus haut depuis le chemin de ronde des murailles.

« Qui sont ces hommes ? Ils ne ressemblent pas à ceux juchés sur les hippocampes, demanda Briac.
– On les nomme la Garde d'Or. Ce sont les régiments de fantassins du royaume d'Opäle. Nous entrons désormais dans Vartijaa, la propriété du gouverneur », répondit Lucía.

L'Atalante remonta le long canal des Rois et parvint à son embouchure sur la baie intérieure de l'île. L'entrée dans la baie était symbolisée par une imposante arche naturelle sous laquelle le navire passa. L'arche était un pont rocailleux perché dans les airs qui reliait les deux rives du canal. Il était si haut que Yann, qui était monté à la vigie avec Œil-de-Faucon, n'aurait pu le toucher de la main. Des constructions avaient été érigées sur l'arche avec un fort en son centre, où flottaient les pavillons des deux États protecteurs, ainsi que deux imposantes tours à chaque extrémité. De nombreuses bouches de canons dépassaient des remparts du fort comme pour dissuader tout adversaire de s'en prendre à l'île. L'arche reposait sur deux puissants piliers, un sur chaque rive. Ils avaient été taillés et sculptés à même la falaise, dans une roche calcaire qui rappelait celle des deux grandes statues à l'entrée. Sur bâbord, le pilier représentait deux hommes dont l'un portait le pont à bout de bras. Ce dernier ressemblait très fortement au roi d'Opäle de la porte des Rois : de sa main droite, il portait le pont tandis que de sa main gauche il brandissait fièrement la même torche enflammée. Le second homme, plus petit, paraissait plus jeune. N'arborant aucune armure, ni aucune arme, il avait les bras tendus à l'horizontale de chaque côté du corps. Il ressemblait ainsi à un oiseau en train de planer. Ses cheveux bouclés semblaient voler au vent et un léger sourire était dessiné au coin de ses lèvres. Dans l'une de ses mains, il tenait un petit objet. Une sphère. Pas plus grosse que sa paume. Sur l'autre rive, le pilier sculpté représentait également deux personnages. Là aussi, un seul des deux portait le pont à bout de bras et, là encore, celui-ci ressemblait à l'une des statues de la porte des Rois. Cependant, il ne portait pas de trident dans sa main libre mais plutôt une petite fiole. Le second homme était enveloppé d'une cape dont la capuche retombait sur son visage. On ne distinguait pas sa tête, pas un trait, ni un œil, pas même sa bouche. Il avait un genou à terre et tendait ses mains en avant comme s'il essayait de recueillir l'eau de la pluie. Sur sa paume était posé un objet que Briac eut d'abord du mal à identifier. Finalement, il comprit qu'il s'agissait d'un gland. Un simple gland comme on en croisait par terre dans les grandes forêts de chênes qui parcourent la presqu'île de Tirös.

Cette fois-ci, Lucía devança sa question :

« Qui sont-ils ? Je pense que tu en as déjà entendu parler, dit-elle avec un petit sourire.

Briac fouilla dans sa mémoire et ne mit pas longtemps à trouver :

– Les Quatre Princes de l'histoire de Tarïn ?
– Bravo, oui, ce sont eux qui sont représentés dans la roche.
– Ils portent les talismans ? C'est cela ? La torche, le petit globe, la fiole et le gland ! Je me souviens !
– Te souviens-tu de leur nom ?
– Ignis le Dompteur de Flammes, Vesda le Conteur des Eaux, Lüto le Dresseur de la Nature et Tuolii le

Danseur des Vents !
– Eh bien, toi qui ne connaissais pas l'existence de notre pays, voilà que tu connais par cœur les noms des premiers monarques !
– J'apprends vite ! Ces histoires me passionnent !
– Qu'as-tu remarqué d'autre alors ?
– Ignis et Vesda, ils ressemblent aux deux statues de la porte des Rois !
– Tout à fait ! Qu'en déduis-tu ?
– Ce sont… leurs descendants ? Ils sont de la même famille ?
– Bonne déduction ! Les rois qui ont fondé les grands États sont tous des descendants des Quatre Princes. Cet héritage a profondément marqué chaque État, chacun illustrant la diffusion de la force attribuée à son prince.
– Le charme ?
– C'est cela, le charme des forces.
– Donc cela a vraiment existé ? Il était possible de faire de… la magie avec de l'eau ? du feu ?
– Pourquoi en parles-tu au passé ? répondit-elle avec un clin d'œil.
– Cela existe encore ?
– Pour certains, le charme n'a jamais été perdu. Il est pourtant rare de le voir utilisé.
– Pour certains ? Ainsi d'autres ne l'ont plus ? »

Mais une voix retentit du haut de la vigie :

« Forkäss sur bâbord avant !
– Restons concentrés sur notre mission, le moment est venu de rentrer dans nos rôles, conseilla Lucía.
– Oui, tu as raison. »

L'Atalante arriva sous les remparts de Forkäss. La citadelle avait fière allure et ses murailles en étoile la rendaient imprenable. Elle était située au bout d'une petite avancée de terre dans la baie, idéalement placée pour contrôler les entrées et sorties de l'île. Astaldor fit mettre en panne le navire et l'ordre fut donné de mouiller. La procédure était respectée à la lettre. Rapidement, une embarcation se porta à leur rencontre. À son bord, se trouvait un homme vêtu d'une veste d'officier, d'un tricorne, d'un plastron doré, d'une culotte courte et d'un collant rouge. Il portait un sabre à sa ceinture ainsi qu'un pistolet. Derrière lui, trois bancs de nage où six hommes avironnaient en cadence. Ils étaient vêtus de grandes armures dorées ainsi que de tissu pourpre. D'autres gardes d'or d'Opäle.

« Holà du navire ! Annoncez-vous ! leur cria l'officier.
– Je suis Lucía di Moña, de la Maison Keksii et voici mon navire, L'Atalante, ainsi que son équipage. Je fais route vers Taïvas et mon trajet est béni de sa Gracieuse Majesté Eksytö dit Le Sage en la cité de Virtös ainsi que du Concile des douze.
– Le gouverneur est-il au courant de votre venue ?
– Il m'attend, improvisa Lucía.

– Si vous le dites. Cependant, vous ne pouvez rester au mouillage ici. C'est interdit.
– Le règlement de l'île m'est bien connu, Officier, ce pour quoi je ferai envoyer L'Atalante à la baie de Lictée en attendant mon retour.
– Bien. Dans ce cas, veuillez monter à bord. Nous vous emmènerons nous-mêmes.
– Je remets mon sort entre vos mains, sourit Lucía. Mes cousins m'accompagneront ainsi que deux hommes de ma garde rapprochée.
– Il ne sera pas nécessaire que vous soyez accompagnée, Madame. Une délégation ne vous sera d'aucune utilité. Nous assurerons votre sécurité. »

La discussion prenait une tournure inattendue. Seule, Lucía ne ferait sûrement pas le poids face au gouverneur. De plus, il serait suspect qu'une dame d'un si haut rang accepte de se déplacer seule.

« Je n'oserai prétendre que ma sécurité ne soit point assurée à vos côtés, Officier. J'ai cependant ordre de me déplacer avec mes gens, il en va des us et coutumes de la Lictée. Si l'étiquette des Grandes Familles lictésiennes ne vous semble d'aucune nécessité, je serai ravie de pouvoir vous convier au Concile des douze afin que vous exprimiez votre opinion. Les parlementaires sont très à l'écoute. »

Le ton qu'elle avait pris masquait à peine la menace qu'elle faisait peser sur un simple capitaine d'Opäle.

Pas tout à fait imbécile, l'officier abdiqua :

« Que votre délégation monte à bord et promptement. Nous avons fort à faire aujourd'hui.
– Merci, Officier, nous descendons et je fais donner ordre que L'Atalante quitte la baie. »

Il est important de revenir quelques heures en arrière. La veille au soir. À bord de L'Évasion, dans la cabine des officiers :

« Le jour de notre arrivée n'est pas dû au hasard, avait repris Astaldor. Nous arriverons pour le Jour d'Amparion. Il est, pour les principautés de Lictée et le royaume d'Opäle, le jour de fête le plus important de l'année.

Lucía avait fait un signe de tête.

– De nombreux navires envoyés sur le front de Taïvas ont obtenu une permission à l'occasion de cette fête. Les flottilles viennent ainsi mouiller à Vartijaa afin de profiter de quelques jours de repos. Les gardes de l'île seront donc débordés et les équipages iront se saouler aux tavernes des deux cités. Forkäss n'aura que peu de temps pour faire le tri des navires entrants dans la baie et cela sera à notre avantage ! »

Une fois arrivés dans la baie intérieure de Vartijaa, Lucía quitta le bord la première. Par un astucieux système de poulie, on la fit descendre comme sur un siège. Astaldor, Briac, Yann et enfin Éloi la rejoignirent. La jeune femme fit donner l'ordre à Vidfer de lever l'ancre et tandis que la petite embarcation virait de bord, L'Atalante se dirigea vers le canal de sortie.

Briac était nerveux et faisait tout pour le cacher. Il était mal installé à l'arrière de la barque, personne ne parlait à bord, il se sentait épié... Astaldor avait tenté de lançer la discussion avec l'officier mais les échanges avaient rapidement laissé place à un silence pesant. Les six rameurs portaient des casques dorés qui leur cachaient entièrement le visage. Briac avait l'impression que c'était eux qui le regardaient, l'analysaient. Il aurait voulu se rapprocher de Yann, prendre sa main mais il ne pouvait pas. Il ne fallait pas. Son grand frère était assis à l'avant, à côté de Lucía. Elle se tenait fièrement, le menton relevé comme une grande dame tandis que Yann ne cessait de tourner la tête pour regarder alentour. Il semblait chercher quelque chose et Briac ne savait que trop bien ce que son frère trafiquait.

Arrivés au ponton, on amarra fermement l'aussière de la barque. La petite troupe débarqua et se dirigea vers l'imposante porte du fort. La délégation de L'Atalante ne pouvait plus faire marche arrière. Le plan était lancé. Ils pénétrèrent dans l'enceinte de la forteresse et débouchèrent sur la cour intérieure. Des guirlandes de fanions des États protecteurs avaient été dressées maladroitement ici et là. Quelques fleurs apparaissaient aux fenêtres, la moitié étant tombées sur le sol de la cour. Voilà le mieux qu'une garnison de soldats pouvait faire pour habiller le lieu lors de la fête d'Amparion. Un bureau était placé au centre de la cour, occupé par un homme d'un certain âge portant des lunettes et une vieille perruque d'aristocrate qui signait des documents. Une petite file s'était formée devant le bureau et était essentiellement constituée d'officiers des marines de guerre. Ils portaient tous la même veste imbibée de sel, quelques médailles accrochées au poitrail et le fameux sabre des capitaines. Ils venaient au fort inscrire leur navire comme le voulait la loi de Vartijaa. Alors que Briac admirait la scène avec les yeux d'un nouveau-né, Lucía continua de jouer habilement son rôle :

« Officier, le gouverneur m'attend et je ne souhaiterais pas avoir à l'informer que mon retard est dû à la garnison de Forkäss.
– Je vais voir le commandant », répondit l'officier d'une voix trahissant l'exaspération.

Il remonta ainsi la file et vint chuchoter quelques mots à l'oreille de l'homme à la perruque. Ce dernier releva la tête et fixa Lucía. D'un signe de main, il invita la délégation à le rejoindre. Il se leva de sa chaise et vint à leur rencontre.

« Je vous prie de bien vouloir nous excuser, Mademoiselle di Moña. La maison Keksii est une famille respectée dans le monde de la Mer et c'est un honneur pour moi de vous recevoir dans mon modeste fort. Je fais immédiatement affréter une embarcation pour vous. Le lieutenant Jonäs vous conduira au palais du gouverneur.
– Merci, Commandant, je me réjouis également d'être si gentiment accueillie. Le lieutenant Jonäs a été depuis notre arrivée un merveilleux hôte, je ne doute pas qu'il saura rendre la suite de notre visite aussi agréable qu'elle l'a été pour le moment. »

Le groupe retint un sourire. Lucía était décidément très convaincante dans son rôle. Mais sa partition était plus simple à jouer, elle n'avait qu'à être ce qu'elle était vraiment : une Keksii. D'une rapide signature, le commandant ratifia le parchemin autorisant Lucía à séjourner autant qu'elle le désirerait à Vartijaa.

Rouge d'énervement, l'officier Jonäs invita la délégation à le suivre. Ils réembarquèrent sur le même bateau, cette fois-ci vers l'îlot central et le palais du gouverneur. Vartijaa était une île encerclée de chaînes montagneuses qui retenaient les nuages dans la petite mer intérieure, ainsi le temps se gâta rapidement. De plein jour, on passa à une lumière entre chien et loup. Il faisait presque nuit. Le vent s'engouffrant dans le défilé rocailleux anima les flots et la mer se mit à moutonner. L'embarcation de la délégation progressa avec peine mais atteignit le cercle d'imposantes statues qui entouraient l'îlot du Gouverneur. Ces statues étaient en marbre noir et plus petites que les piliers de l'arche ou les monarques de la porte des Rois. Chaque statue du cercle mesurait trois mètres, ce qui était déjà conséquent vu qu'elles reposaient toutes sur d'importants socles taillés à même les écueils. Chaque homme représenté était d'un âge avancé et le seul point commun qu'ils semblaient avoir était un large médaillon retenu par une chaîne autour du cou. Le médaillon représentait vraisemblablement Vartijaa vu du ciel avec une flamme en son centre. Briac s'interrogea sur ces représentations mais il convint que demander leur signification maintenant n'était sûrement pas le moment le plus opportun.

Sur l'îlot du Gouverneur, deux gardes d'or armés de fusils-hallebardes attrapèrent les amarres lancées par Éloi. L'officier Jonäs montra le parchemin signé de la part du commandant de Forkäss et, sans attendre, il prit la direction du palais suivi de la délégation. L'îlot n'était pas large. Circulaire et d'un rayon de vingt mètres tout au plus, la majeure partie était occupée par une immense tour blanche. Elle semblait monter jusqu'au ciel et son sommet se perdait dans les nuages. Pour seule entrée, une porte arrondie et barrée d'une triple herse était gardée par quatre gardes d'or. L'un d'eux s'approcha de l'officier Jonäs et, après avoir minutieusement scruté chaque membre de la délégation derrière son casque, fit un signe de tête. Le petit groupe se remit en marche. Ils pénétrèrent alors dans une grande pièce. Le rez-de-chaussée du palais était sombre et seules quelques torches éclairaient timidement les murs. Il faisait froid et humide. À côté d'une cheminée où aucun feu ne ronronnait, un petit escalier laissait paraître une faible lumière. Sans un mot, l'officier Jonäs l'emprunta. La délégation le suivit en silence, abasourdie de la pauvreté de l'endroit. Les marches étaient trempées et sales. Il devint presque difficile de ne pas glisser et, plusieurs fois, Lucía se retint au bras d'Astaldor qui la suivait de près. L'escalier tournait sur lui-même et semblait ne plus finir. À bout de souffle, la petite troupe atteignit le premier étage. Là encore, ils furent surpris de ce qu'ils virent. Ils venaient de déboucher sur une importante salle d'armes. De grandes tables étaient dressées et une vingtaine de gardes d'or y conversaient allègrement. Des boucliers, des lances et des armes à feu étaient accrochés aux murs et un feu dansait dans la cheminée.

« Où sommes-nous ? demanda agacée Lucía.
– L'étage de la Garde, Madame, répondit amusé l'officier Jonäs. Si vous voulez bien me suivre…
– Officier ! Je ne monterai pas les marches de cette ruine jusqu'au dernier étage !
– Il n'en sera pas ainsi pour une dame d'un si haut rang », continua-t-il avec le même air insolent.

L'officier pivota sur lui-même et tira un grand rideau que personne n'avait jusqu'alors remarqué. Le drap était aux couleurs des murs, parfaitement caché. Derrière le rideau, une grande cabine en beau bois d'acajou était éclairée de lanternes. Le bois avait été finement sculpté et de belles moulures apparaissaient sur son plafond. Il y avait là six sièges rouges qui avaient l'air des plus confortables. Des feuilles d'or habillaient à la fois les sièges et les lanternes. Au-dessus de la cabine, on pouvait discerner quatre grosses poulies où circulait en tous sens une corde.

« Eh bien ? Vous souhaitez continuer par l'escalier ? » leur lança l'officier Jonäs.

Ce fut Astaldor qui réagit le premier et vint s'installer dans la cabine. Il fut suivi d'Éloi tandis que les trois autres, plus interloqués, les rejoignirent après quelques secondes d'hésitation. Jonäs entra à son tour et ferma la porte derrière lui. Il s'adressa au soldat placé à côté du rideau :

« À l'étage du gouverneur.
– À vos ordres, Lieutenant ! »

Aussitôt, l'homme se saisit d'un cor suspendu en bandoulière. Il vint se placer à une fenêtre, prit une longue inspiration et souffla puissamment dedans :

Brooooo Broooooo Bro !

Alors, comme venu du ciel, un autre cor lui répondit. L'écho était plus lointain mais on entendait tout de même la longue tenue de la note.

Brooooo Broooooo Bro !

L'homme au cor se tourna vers l'officier Jonäs et acquiesça de la tête. Aussitôt Briac laissa échapper un petit cri. La cabine bougea et, plus encore, elle se mit à monter. Lentement, la petite équipée gravit ainsi la haute tour du gouverneur. À chaque étage, ils ne pouvaient apercevoir qu'un rideau tiré mais ils percevaient des bruits et des voix. Aux premiers étages, ils entendirent les cliquetis des épées et même certains coups de feu qui firent sursauter Lucía. Ils déduisirent que ces étages étaient dédiés aux hommes d'armes. Une nouvelle fois, Astaldor tenta de détendre l'atmosphère et s'adressa à l'officier du royaume d'Opäle :

« Lieutenant, comment fonctionne cette cabine ?
– Rien de plus simple. Un lourd poids d'un côté, la cabine de l'autre, des poulies et une corde. Vous lâchez le poids, la cabine monte. Vous retenez le poids, la cabine s'arrête. Vous remontez le poids, la cabine descend.
– Ah c'est ingénieux ! »

Mais l'officier ne décrocha pas un mot de plus.

Les étages qu'ils dépassaient ensuite devaient être dédiés aux cuisines du palais. Les odeurs de viande rôtie flottaient dans l'air. On pouvait également sentir des parfums jusqu'alors inconnus des deux frères : le curry, le cumin, le café… les épices de Taïvas. Si dans un premier temps Briac apprécia ces étages, ils lui rappelèrent finalement qu'il avait faim et que l'heure du déjeuner allait sûrement être dépassée.

Les étages continuaient de défiler et, désormais, seul le grincement des poulies de la cabine résonnait. Les paliers semblaient vides, on n'entendait rien, on ne sentait plus rien. Finalement, avec une délicatesse relative, la cabine s'arrêta. L'officier Jonäs se leva le premier et ouvrit la petite porte. Il balaya de la main l'imposant rideau du palier et une antichambre baignée de lumière apparut devant eux. La pièce était percée de grandes fenêtres à croisillons. Une à droite, l'autre à gauche. La hauteur sous plafond dépassait deux hommes de grande taille et une imposante lanterne descendait en son centre : elle était en or et finement parée de petits vitraux multicolores. Les dix faces représentaient toutes un personnage différent. Richement vêtu et tenant une torche enflammée, chacun portait au cou un médaillon. Au sol, un grand tapis avait été étendu : tressé avec des fils dorés et rouges, il semblait représenter les vagues d'un océan déchaîné. Tout autour de la pièce, des sièges avaient été installés, identiques aux fauteuils de la cabine. L'antichambre donnait sur une porte à double battant. Les ébénistes y avaient fait un travail d'orfèvre. L'île avait été représentée, on distinguait le détail des reliefs montagneux et les grandes forêts s'agrippant à leurs flancs. La porte des Rois et l'arche des Quatre Princes figuraient sur le montant de droite, tout comme la baie de Lictée. Le palais était au centre, plus grand que les montagnes. Sur le battant gauche, on pouvait voir la presqu'île reliant l'îlot central au reste de Vartijaa. Les grandes tours sortaient des sommets enneigés et un puissant fort, tout à l'ouest, se dressait fièrement face aux flots.

Chaque membre du groupe admirait les merveilles de la pièce. Tous à l'exception de Yann. Il s'était rapproché d'une fenêtre. De là, il eut un haut-le-cœur. Ils n'étaient pas seulement hauts, ils étaient à une altitude démesurée. Sa réaction attira Briac qui ne put s'empêcher de réagir à haute voix :

« Regardez ! Les nuages ! Nous sommes au-dessus d'eux ! »

En effet, quand chacun eut jeté un coup d'œil, ils ne virent par la fenêtre qu'un épais manteau noir qui s'étendait à perte de vue. Il pleuvait en bas. Soudain une cabine apparut, transperçant la couche sombre. Ils n'avaient pas pu discerner les câbles qui le retenaient mais ils observèrent le téléphérique remonter lentement vers le palais. Ils contemplèrent cette étonnante scène quand l'ouverture des portes derrière eux les fit sursauter. Un héraut, élégamment vêtu et brandissant une petite canne en sortit.

« Le gouverneur va vous recevoir ! Qui dois-je annoncer ?
– Mademoiselle Lucía di Moña, de la maison Keksii », répondit l'officier Jonäs.

Et tandis que le héraut l'annonçait à haute voix, la délégation fut invitée à entrer dans la seconde pièce.

Si l'antichambre était un petit écrin merveilleusement décoré, la pièce dans laquelle ils venaient d'entrer était tout simplement splendide. La salle était immense, on aurait pu y faire tenir L'Évasion dans toute sa longueur. Les murs étaient recouverts de grandes tapisseries représentant des scènes de guerre et de grandes fenêtres laissaient entrer les rayons du soleil. On avait la douce impression de marcher sur des nuages. Le plafond de la pièce était en bois et entièrement peint. Des scènes de la vie quotidienne y avaient été délicieusement représentées. On pouvait y découvrir l'histoire de Vartijaa, de sa fondation jusqu'à la construction du palais et des deux cités. Le plafond était tellement haut que quatre hommes montés sur les épaules les uns des autres n'auraient pu l'atteindre. Le sol était recouvert de riches tapis et offrait aux nouveaux entrants l'impression d'un parterre de fleurs multicolores. La salle, toute en longueur, dépassait les murs de la tour du palais, comme suspendue au-dessus du vide. Des lustres les invitaient à suivre une procession jusqu'au fond de la pièce où se trouvait un promontoire. Quelques marches permettaient de grimper sur l'estrade où se trouvait un trône d'or aux tissus rouges. Derrière le trône, un étendard accroché au plafond descendait jusqu'au sol. Il était aussi grand qu'une voile et représentait les armes du royaume d'Opäle. Le blason était aux couleurs du royaume : essentiellement doré et pourpre. En son centre, deux crânes crachaient du feu vers l'extérieur, l'un à droite, l'autre à gauche. Quatre couronnes étaient représentées en dessous, la plus grande, différente des trois autres, semblait les dominer. Ces armoiries créées sous le règne d'Ignis III en l'an 152 illustraient le rôle que le monarque avait donné au royaume d'Opäle : la protection des autres États et la lutte contre les ennemis de Prolis.

Quand la délégation pénétra, une centaine de têtes se tournèrent vers eux. Il y avait des hommes en uniforme militaire, des officiers de renom au vu de leurs médailles, des nobles, des grands d'Opäle, des dizaines de serviteurs s'activant en tous sens ainsi que des gardes d'or postés à différents endroits stratégiques. Il y avait aussi de nombreuses femmes, toutes richement vêtues. Elles portaient des coiffures extravagantes, des perruques poudrées et surtout de magnifiques robes qui allaient en s'élargissant. On parlait des actualités de l'île, des travaux de fortification dans les montagnes, des nouvelles du front et de l'expansion des rares colonies. Pour la plupart, ces gens se connaissaient car ils se croisaient à Vartijaa ou à Linnake, seule ville sûre du royaume d'Opäle sur Taïvas. Cette noblesse était celle de l'ouest, celle de la Grande Mer de Merëssa, celle qui n'habitait plus sur Prolis depuis longtemps. Il était tout de même rare qu'elle soit réunie sous le même toit et seule une occasion comme le Jour d'Amparion pouvait l'y avoir conduite.

Il est peu de dire que les nouveaux arrivés ne furent pas des mieux accueillis par cette somptueuse assemblée. Le héraut annonçait la venue d'une délégation, ce qui allait écourter les discussions ou du moins les suspendre. Ajoutez à cela que la dame annoncée venait des principautés de Lictée et non du royaume d'Opäle... Quel culot ! Comment osait-elle les déranger ? Ne pouvait-elle pas aller directement dans la cité d'Akpä avec les siens ? Cette ville avait été construite pour ça.

Malgré les chuchotements et les regards pesants, Lucía avança fièrement dans l'allée menant au trône. Derrière elle, Astaldor scrutait chaque recoin de la salle et semblait compter les soldats surveillant les sorties. Lucía était fière et belle mais ce qui agaça la noblesse de l'Ouest, c'était son sourire. Tous savaient bien qu'elle entendait leurs discussions, ils ne se gênaient d'ailleurs pas pour cela, pourtant elle leur répondait en souriant. Une mine supérieure, presque dédaigneuse. Derrière elle, Briac se concentrait sur son rôle. Il marchait d'un pas militaire, sans prêter attention aux discussions, fixant un point devant lui pour ne pas être perturbé. Pour Yann, c'était différent. Il jetait sans cesse des coups d'œil autour de lui comme s'il cherchait quelque chose. Éloi le remarqua. Il s'approcha de Yann et lui dit à voix basse :

« Tout va bien se passer, détends-toi…
– Je suis parfaitement détendu !
– Moins fort, ils vont t'entendre.
– Alors ne viens pas me parler ! »

Leur discussion fut interrompue par une voix qui retentit par-dessus la mêlée de chuchotements :

« Il est devenu rare que la Maison Keksii nous fasse l'honneur de sa présence en ces modestes lieux ! Ma joie est double tandis que je vois s'avancer leur magnifique fille ! »

La voix venait du fond de la pièce, là où se trouvait le trône. Debout, juste devant l'imposant siège, un petit homme s'adressait à eux. Il faisait la même taille que Briac mais était bien plus âgé. Une fine moustache, bien taillée et travaillée, surmontait une bouche étonnamment grande. Ses joues étaient rondes et son front très étroit. Une perruque blanche typique de la noblesse d'Opäle avec ses bouclettes et sa queue-de-cheval était posée sur son crâne. Il était vêtu d'une chemise blanche, dont les boutons semblaient sur le point de lâcher, recouverte par une veste d'apparat rouge et or. Il portait une culotte courte brune, des collants blancs et de petits souliers à talons avec de gros rubans roses. Ce qui attirait le regard était surtout l'imposant collier qu'il arborait autour du cou. La chaîne comme le médaillon était en or. Le bijou était identique à celui qu'arboraient les statues encerclant le palais du gouverneur et les personnages représentés dans la lanterne de l'antichambre.

« Votre réputation vous précède, Gouverneur, et pourtant l'accueil est encore plus chaleureux que ce que les histoires racontent, répondit Lucía.
– Je pourrais presque vous croire mais je ne sais que trop bien ce qu'une dame de Lictée fait comme effet sur ces gens, dit-il en lançant un regard circulaire dans la salle. Mesdames et Messieurs, j'ai à m'entretenir avec Mademoiselle di Moña. La salle du banquet vous est ouverte », ajouta-t-il en tapant dans ses mains.

Aussitôt, une grande porte s'ouvrit sur le côté et des serviteurs invitèrent les personnes rassemblées à les suivre. Se faire sortir par la simple présence d'une adolescente fit redoubler les chuchotements irrités. Pourtant, en quelques instants la pièce se vida. Il ne restait maintenant plus que le gouverneur, la délégation et quelques gardes aux entrées.

« Vous avez rencontré la basse-cour de l'Ouest. Ils se jettent sur le moindre grain jeté au sol et veulent tous prendre la place du coq. Mais vous ne vous êtes point dégonflée, félicitations, confia le gouverneur en s'asseyant sur son trône.
– La comparaison est habilement trouvée. J'avoue avoir pensé en premier lieu à un troupeau de moutons, répondit Lucía.
– Oh non, les moutons sont trop dociles et ne font pas assez de bruit… Vous avez fait un long voyage, vous devez être épuisés.

Il frappa à nouveau entre ses mains et un serviteur apparut :

– Qu'on monte une table ici ! Ces gens sont mes invités ! »

À peine avait-il fini sa phrase qu'une autre porte s'ouvrit à l'opposé. Dix laquais qui portaient une imposante table firent leur entrée. D'autres arrivèrent avec les sièges, d'autres encore avec les assiettes et les couverts, puis on apporta de beaux chandeliers et enfin le déjeuner. Les serviteurs tenaient d'énormes plateaux où se trouvaient des faisans des sables rôtis, des pommes de terre à pique, des huîtres de terre et des palourdes roses, des pâtés d'Opäle, quelques fromages, trois dorades impériales et deux soles-hippocampes grillées et enfin, un gâteau à la crème. La table fut installée en un temps record et le gouverneur invita la délégation à s'y asseoir : Lucía à sa droite et Astaldor à sa gauche. De l'autre côté, Briac était encadré par Éloi et Yann. Le petit frère n'en revenait pas. Une telle quantité de nourriture alors même que son ventre commençait à crier famine. Il se retint de se jeter sur les pommes de terre qui lui faisaient face, ce que le gouverneur remarqua :

« Ce jeune homme est affamé. Je vous en prie, servez-vous !

– Gouverneur, j'espère que les courtisans ne seront pas trop déçus de votre absence à leur table, dit Lucía.

– Je dînerai ce soir avec eux. Ces banquets me fatiguent, je préfère un déjeuner en comité restreint. Vous ne m'avez pas présenté les hommes qui vous accompagnent.

– Pardonnez mon impolitesse. Voici Josan Del Castí, capitaine de L'Atalante et le lieutenant Éloi Otaro. Ils m'ont accompagnée pour obtenir les documents nécessaires à Forkäss. Et voici Yann et Briac Aguilar. Mes cousins. Ils sont également de la principauté de Keksii.

– Messieurs, je suis enchanté de vous rencontrer. Il est rare de croiser de nouveaux visages ici à Vartijaa, c'est donc une joie d'en voir cinq aujourd'hui.

– Merci pour votre accueil, Gouverneur. Nous ne savons comment vous remercier, répondit Astaldor.
– Je vous en prie, Capitaine, cela n'est rien. Dites-moi, je n'ai jamais entendu parler de L'Atalante, de quel navire s'agit-il ?
– C'est une frégate récente, Monseigneur. Elle est basée à Keksii et est mise à la disposition de la famille di Moña. Trente canons et trois mâts, elle marche bien.
– Un petit navire de guerre, donc. Vous avez raison de naviguer sur ce type de bâtiment, chère Mademoiselle, les eaux ne sont pas sûres ici. Prendre un navire non armé aurait été folie, de mauvaises rencontres en mer arrivent malheureusement trop souvent en ce moment. »

Ils échangèrent tous les cinq un regard discret sans que le gouverneur ne s'en aperçoive. Ce dernier reprit la parole et s'adressa aux deux frères :

« Alors, est-ce la première fois que vous prenez la mer ?
– Nous avons déjà navigué à maintes reprises dans la Mer intérieure de Lictée et au large des côtes de Prolis. C'est cependant la première fois que nous nous aventurons autant à l'ouest, répondit calmement Yann.
– Et pourtant, d'après la lettre que j'ai reçue de la part de votre cousine, votre course à l'ouest semble loin d'être terminée.

– C'est exact. Nous avons pour destination Jakanä, répondit Yann.
– C'est bien ce que j'avais en tête, acquiesça le gouverneur. Un mariage vous y attend. C'est un drôle d'endroit pour y célébrer des noces…
– Je n'ai malheureusement pas eu le choix, répondit Lucía. Le Seigneur Del Catras à qui ma main est promise ne peut quitter Taïvas. Il était de mon devoir de m'y rendre pour nous unir là-bas.
– Il aurait effectivement été difficile que votre futur époux célèbre ses noces en Lictée. Il a fort à faire sur le front de l'ouest. Surtout en ce moment… !
– J'avoue ne pas entendre grand-chose à la guerre. Quel est le contexte actuel ? demanda Lucía.

Le gouverneur sentit une charge pesante sur ses épaules. Il dodelina de la tête en soufflant, prit une voix lasse et raconta :

– Le contexte est… difficile en ce moment. Plus qu'il ne l'était avant. Alors que le Territoire des Ponts semblait être sécurisé, des raids ont eu lieu dans les terres autour de Jakanä. Les Autres ont tué plus de soldats en une semaine qu'ils ne l'avaient fait ces six derniers mois. Chaque jour, les corps sans vie de nos hommes sont débarqués ici. Chaque jour, nous les envoyons à Prolis auprès de leur famille.
– Jakanä est en danger ? s'inquiéta Lucía.

– Aucune ville n'est véritablement sûre à Taïvas. Ce ne sont que des têtes de ponts remplies de soldats encerclés par une forêt sombre où dix mille yeux les épient. Je ne sais si un jour cette guerre prendra fin.
– Mon fiancé est-il encore en vie ?
– Del Catras est encore en vie, oui. C'est d'ailleurs lui qui a été désigné pour prendre la direction des armées de Lictée, là-bas. Je ne sais si vous pourrez vous marier en arrivant à Jakanä, il est très pris en ce moment. À la suite des assauts sur le Territoire des Ponts, les États protecteurs ont décidé d'unir leurs forces pour défendre la colonie. Sa Majesté en personne s'est rendue sur place. Peut-être aurez-vous la chance de l'apercevoir.
– Le roi d'Opäle Hevia le Grand est en ce moment sur Taïvas ?
– Oui. Il est accompagné de son frère Aktär et séjourne à Jakanä.
– Et notre roi ? continua Lucía que le sujet semblait intéresser de plus en plus.
– Sa Majesté Eksytö le Sage n'a pas jugé nécessaire de se déplacer. Il a informé la Couronne d'Opäle que votre futur mari parlerait en son nom pour la Lictée.
– Pardonnez ma question mais il me semble surprenant que Sa Majesté Hevia le Grand se déplace en territoire ennemi pour régler une histoire de raids. N'y a-t-il pas autre chose qui explique sa venue ?

– Vous n’entendez rien à la guerre et pourtant vous semblez maîtriser l’art de la politique, s’amusa le gouverneur.
– Ma famille me l’a enseigné dès le plus jeune âge, sourit Lucía. Tout comme la persévérance.
– Attention à ne pas trop chercher de réponses à certaines questions, Mademoiselle. C’est peut-être le meilleur conseil qu’on vous donnera dans les hautes sphères du pouvoir. Cependant, vous m’amusez et vous l’apprendrez peut-être de la bouche de votre mari, alors je vais vous confier une information. »

Lucía ne dit rien, elle avait plissé les yeux et avancé son visage. Ce déjeuner prenait une tournure inattendue et, bien qu’Astaldor s’en agaçât intérieurement, il ne dit rien. L’heure tournait et avec elle la marée descendait.

Le gouverneur baissa la voix et parut heureux d’intéresser la jeune femme. L’information était secrète mais elle fuiterait bientôt, autant profiter de l’effet que son annonce ferait.

« Sa Majesté Hevia le Grand et son frère sont en ce moment à Taïvas pour traiter d’un sujet encore plus important que celui des raids ennemis, vous aviez raison. Il se trouve…

Il regarda autour de lui et baissa encore la voix jusqu’à ce qu’ils ne l’entendent qu’avec difficulté :

– … que certaines informations permettent d'attester que, dans l'ombre, les partisans de l'Ordre du Soleil se rassemblent à nouveau. »

À ces mots, Astaldor but de travers son verre de vin et recracha le liquide au visage d'Éloi.

« Eh bien, Capitaine ! Que vous arrive-t-il ? sourit le gouverneur.
– Rien, je vous prie de m'excuser, j'ai avalé de travers.
– Qu'est-ce que l'Ordre du Soleil ? demanda Lucía tandis que Yann fixait un Astaldor plutôt préoccupé.
– Leur nom était autrefois plus connu… répondit mystérieusement le gouverneur.
– Leur nom ? De qui parlez-vous ? »

Le gouverneur prit une bougie rouge sur la table. Il l'inclina et fit doucement couler la cire sur le bois. Avec son couteau il se mit à dessiner un cercle. La cire séchait déjà quand il termina son esquisse. Le trait était étonnamment habile et fin. Un soleil était représenté, entouré d'un cercle parfaitement rond. En son centre, plusieurs ovales se croisaient en créant des surfaces triangulaires. L'une d'elles était occupée par la lettre A. Le gouverneur eut l'air satisfait.

« Alors ?
– Je n'ai jamais rien vu de tel, répondit Lucía.
– On ne connaît plus ce signe de nos jours. Malheureusement, nous serons certainement amenés à le voir

de plus en plus souvent. »

Le gouverneur se trompait sur ce point. Yann était persuadé de l'avoir déjà vu. Il ne quittait plus le capitaine des yeux. Pourquoi était-il soudain mal à l'aise ? Quel lien y avait-il entre ce signe et Astaldor ? Yann fronça les sourcils mais rapidement ses traits se détendirent : il se souvenait. Alors, bien que les consignes l'interdissent, Yann interrogea le gouverneur :

« Sont-ils dangereux ? Les gens de ce signe ?
– Oh oui, Jeune Homme… Dangereux est un mot faible pour qualifier ce dont sont capables les membres de l'Ordre du Soleil.
– Qui sont-ils ? Que veulent-ils ? »

« Blam ! »

La porte à double battant s'ouvrit avec fracas. Tous sursautèrent. Un héraut apparut, haletant, des grosses gouttes de sueur perlant le long de son front.

« Quelle est cette intrusion ! gronda le gouverneur. Ne voyez-vous pas que je déjeune ?
– Je suis désolé, Monseigneur… Je suis porteur d'un message de la plus haute importance.
– Vous avez intérêt à ce qu'il soit vraiment important.
– Je ne puis en douter un seul instant. »

Le gouverneur hésita puis se leva de sa chaise. Il emmena le messager pour échanger au fond de la pièce, à l'abri des oreilles indiscrètes. Les convives ne purent entendre les propos qu'ils tenaient mais ils virent le visage du gouverneur se décomposer. Il ferma les yeux et serra les poings. D'un geste de la main, il renvoya son interlocuteur et revint d'un pas lourd à la table.

« Une mauvaise nouvelle, Gouverneur ? demanda Lucía.
– Très mauvaise. Le… Le…

Il prit une inspiration.

– Le roi est mort.
– Pardon ?
– Une embuscade des Autres. À l'extérieur des murs de Jakanä.
– Mais ? Comment ?
– Le roi Hevia le Grand inspectait les remparts de la ville en compagnie de son frère… Cette zone est boisée mais normalement sécurisée. Une poignée de soldats les accompagnaient. Seul le frère du roi est revenu de la forêt, très sérieusement blessé. Il n'y a pas d'autres survivants.
– Mais c'est impossible ! Le roi ne peut avoir été tué ! Pas sous les murs de la ville ! Pas lui !
– C'est le plus grand monarque de notre monde !
– Mademoiselle di Moña… Ce n'est pas tout…
– Que voulez-vous dire ?

– Pour reconnaître les lieux et inspecter les fortifications de la ville, le roi et son frère étaient accompagnés du plus haut dignitaire de la ville.
– Vous voulez dire que…
– Votre futur mari était avec eux, oui. Il a perdu la vie…
– Comment pouvez-vous en être sûr ? Ne dites pas qu'il est mort ! Il est peut-être encore en vie, dans la forêt !
– Les corps ont été retrouvés… Un régiment a été envoyé sur place pour les rapporter en ville. Le corps du seigneur Del Catras a été identifié. Des navires ont déjà été affrétés pour les ramener à Prolis. Ils seront dans quelques jours à Vartijaa. »

Lucía faillit s'évanouir. Astaldor la rattrapa et la soutint en passant un bras derrière elle. Briac et Éloi se levèrent pour l'aider. Le capitaine laissa Lucía dans leurs bras et se tourna vers le gouverneur :

« Monseigneur, je suis peiné de ces nouvelles. Nos États ont perdu de grands hommes et nul ne sera capable de les remplacer. Je partage votre désarroi mais, malheureusement, je me dois de recentrer notre entrevue sur son motif premier. La marée sera bientôt basse et nous devons lever l'ancre…
– Bien sûr, Capitaine, bien sûr, vous avez raison.

Il claqua dans ses mains. Aussitôt, un homme avec un encrier, une plume et un parchemin entra :

– Je vais signer votre autorisation pour naviguer à l'ouest de Vartijaa. Vous serez partis dans l'heure.
– Merci, Monseigneur. »

Le gouverneur commença à rédiger l'autorisation tandis que Lucía se remettait peu à peu de ses émotions. Yann fixait le signe de l'Ordre du Soleil. Discrètement, il le tira vers lui et enfouit la petite structure de cire dans une poche de sa veste. Astaldor semblait se détendre tandis qu'il observait la rédaction du parchemin. Pourtant, le gouverneur s'interrompit :

« Attendez un instant. Mademoiselle di Moña, la lettre que vous m'avez fait parvenir expliquait les raisons de votre voyage vers Taïvas. Vos noces avec le seigneur Del Catras à Jakanä. Mais… étant donné les circonstances et le rapatriement de son corps… j'imagine qu'une telle navigation n'a plus lieu d'être. En attendant que les navires rapportant les corps des défunts arrivent à Vartijaa, je vous offrirai l'hospitalité ici. Vous pourrez ainsi repartir dans quelques jours à Prolis à bord de ces mêmes bâtiments.
– Je… je… bégaya Lucía.
– Je pense que Mademoiselle di Moña aimerait aller chercher elle-même son défunt fiancé à Jakanä, répondit Astaldor. Ce dernier voyage pourra se faire à bord de L'Atalante. Nous nous chargerons de rapatrier son corps jusqu'en Lictée.

– Cela est très louable, Capitaine, répondit le gouverneur. Mais, comme je vous l'ai dit, des navires ont déjà été affrétés. Patientez quelques jours ici avec votre équipage jusqu'à ce qu'ils atteignent Vartijaa. En attendant, je vous offre votre mouillage. Cela vous permettra de faire le plein de vivres pour votre traversée retour. Je m'assurerai que L'Atalante soit le navire de rapatriement du seigneur Del Catras.
– Gouverneur, je me permets d'insister, continua Astaldor.
– Capitaine, je comprends vos motivations mais la situation est telle qu'il est préférable que vous attendiez ici.
– Nous ne pourrons lever l'ancre vers Taïvas cet après-midi donc ?
– Eh bien… comme je vous l'ai indiqué, n…
– Alors passons au plan de secours, dit sèchement Astaldor.
– Je vous demande pardon ? »

Astaldor se leva d'un bond et dégaina de sous sa veste un pistolet. Il pointa l'arme sur la tempe du gouverneur. Aussitôt, les gardes de la pièce se saisirent de leurs fusils-hallebardes mais le capitaine leur cria de baisser les canons :

« Sinon je loge une balle dans la tête du gouverneur !
– Vous êtes fous ! leur dit l'otage. Et vous, Mademoiselle di Moña, que faites-vous ? Vous déshonorez la

Maison Keksii !
– Mais je n'ai rien fait… répondit Lucía sous le choc.
– Yann ! Prends la serviette devant toi et bâillonne-le ! ordonna Astaldor. Briac, sa ceinture, ligote-lui les mains derrière le dos !
– Mais je ne sais pas…
– Dépêche-toi, Briac ! ajouta Astaldor.
– Capitaine, que faites-vous ? s'écria Lucía.
– J'applique un nouveau plan.
– Mais vous ne pouvez pas faire ça ! C'est un gouverneur ! Je vous ordonne de…
– Ne vous fatiguez pas, Lucía. Vous avez entendu ce qu'il vient de dire ? À ses yeux, vous êtes folle et il ne vous laissera pas sortir gentiment de ce palais, répliqua Astaldor tandis que le gouverneur acquiesçait d'un signe de tête rageur, un bâillon en travers de la bouche.
– Mais je… je suis perdue !
– Pas si tu es avec nous, Lucía, lui dit Éloi. Viens et pars à nos côtés ! »

Lucía était intelligente. Elle savait qu'elle n'avait pas le choix. Elle devrait les aider, le plan du capitaine lui avait forcé la main sans qu'elle ne puisse rien y changer. Astaldor ordonna à tous les gardes de la pièce de poser leurs armes au sol et de s'asseoir contre un mur. N'osant mettre en danger la vie de leur gouverneur, ils obéirent. Briac et Yann s'emparèrent de leurs armes. Éloi les ligota un à un.

« Capitaine, il faut y aller, d'autres gardes vont rappliquer », lança Éloi.

Il n'avait pas tort. Un soldat avait dû s'échapper de la salle du trône car déjà des bruits de pas résonnaient à l'étage. Tenant fermement le gouverneur contre lui comme un bouclier, le pistolet collé à son crâne, Astaldor sortit en premier de la pièce. Il donna un grand coup dans la porte et la délégation arriva dans l'antichambre de l'ascenseur. Briac tira le rideau mais la cabine n'était plus là. Elle avait dû être envoyée à un autre étage.

« Ils sont là ! Dans l'antichambre ! »

Quatre soldats débarquèrent de la salle du trône. Le groupe de L'Évasion se rassembla derrière le capitaine.

« Baissez vos armes ! Je tiens en joue le gouverneur ! Les armes au sol !
– Lâchez le gouverneur ! Vous ne pouvez pas vous échapper !
– Alors c'est vous qui expliquerez pourquoi une balle s'est logée en plein dans son crâne, répliqua Astaldor en faisant mine de presser la gâchette.
– Arrêtez ! Ne tirez pas ! Nous baissons nos armes !
– Contre le mur ! Tous ! » leur ordonna le capitaine.

Les gardes d'or lâchèrent leurs armes et se rassemblèrent contre le mur. C'est le moment que choisit le gouverneur pour surprendre Astaldor. Le nœud de Briac n'était pas assez serré. D'un coup de coude dans l'abdomen, il coupa la respiration du capitaine qui desserra sa poigne. Le coup de feu partit en l'air et la balle transperça la charpente. Les soldats se retournèrent d'un bond. Le gouverneur roula au sol pour les rejoindre.

« Dans la salle du trône ! À l'abri, vite ! » hurla Éloi.

Sans trop réfléchir, ils foncèrent dans l'entrée et refermèrent derrière eux les battants. À peine avaient-ils baissé le loquet qu'un « BOUM » fit trembler la porte. On se jetait contre elle de l'autre côté. Et à pleine force !

« La porte ne tiendra pas longtemps, lança Astaldor qui reprenait doucement son souffle. Il faut filer.
– Il y a une porte là ! Suivez-moi ! » s'écria Yann.

Alors, un coup de feu retentit et le loquet de la porte donnant sur l'antichambre sauta.

« Ils sont là ! »

Le groupe de compagnons se jeta par une petite porte à la suite de Yann. Ils débouchèrent sur un couloir.

« Continuons ! Vite ! »

Le couloir était assez large pour qu'ils puissent courir à plusieurs de front, ce qui les sauva sûrement quand les premières balles sifflèrent autour de leur tête. Il eût été plus étroit, ils auraient été tirés comme des lapins. Lucía tenait la main d'Astaldor qui la tirait en avant. Elle avait jeté ses chaussures et tenait en l'air les pans de sa robe.

Alors que le corridor prenait un virage à quatre-vingt-dix degrés sur la droite, ils passèrent tout près d'un large brasero encore chaud. Éloi suivit son instinct et le renversa d'un violent coup de pied. Les braises se répandirent sur le tapis derrière eux. Le chanvre sec se mit à noircir et les premières flammes s'allumèrent. Les jurons des soldats confirmèrent à Éloi qu'il avait eu une bonne idée.

Yann courait en tête. Dès qu'il croisait une porte, il tentait de l'ouvrir mais aucune ne cédait. Les poursuivants gagnaient sur eux. Il fallait trouver une issue et vite ! Malheureusement, le couloir touchait à sa fin. Au bout, une porte finement décorée leur faisait face. « Pourvu qu'elle soit ouverte », se dit Yann. Il se lança en avant et d'un coup d'épaule ouvrit le battant. Le groupe rentra à sa suite et Yann claqua la porte derrière eux. Il prit un fusil-hallebarde qu'il avait récupéré et le mit en travers du battant.

« Vite ! Aidez-moi à condamner la porte ! »

Ils étaient arrivés dans une pièce sombre avec une imposante charpente en bois. Le plancher était usé et quelques planches traînaient au sol. Tandis qu'Éloi et

Briac les ramassaient pour les placer en travers de la porte, Yann parcourut l'endroit du regard. Au fond, une ouverture de lumière éclairait l'obscurité.

« Par ici ! Au fond, il y a quelque chose ! »

Ils gagnèrent l'extrémité de la pièce. Là, ils ne purent retenir un haut-le-cœur. Les nuages. Ils pouvaient presque les toucher de la main. Un grand trou avait été fait dans le mur, une ouverture qui donnait directement sur l'extérieur. À plus de cent mètres de hauteur. Un câble sortait des nuages et venait tourner au-dessus de leur tête dans une énorme roue crantée ainsi qu'une dizaine de poulies.

« Le téléphérique ! s'exclama Briac.
– Oui mais la cabine n'est pas là ! Et ils ne vont pas gentiment nous l'envoyer ! » lança Lucía.

De nouveaux coups résonnèrent contre la porte. Les gardes la cernaient, ils allaient la défoncer. Il n'y avait plus d'issue possible.

« Il faut se lancer… réfléchit à voix basse Yann.
– Pardon ? répondit Lucía.
– Il faut se lancer !
– Tu es fou ? Tu sais à quelle altitude nous sommes ?
– Il ne faut pas sauter, il faut se lancer ! Sur le câble ! En glissant !
– C'est officiel ! Je suis entourée de fous ! lança Lucía.

– Je l'ai déjà fait ! À bord de L'Évasion ! Pendant l'abordage !
– Mais Yann, c'est beaucoup trop dangereux…
– Demande au capitaine, Éloi ! Vous, vous m'avez vu le faire ! Vous savez que c'est possible ! insista Yann en fixant Astaldor.
– C'est… c'est peut-être notre seule chance de nous en sortir… répondit le capitaine.
– Quoi ? » s'écria Lucía.

Boum ! *Boum* !

« La porte ne va pas tenir ! Briac, suis-moi ! lança Yann.
– Mais…
– Briac, Éloi, Lucía, suivez Yann… C'est un ordre.
– Et vous, Capitaine ? demanda Briac.
– Je vous suis, je vais tenter de les retenir au maximum.
– Mais, Capitaine…
– Partez ! C'est un ordre ! Depuis quand discute-t-on mes ordres ? »

Alors Yann prit la ceinture en cuir qu'il portait autour de la taille et la coupa en deux avec sa petite dague. Il en donna la moitié à Lucía tandis qu'Éloi et Briac empoignaient la leur.

« Passez le cuir au-dessus du câble et enroulez fermement chaque extrémité autour de votre main. Pour que la ceinture ne glisse pas entre vos mains vous

devrez tout de même la tenir fermement. Cela va tirer fort. Ne lâchez surtout pas. Pas avant d'arriver en bas.
– Et si le téléphérique est en l'air ? demanda Lucía.
– Alors le seul moyen est de lâcher prise avant de s'écraser dessus. Espérons qu'il sera en bas. »

Le haut du battant de la porte vola en éclats. Astaldor tourna les talons et empoigna un pistolet. Il fit feu à travers la porte et un cri de douleur retentit.

« Tenez fermement votre ceinture ! répéta Yann en la passant au-dessus du câble. Briac, suis-moi de près, j'ouvre la marche !

Alors il s'élança en avant, assis dans le vide. Il prit aussitôt une violente accélération et disparut dans le nuage à quelques mètres de la tour.

– Allez, Briac, à toi ! dit Éloi.

Sans réfléchir, Briac s'élança à son tour.

– Lucía, c'est à toi.
– Éloi, je ne peux pas !
– Il le faut !
– Mais je n'ai jamais…
– Moi non plus. Mais je sais que tu en es capable. Serre fort la ceinture, ferme les yeux et laisse-toi glisser.
– D'a… D'accord… »

Et Lucía disparut à son tour.

Éloi prit une longue inspiration et se prépara à sauter. Au moment où ses pieds quittaient le sol de la tour, il entendit derrière lui un hurlement de douleur.

« Le capitaine ! »

CHAPITRE XVI

UNE LANTERNE DANS LA NUIT

L'air soufflait si fort dans le visage de Briac qu'il avait du mal à garder les yeux ouverts. De petites larmes s'en échappaient, lui brouillant sa vision. Il hurlait. De peur surtout mais également d'une sorte de folie heureuse. Il n'était pas courant de se balancer à plus de cinq cents pieds du sol, attaché à un câble immense. Il avait le visage et les cheveux trempés et le sombre nuage qu'il transperçait à pleine vitesse semblait interminable.

Soudain, il sortit du cumulus et la surprise faillit le faire lâcher prise. Il surplombait toute l'île. Il avait une vue sur les versants des montagnes, sur les grandes forêts de conifères qui dévalaient les pentes enneigées, sur la mer intérieure de Vartijaa et surtout sur l'arrivée, la cité d'Akpä. Vues de là-haut, les maisons étaient toutes petites. On distinguait de minuscules silhouettes en train de célébrer sur la grand-place le Jour d'Amparion.

S'il se réjouissait du panorama, Briac pesta contre la pluie. Les nuages semblaient vouloir rincer les aventuriers qui les avaient traversés. Outre la désagréable sensation de se faire gifler par les gouttes d'eau, la pluie rendait la ceinture glissante et il sentait qu'il devait redoubler de force pour maintenir son corps suspendu. Ses bras lui faisaient mal et le sang ne circulait plus dans ses paumes. Concentrant son regard devant lui, il discerna une forme sombre à une vingtaine de pieds. Yann ! Il ne semblait pas crier. Il fendait les airs et se rapprochait rapidement du sol.

Dans leur dos, un cor sonna soudain ! L'alerte ? Allait-on les attendre à l'arrivée ? Briac se concentra sur le petit bâtiment de bois vers lequel il se dirigeait. L'embarcadère. Il eut rapidement une réponse à ses questions quand il sentit une secousse dans ses doigts. Le câble ! Il remuait ! Et dans le sens inverse de leur descente ! Alors Briac comprit. Il aperçut une cabine sortir doucement de l'embarcadère. Elle remontait vers eux.

Pris de panique, le garçon pensa à Yann devant lui. Il hurla pour le prévenir du danger. Il allait s'écraser contre le téléphérique et, avec lui, tous les membres du groupe. Mais Yann ne semblait pas l'entendre. Il ne se retournait pas, ne lui répondait pas, il continuait de descendre, fonçant vers l'impact.

La cabine se rapprochait. La collision était inévitable. C'en était fini d'eux. L'arrivée était pourtant si proche. Ils étaient à une dizaine de mètres de hauteur. Si près du but… C'était ici que tout allait s'arrêter. Il regarda Yann et se dit qu'il fermerait les yeux au dernier moment pour ne pas voir… Dix mètres avant l'impact, peut-être moins. Ça y est, il allait touch…

« Il a sauté… Il a sauté ! »

Yann avait lâché sa ceinture, il était tombé dans l'eau ! Et là, une forme dans la mer, c'était lui ! Yann ! En vie !

« Saute ! Sauteee ! » hurlait son grand frère à bout de soufflc.

Briac releva la tête et vit la cabine à quelques mètres de lui. Sans réfléchir, il ouvrit les paumes. Avec la vitesse, son corps vola encore quelques secondes et son crâne passa à quelques centimètres du téléphérique. La chute fut brève. Quelques mètres plus bas, il transperça la surface de l'eau.

Lucía n'en pouvait plus. Elle allait lâcher, c'en était trop. Elle ne sentait plus ses bras. Soudain, elle vit le téléphérique et la silhouette de Briac s'enfoncer dans l'eau. Elle ne réfléchit pas non plus. Elle lâcha tout et sa robe amortit quelque peu sa chute. Elle fut sonnée par l'entrée dans la mer mais se ressaisit assez vite pour remonter à la surface. L'eau était glacée. Elle remplit ses poumons d'air et hurla. Elle avait eu peur. Elle était toujours tétanisée. À côté d'elle, Yann et Briac nageaient vers la rive. Derrière elle, un cri puis une explosion d'eau. Éloi avait sauté lui aussi.

« Tout va bien ? Vous êtes sains et saufs ? lança Lucía.

– Oui, je crois... répondit Briac.
– Vite, nagez jusqu'à la côte, il faut se mettre à l'abri ! dit Yann.
– Éloi, où est le capitaine ?
– Il tenait la porte quand je suis parti. J'ai entendu un cri, il a été blessé mais j'étais déjà en l'air.
– Il a pu sauter après toi ?
– Je ne sais pas... je n'ai pas pu l'aider... je...
– Tu crois qu'ils l'ont...
– Je... je...
– Là ! Regardez ! » dit Briac en pointant son doigt en l'air.

Au-dessus d'eux, le corps d'Astaldor filait à grande vitesse. Il avait sauté plus tard que les autres et, le téléphérique ayant continué sa remontée, il se trouvait à vingt mètres de la mer. Agitant leurs bras en tous sens, le groupe lui hurlait de sauter. Alors, comme un linge, Astaldor sembla voler un instant puis transperça la surface de la mer.

Il hurla. Il hurla de douleur. Autour de lui, l'eau devint rouge. Il saignait abondamment. La balle s'était logée dans son bras gauche, juste au-dessus du coude. Yann et Éloi nagèrent vers lui et le tirèrent. Briac tenait sa tête pour éviter qu'elle ne coule. Lucía nageait devant eux. Elle avait emprunté la dague de Briac et laissait flotter derrière elle son imposante robe et pourtant progressait plus rapidement que les autres.

Au prix d'un important effort, ils regagnèrent la rive. Là, ils s'effondrèrent sur la petite plage de galets qui s'avançait dans la mer intérieure. Ils étaient en territoire de Lictée, au bord de la cité d'Akpä.

Le souffle coupé par la douleur, Astaldor leur dit à voix basse :

« Nous devons continuer ! S'ils nous attrapent, nous sommes…
– Pourtant, nous sommes arrivés à Akpä ! Lucía, ne peux-tu pas dire qui tu es ? Ils nous aideront, n'est-ce pas ? répondit Briac qui voyait déjà quelques personnes s'attrouper sur la plage.
– Non… le gouverneur dirige l'île. Nous sommes en Lictée mais ses hommes ont juré allégeance à Vartijaa et à l'homme que nous avons menacé de mort ! S'ils apprennent ce que nous avons fait, ils nous livreront !
– Alors pourquoi restons-nous plantés ici ? Filons !
– Yann a raison, acquiesça Éloi. Briac et Lucía, ouvrez la voie ! Menez-nous au port dans la baie de Lictée

coûte que coûte ! Yann, aide-moi à soutenir le capitaine ! Nous les suivrons au plus près !
– Je n'ai pas besoin d'aide pour courir...
– Vous vous videz de votre sang ! Soit nous vous aidons, soit nous vous laissons derrière ! Si nous en sommes ici aujourd'hui c'est à cause de vous et vos manigances ! hurla Yann.
– Comment... oses-tu ?...
– Oui, j'ose ! Vous engagez des enfants à bord de votre navire pour faire le sale boulot ! Vous délivrez une jeune fille mais vous ne l'utilisez que pour servir vos buts ! Lucía n'avait rien demandé et vous venez de la faire passer hors-la-loi ! Nous allons être tous tués et cela par votre faute !
– Yann, je ne crois pas que... tenta Lucía.
– Et ce n'est pas fini ! L'Ordre du Soleil ! Ça vous parle, Capitaine, hein ?

Il se tourna vers les autres :

– Le signe que le gouverneur a tracé, je l'ai déjà vu et le capitaine aussi ! Il était sur un parchemin dans la cabine du navire pirate ! La petite tache rouge de cire ! C'était le même emblème avec le soleil !

Le visage du capitaine se décomposa entre douleur et surprise :

– Ah ! Vous voyez ! Nous nous jetons dans la gueule du loup et lui le savait depuis le début !

– Yann… tenta cette fois-ci Briac.
– Non, je n'ai pas fini ! Qui sont les gens de l'Ordre du Soleil ? Pourquoi même le gouverneur en a-t-il peur, hein ?
– Yann ! hurla cette fois Éloi.
– Quoi ?
– Regarde autour de toi. »

Le rassemblement des curieux avait doublé. Ils se faisaient presque menaçants. De toute évidence, ils n'étaient pas encore au courant des agissements de la délégation. Sinon, ils leur auraient sauté dessus.

« Allez, partons ! Vite ! reprit Éloi. »

Aussitôt, le petit groupe se remit en marche. Lucía courait devant, Briac la suivait de près et criait de faire place. Le capitaine était à peine conscient. Yann et Éloi le portaient en formant une chaise de leurs bras. Les rues étaient étonnamment vides et ils progressaient rapidement. Une clameur retentissait parfois devant eux bien qu'ils ne puissent savoir d'où elle venait. Mais plus ils avançaient, plus elle se faisait grande. Ils débouchèrent alors sur la grande place de la cité. Ils marquèrent un temps d'arrêt. Toute la ville s'y était donné rendez-vous. La place fourmillait d'hommes, de femmes et d'enfants. Ils dansaient, ils chantaient, ils riaient. Aux fenêtres, des guirlandes de fleurs étaient tendues jusqu'au centre de la place si bien qu'on eût cru qu'une immense araignée avait tissé sa toile dans les airs. Le Jour d'Amparion. Le groupe l'avait oublié et maintenant une foule immense leur barrait le passage. Ils ne purent admirer plus longtemps ce spectacle car une voix résonna derrière eux :

« Ce sont eux ! Ils ont tenté d'assassiner le gouverneur ! »

Une milice de gardes d'or les avait retrouvés ! Ils étaient au bout de la ruelle, à une cinquantaine de mètres. Cela n'empêcha pas l'officier de la petite troupe d'ordonner de tirer. La rafale retentit. Yann avait anticipé le coup. Au moment où les fusils avaient été levés, il avait hurlé de se coucher à terre. Les balles filèrent au-dessus d'eux et fauchèrent quatre personnes qui dansaient sur la place. L'écho de la salve, la fumée et les quatre corps au sol sonnèrent toute la foule. En un instant la musique s'arrêta, les danses s'immobilisèrent, les cris et les chants se turent… Alors Lucía, à peine relevée, eut une idée. Tout aussi brillante que dangereuse. Elle se tourna vers la foule alors même que les soldats rechargeaient leurs fusils et hurla :

« Le gouverneur a rompu son traité avec la Lictée ! Il souhaite s'emparer d'Akpä ! Nous sommes attaqués ! »

C'était osé mais drôlement efficace ! La place vira à la panique. Tandis que les musiciens abandonnaient leurs estrades et que les chopes d'hydromel étaient jetées au sol, tous se mirent à courir en tous sens.

Comme poursuivis par des abeilles mortelles, petits et grands se ruaient vers les sorties de la place. Un homme actionna une cloche d'alarme au centre de la place et les *dong* s'ajoutèrent aux cris de stupeur et d'effroi des Lictésiens.

C'était le moment parfait. Lucía et ses compagnons se jetèrent dans la mêlée. La sortie était en face, de l'autre côté de la place. Ils étaient bousculés mais heureusement protégés des tirs par le monde autour d'eux. Comme Lucía s'y attendait, la milice de gardes d'or ne tira pas une seconde salve. Ses membres aussi avait été surpris par l'annonce de la jeune femme et ils hésitèrent à avancer davantage. Après réflexion, ils décidèrent de poursuivre les fuyards mais furent rapidement pris à partie par la population. On sauta sur eux, on les rua de coups et on leur arracha leurs armes avant même d'avoir eu le temps de les laisser s'expliquer. Cet imbroglio donna le temps aux compagnons de L'Évasion de traverser la place.

« C'est encore loin ? cria Yann à Lucía.
– Je ne sais pas, je vais demander notre chemin ! »

Porter le capitaine en chaise ralentissait leur progression et courbait le dos d'Éloi et Yann.

« Yann, laisse-moi le porter, je vais le mettre sur mon dos, dit Éloi.
– Tu es fou, tu n'y arriveras pas !

– Yann, s'il te plaît. Nous avancerons plus vite comme ça. Tu me relaieras si besoin.
– D'accord. Mais ne nous ralentis pas. »

Yann aida à hisser Astaldor, quasiment inanimé, sur le dos d'Éloi qui serra les dents et se lança en avant :

« Allez ! Vite ! »

Ils n'étaient désormais plus seuls dans les rues. Partout circulait la rumeur d'une attaque du royaume d'Opäle. On le criait du bas des ruelles jusqu'aux oreilles des curieux à leurs fenêtres. Dans ce remue-ménage, Yann bousculait les passants pour permettre à son équipée de ne pas perdre de temps. Lucía annonçait les directions à prendre, courant main dans la main avec Briac qui cherchait son souffle.

Finalement, ils débouchèrent sur le port. Au nord-est de la cité. La zone avait été épargnée par l'annonce de l'attaque. Les quais se succédaient en rangées bien organisées où étaient amarrés un grand nombre de navires de toutes tailles. Tout était calme. Seuls résonnaient les cris d'un vol de mouettes et de goélands qui avaient pris en chasse un petit navire de pêche rentrant au port. Les bateaux étaient tous quasiment vides, seuls quelques menuisiers profitaient de l'escale pour inspecter les coques tandis que des gabiers recousaient des voiles étendues sur la grève. Lucía et Briac trouvèrent rapidement l'emplacement de

L'Évasion. Le navire était le seul à ne pas avoir rangé ses voiles. Elles faseyaient et les écoutes étaient molles comme parées à une manœuvre d'appareillage. Les aussières avaient été passées en double pour pouvoir larguer les amarres au plus vite sans même poser le pied au sol. À terre, quelques hommes de la cité se moquaient de cette frégate sûrement maniée par des marins inexpérimentés.

À bord de L'Atalante, Vidfer avait suivi les ordres du capitaine à la lettre. Ils étaient prêts à reprendre la mer à tout moment. Ce fut de la hune qu'Œil-de-Faucon annonça l'arrivée du petit groupe. Vidfer revissa calmement son bonnet rouge sur son crâne et jeta un regard du haut de la dunette. Il n'en crut pas ses yeux. À l'avant, Yann courait en direction de L'Évasion à vive allure. Derrière lui, Lucía avait quitté son imposante robe. Elle courait main dans la main avec Briac. Ils étaient tous trempés. Quelques mètres plus loin, Éloi trottait maladroitement en portant sur son dos une lourde charge. Un homme. Et mal en point.

« Mais, mais c'est le capitaine ! souffla Vidfer.

Aussitôt, le Second du navire hurla ses ordres :

– Deux hommes au secours du capitaine ! Abgrall ! Helias ! Ramenez-les-moi à bord ! Larguez les amarres sur bâbord ! Tarïn, gardes-en deux à la poupe ! À mon ordre, laisse filer ! Maé, préviens le Doc qu'on va avoir

besoin de lui ! Vous autres, bordez-moi toute la toile dans nos mâts dès que le capitaine aura le pied à bord ! Faites-moi grincer la mâture ! Staël, prends deux hommes avec toi ! Et des fusils ! Faites feu sur toute menace ! Arrosez le quai s'il le faut ! Couvrez-moi le capitaine !
– À vos ordres ! »

Vidfer était un homme expérimenté. Il savait comment réagir dans une situation inhabituelle et mal embarquée et cela même s'il ne savait pas ce qui s'était passé. Il était cependant assez intelligent pour deviner que la tentative de la délégation avait mal tourné. Et que cela n'était pas fini.

Abgrall et Helias, les cousins Dartös, couraient à vive allure sur le labyrinthe des quais.

Ils dépassèrent Yann, Lucía et Briac :

« Ne vous arrêtez pas, courez jusqu'à L'Évasion ! » leur dirent-ils avant de filer vers Éloi.

Ce dernier n'en pouvait plus. Le visage suant et rouge, il s'effondra au sol quand les deux hommes prirent Astaldor dans leurs bras.

« Relève-toi, Éloi, lui dit Abgrall. On va bientôt larguer les am… AHHH ! »

La balle se figea dans le dos d'Abgrall. Son corps sembla hésiter un instant puis tomba lourdement dans l'eau du port. Éloi, encore au sol, tourna la tête. Sur leur droite un groupe de gardes d'or rechargeait déjà ses fusils. Au milieu d'eux un petit homme hurlait. Le gouverneur. Aussitôt, des coups de feu partirent de L'Évasion et deux soldats s'effondrèrent. Helias hurlait. Il était tombé à genoux, le capitaine à moitié sur son dos. Il fixait le corps de son cousin qui s'enfonçait dans l'eau sombre. Il était terrifié. Comme sorti de lui-même. Éloi se releva alors. Il prit à nouveau le capitaine sur ses épaules comme s'il transportait une botte de paille.

« Helias ! Viens ! Vite ! Ils vont à nouveau tirer !
– Non ! Ils l'ont tué ! Il n'avait rien fait !
– Helias !
– Non ! Non ! Non ! Abgraaaaaaall ! Abgraaaaaaall ! »

Alors, tout se passa rapidement. Helias se retourna vers le groupe de soldats d'Opäle. Il dégaina un pistolet et ouvrit le feu. Sa balle faucha un homme au moment où partait une nouvelle salve des gardes d'or. Éloi ne fut pas touché mais, Helias, transpercé de plusieurs traits, se cambra en arrière et tomba à la renverse sur le corps d'Abgrall. Une nouvelle fois, on fit feu depuis L'Évasion. Éloi profita de cette désorganisation pour continuer sa route en avant.

« Briac, non ! hurla Yann.
– Reste où tu es si tu veux, moi je vais aider Éloi !
– Tu vas te faire tuer !

– Et Éloi alors ! »

Briac rejoignit le jeune marin et à deux ils portèrent Astaldor. Les navires sur les quais leur offrirent une protection contre les balles et ils réussirent à miraculeusement regagner L'Évasion. Lucía était déjà à bord, une couverture jetée sur ses épaules. Elle suivait la scène avec une respiration haletante. Yann aida à monter le capitaine à bord en jetant un regard sombre à son petit frère. Des hommes hissèrent Éloi qui avait perdu connaissance. À peine avaient-ils posé le pied à bord que toutes les voiles furent bordées. Dans un fracas, L'Évasion se lança en avant. Derrière, on trancha à la hache les deux amarres. Vidfer était à la barre et continuait de hurler ses ordres.

« Le capitaine ! Dans sa chambre avec le Doc ! Lucía, Éloi, Briac et Yann ! Dans le carré des officiers ! Des hommes avec des fusils dans les haubans ! Descendez-moi ces raclures ! Feu à volonté ! »

L'Évasion fendit les eaux et se dirigea à vive allure vers la sortie du port. Des barques qui se trouvaient en travers de sa route volèrent en éclat et les pêcheurs se jetèrent à l'eau en voyant les terribles sabots de la figure de proue les écraser. Yann tira Briac par la main et l'emmena sur tribord. Il monta sur le bastingage, se tenant uniquement à un hauban et s'adressa à son frère.

« Maintenant ! C'est le moment !
– De quoi parles-tu ? Quel moment ?
– Briac ! Nous nous évadons ! Nous quittons le navire !
– Mais, mais tu es fou !
– Dépêche-toi ! On saute maintenant ! De ce côté-là, ils ne peuvent pas nous voir depuis la terre ferme ! On rejoindra la rive à la nage !
– Mais pourquoi veux-tu partir ?
– Briac ! Tu es bête ou quoi ? Tu as vu dans quel pétrin nous sommes ? Nous sommes des hors-la-loi ! Dans quelques instants, la chasse sera donnée par toutes les flottes de l'Ouest ! L'Évasion sera envoyée par le fond avant même que le soleil ne se couche !
– Mais ils ont besoin de nous !
– Besoin de nous ? Astaldor se fiche de nous ! Nous ne sommes que des pions ! Il nous a tout fait perdre ! Regarde Lucía ! Il l'a sacrifiée !
– Mais nous avons une mission…
– Ah oui ? Et quelle est-elle ? Qui sait quelque chose à propos de cette foutue mission ? Personne ! Le capitaine est le seul à connaître notre destination et, crois-moi, il nous emmène droit en enfer ! Il savait pour cet Ordre du Soleil ! J'en suis sûr ! Je l'ai vu ! Allez, sautons !
– Mais que va-t-on faire une fois sur la rive ? Ils vont nous tuer ou nous mettre en prison…
– Ils ne nous verront pas ! Nous nous cacherons… Ils seront obnubilés par L'Évasion… C'est justement

notre seul espoir de ne pas être fusillés ! Allez, saute !
– Mais...
– Briac ! Allez ! »
Briac se hissa sur le bastingage. Il regarda sous ses pieds la mer. Il ferma les yeux. Yann jeta un coup d'œil autour d'eux, personne ne les regardait.
« Allez, à trois on saute. Un ! Deux ! Et... Trois ! »

Splashhhhh...

Le plongeon fit soulever une gerbe d'écume. L'eau était froide. Yann réapparut à la surface de l'eau et chercha du regard son petit frère. Il ne le trouva pas. Il leva les yeux au ciel vers L'Évasion.

« Je ne peux pas... ils ont besoin de nous... pleurait Briac, debout sur le bastingage.
– Briac ! Qu'est-ce que tu fais ? Saute !
– Yann... je... on n'a pas le droit de les abandonner...
– On a tous les droits du monde ! Allez ! Sauuute ! hurla Yann qui avait du mal à rester en surface.
– D'accord... d'accord, je vais sauter, mais on aurait dû...

– Attention Briac ! »

Siiiiiiiiiii Boummmmm !

Le boulet de canon avait atteint la coque de L'Évasion à l'endroit même où se trouvait Briac une seconde plus tôt. Quelqu'un l'avait attrapé par le bras et tiré sur le côté. Il heurta brutalement le sol du pont mais par chance était encore en vie. Il jeta un coup d'œil au bastingage et vit un trou dans le bois qui avait volé en éclats. À côté de lui, Lucía reprenait son souffle. Couchée au sol.

« Lucía, tu… tu m'as sauvé la vie… »

Siiiiiiiiiii Boummmmm ! *Siiiiiiiiiii Boummmmm* !

Deux autres boulets vinrent se loger dans le navire. Briac se plaqua au sol contre Lucía. Deux canons avaient été apportés auprès du gouverneur et ils avaient ouvert le feu. Comme un cheval qu'on pique par surprise, L'Évasion se cabra dans une grande vague et s'élança, gagnant la sortie du port. Le navire se rua vers l'Océan qui s'ouvrait devant lui. Derrière, à une centaine de mètres, manquant de boire la tasse à chaque cri, Yann hurlait le nom de son petit frère.

Briac criait lui aussi. Il se débattait dans les bras de Lucía.

« C'est mon frère ! Je dois le rejoindre ! Yann ! Yann !… Lâche-moi, Lucía !!

– Briac, il est trop tard ! Nous sommes trop loin ! Ils te repéreront ! Calme-toi !

– Yann ! Yann ! Noooonn ! Yann ! Pardon ! Pardoooooon ! »

Alors, comme réalisant soudain qu'il était trop tard, Briac pleura. Il pleura comme jamais il ne l'avait fait. Comme jamais il n'avait pensé que cela était possible. Pour la première fois de sa vie, il sentit un déchirement dans son cœur. Tout son être n'était que souffrance, tout sentiment heureux avait quitté ses veines. Il était un puits, un puits rempli de douleurs d'où débordaient de grosses larmes. Il aurait voulu continuer à crier, à hurler sa rage, à supplier de revenir en arrière mais aucun son ne sortit de sa bouche. Sa gorge était tenaillée, enserrée par les puissantes mains de la tristesse.

Lucía le serrait dans ses bras, assise sur le pont. Elle passait la main dans les cheveux de Briac comme une mère l'aurait fait. Elle pleurait elle aussi.

« Vous deux ! leur dit Vidfer. Que s'est-il passé ? »

Alors qu'il allait réitérer sa question, la porte de la cabine des officiers s'ouvrit et Doc en sortit avec Astaldor. Le capitaine était encore faible et ne pouvait marcher seul. Un bandage enserrait son bras gauche. Il était torse nu, les cheveux et le visage ruisselants. Il ordonna qu'on l'aide à atteindre la dunette et aussitôt le Doc et Staël qui était là aussi s'exécutèrent.

« Cap… Cap à l'ouest ! dit-il d'une voix tremblante à Vidfer.

– Capitaine, ils vont nous pourchasser ! Ne devrions-nous pas…
– Cap à l'ouest… Longez les côtes… Je veux qu'ils nous voient… Allumez tous les feux de position ! Chaque lanterne à bord… »

Sa voix était faible.

« Capitaine, ne faudrait-il pas…
– Les nuages sont épais, il fera nuit dans une poignée de minutes.
– Justement, est-ce que l'obscurité ne nous permettrait pas plutôt de…
– Vidfer, faites-moi briller ce navire, c'est notre seule issue !
– À… À vos ordres, Capitaine…
– Je… Je prends la barre. »

Le capitaine aidé de Vidfer se rapprocha du gouvernail. Puis, il empoigna la grande roue en bois tandis que le second hurlait les ordres qu'on lui avait donnés. Sans broncher, l'équipage s'anima et, rapidement, les premières lampes à huile s'embrasèrent. La pluie avait cessé mais il faisait désormais nuit. Les lumières brillaient dans le noir et donnaient un air presque féerique à L'Évasion. En haut du grand mât, une lanterne éclairait le ciel. La côte se para, elle aussi, de guirlandes jaunes. Les maisons, les petits phares, les ruelles, tous s'allumèrent à l'unisson. Cette île si terrible et froide prenait soudain une parure accueillante et chaleureuse. Contraste saisissant sur tribord, l'Océan à perte de vue était plongé dans les ténèbres.

Briac s'était endormi. Lucía n'osait plus bouger. Elle s'était emmitouflée dans des couvertures qu'on lui avait apportées et en avait disposé une sur le petit garçon. Elle fixait du regard les éclairages de la cité d'Akpä. Elle ne pleurait plus. Elle était perdue, incapable de choisir quelle émotion suivre. À bord, l'équipage relâchait la pression. Tous étaient sous le choc. D'abord, il y avait eu la vision d'un capitaine grièvement blessé, puis la fusillade, le départ précipité… Alors que tout semblait bien se passer, la situation avait viré à la catastrophe et ils ignoraient pour quelle raison. De petits groupes se formaient où des discussions à voix basse étaient échangées, plusieurs versions supposées des faits circulaient… Parfois, certains jetaient un coup d'œil au capitaine. Là-haut, comme un corps arrimé à la barre, il regardait droit devant lui, le regard déterminé et presque vide. Ils s'interrogeaient. Que s'était-il passé ? Pourquoi Éloi ne remontait-il pas sur le pont ? Pourquoi Lucía était-elle assise dans le froid à même le pont ? Que faisait Briac dans ses bras ? Où était son frère ? Même Tarïn ne trouvait pas les réponses à ces questions. D'habitude si sûr de lui et de ses histoires, il se perdait en hypothèses nimbées d'incertitude. Si on regrettait les cousins Dartös, le souvenir des deux canonniers n'était cependant pas le sujet le plus préoccupant. Ce qui concentrait les plus grandes peurs était bel et bien la route que continuait de suivre L'Évasion. L'ouest. Le continent défendu. La mort. Certes, ils avaient toujours eu confiance en leur capitaine mais là… était-ce toujours lui qui se trouvait dans le corps de cet homme meurtri ? Avait-il perdu la tête ?

Soudain, une voix transperça les cieux.

« Voiles à bâbord arrière ! » hurla Œil-de-Faucon du haut du nid-de-pie.

Aussitôt, l'agitation reprit à bord. Les hommes sortirent des entrailles de L'Évasion pour apercevoir les ennemis annoncés. Ils se penchèrent au-dessus du bastingage et tous les virent : huit navires ! Trois arboraient les armes des principautés de Lictée et cinq celles du royaume d'Opäle. Le trio de tête voguait plus vite que les autres et gagnait rapidement sur L'Évasion. La Lictée étant une terre de marins, ils possédaient les architectes navals les plus renommés et ainsi les meilleurs vaisseaux. Malgré sa course en avant, L'Évasion était prise au piège. D'ici une heure, les chasseurs auraient rattrapé leur proie.

Au même moment, de grands feux s'allumèrent au sommet des montagnes. Les tours d'alerte de Vartijaa. De puissantes flammes s'élevaient vers le ciel. Les feux d'alerte étaient normalement destinés à signaler les menaces de l'Ouest, c'était la première fois qu'on les utilisait pour une menace venue de l'intérieur. Comme on braque la lueur d'une lanterne sur un fugitif, les tours semblaient indiquer à L'Évasion que la course se terminerait bientôt. Pourtant, le navire d'Harmä ne cherchait pas à se cacher, bien au contraire et c'est ce qui inquiétait Vidfer. Revenant à la charge, il s'entretint avec Astaldor à la barre :

« Capitaine, faites ordonner qu'on éteigne les feux à bord, je vous en supplie.
– Le moment est venu, oui. Éteignez les feux, uniquement sur tribord.
– À vos ordres. Et sur bâb… ?
– Qu'on mette un canot à l'eau. Et mâtez-le.
– Pa… je vous demande pardon ?
– Vous m'avez entendu, Vidfer. Sur bâbord. Maintenant. Le plus gros canot que nous ayons à bord. Mâtez-le et hissez les voiles. Amarrez-le solidement et laissez-le à couple pour le moment.
– À vos ordres, Capitaine. »

Alors, une drôle d'opération se mit en place. Tandis que sur le pont et dans la mâture on éteignait les feux sur tribord, dix hommes s'activèrent auprès de grosses poulies et de puissants cordages. Ils amarrèrent les longs filins à une grande barque qui se trouvait le long du bord. En deux lignes de cinq, ils se mirent à tirer avec force sur les bouts. Aussitôt, les poulies en hauteur grincèrent et l'embarcation s'éleva. Les petites grues furent inclinées vers l'extérieur et le canot se retrouva suspendu dans les airs. Alors, avec précaution, les marins donnèrent du mou dans les cordages et, lentement, la barque vint toucher la surface de l'eau. On l'amarra fermement à L'Évasion afin que les deux coques restent collées. Quelques marins montèrent à bord et, à l'aide d'une des deux grues, ils relevèrent le mât couché sur la barque. Comme on plante un pavillon dans le sol, le mât trôna fièrement. Le manège était surprenant pour tous et pas seulement pour Vidfer. Pourquoi le capitaine avait-il ordonné qu'un canot soit mis à l'eau ? Pourquoi avait-il fait éteindre les feux sur tribord et non sur bâbord ? L'équipage discutait et s'inquiétait.

« Vidfer ! appela le capitaine. Qu'on installe à bord du canot trois grosses lanternes. Une en tête de mât, une à la proue et la dernière à la poupe !
– À vos ordres, Capitaine ! cria-t-il, puis à voix basse pour lui : au point où nous en sommes… »

Aussitôt dit, aussitôt fait. Trois marins fixèrent les lanternes à bord et au moment où l'un allait allumer l'une des mèches, la voix du capitaine résonna à nouveau :

« Ne les allumez pas ! Pas tout de suite ! À mon signal ! Je veux un homme pour chaque lanterne à bord de L'Évasion ! À mon signal, vous éteindrez tous les feux allumés !

Il se tourna vers les trois hommes dans l'embarcation :

– Et vous, vous allumerez les vôtres ! »

Les haubans se remplirent alors de gabiers qui grimpèrent avec agilité jusqu'aux lanternes allumées. Tous se tenaient prêts. Astaldor se retourna pour voir au loin la flotte qui les prenait en chasse. L'Évasion était arrivée à l'extrémité ouest au large de Vartijaa. Ce qu'il attendait. Alors, il donna le signal :

« Maintenant ! »

En une fraction de seconde, L'Évasion s'éteignit et l'embarcation s'alluma. Il n'y avait plus que le canot qui était éclairé et brillait dans la nuit. Alors Vidfer comprit :

« Capitaine, vous êtes un génie !
– Vous savez ce qu'il vous reste à faire, Vidfer ?
– Quel cap donnons-nous au canot ?
– Je vais venir au deux cent quarante sud-ouest. Nous avons dit au gouverneur que nous faisions voile vers Jakanä, il ne faudrait pas le surprendre...
– Et nous, où allons-nous ?
– Plus au nord. Vous verrez.
– À vos ordres, Capitaine. »

Aussitôt, Vidfer descendit de la dunette avec un cordage en mains. Il monta à bord de l'embarcation, s'assit près de la barre franche et la bloqua afin qu'elle aille tout droit. Après s'être assuré qu'elle était bien amarrée, il leva un regard vers le capitaine :

« Maintenant ?
– Maintenant ! »

Il tira alors sur l'écoute de grand-voile et celle-ci se gonfla aussitôt. Il borda également les voiles d'avant qui emprisonnèrent à leur tour le vent. Tout était prêt. Vidfer remonta à bord de L'Évasion par une petite échelle de corde et prit une petite hachette à un marin. Avec précision, il trancha une à une les amarres qui reliaient l'embarcation à L'Évasion. Quand la dernière fut tranchée, le capitaine donna un coup de barre vers le nord-ouest. Aussitôt, les deux coques se séparèrent. L'Évasion plongée dans le noir se dégagea sur la droite tandis que le canot tout illuminé continuait sa route vers Jakanä.

Les marins s'étaient rassemblés sur bâbord pour admirer le spectacle et Vidfer se tourna vers eux :

« Ils l'auront rapidement rattrapé. En moins d'une heure. Mais d'ici-là nous aurons disparu dans la nuit et nous serons loin. Maintenant, passez l'ordre à tout le monde à bord : aucun feu allumé, pas même une petite bougie et silence absolu jusqu'à demain matin !
– À vos ordres !
– Et deux hommes pour transporter ceux-là dans la cabine du capitaine », dit-il en indiquant Lucía et

Briac endormis sur le pont.

Alors qu'on s'activait en bas, Œil-de-Faucon, perché dans son nid-de-pie, scrutait les navires derrière eux. Le plan avait marché, ils prenaient en chasse le canot scintillant. Mais cela ne rassura pas le vieil homme. Qu'avait fait la délégation pour déchaîner la fureur des deux plus grandes puissances de cette terre ? Que faisait L'Évasion si loin à l'ouest ? Pourquoi mettre le cap sur le continent défendu ? Et pourquoi Yann avait-il sauté sans son frère ? Il avait vu toute la scène mais ne pouvait se l'expliquer. Un bruit sourd le fit sursauter. Derrière lui, un petit félin de la taille d'un gros chat venait de le rejoindre.

« Eh bien, en voilà une agréable surprise. Je te pensais plus amoché quand je t'ai vu remonter à bord. Raconte-moi tout ce qui s'est passé à Vartijaa… »

CHAPITRE XVII

LA MISSION D'ASTALDOR

Ce furent les premiers rayons du soleil qui réveillèrent Briac.

La vision encore floue, il prit quelques minutes pour s'habituer à la lumière. Il reconnut rapidement l'endroit où il était, la cabine du capitaine. Il fut surpris de voir qu'il partageait son lit avec Lucía qui dormait à poings fermés de l'autre côté. Il se releva et frotta ses yeux. Il avait dormi tout habillé, ses vêtements froissés par le sel de mer qui avait séché durant la nuit. Il mit les pieds au sol et fit quelques pas. Ses jambes, son dos, tout son corps semblait fatigué, engourdi de courbatures. Il parvint jusqu'à la petite table de bois et se servit un verre d'eau. Cela lui fit le plus grand bien même si au fond de lui il avait l'étrange sensation que quelque chose n'allait pas, que quelque chose de grave s'était passé. Il avait un poids dans la poitrine gauche, une sensation désagréable qu'il n'avait jamais connue. Qu'était ce sentiment ? Il fallait en parler à Yann. Peut-être n'écouterait-il pas mais lui dire le rassurerait.

Soudain, alors qu'il allait quitter la pièce, son monde s'effondra. Le poids dans sa poitrine devint plus lourd et se transforma en douleur aiguë et tranchante qui se répandit partout en lui. Yann. Le saut. Les cris dans l'eau. Et puis, plus rien. Le noir. Non, tout cela ne pouvait s'être passé. Ce n'était qu'un mauvais rêve. Vite, aller le retrouver. Il devait être en haut comme toujours avec Œil-de-Faucon.

Briac ouvrit violemment la porte et courut vers le pont principal. « Yann ! Yann ! Où es-tu ? Yann ! » Continuant sa course, il traversa le navire de la dunette jusqu'au mât principal. Une voix derrière lui l'appelait :

« Briac ! Briac, attends ! »

C'était Éloi. Il pouvait attendre. Juste le temps de retrouver Yann en haut du mât.

« Briac, attends-moi ! Écoute-moi !
– J'arrive, je vais voir Yann !
– Non, attends ! »

Mais Briac n'attendit pas. Il agrippa le hauban et se hissa. Malgré les appels d'Éloi, il grimpa aussi vite qu'il pouvait comme si Yann allait disparaître.

« Briac, attends-nous ! Descends, nous devons discuter », cria Lucía qui avait rejoint Éloi sur le pont.

Mais pourquoi voulaient-ils tous l'arrêter ? Ils pouvaient bien se passer de lui pendant quelques secondes. Ne pouvait-il pas juste dire bonjour à son frère ? Le sommet, bientôt. Voilà, plus que quelques mètres. Plus qu'une main. Maintenant se hisser et…

Œil-de-Faucon était assis et le regardait. Sans un bruit. Sans aucune surprise. Briac se figea. Les yeux écarquillés, le souffle coupé. Ce regard d'Œil-de-Faucon, cet air triste, cette compassion. Non, cela ne pouvait être vrai. Pas Yann. Et… et s'il dormait encore dans son hamac ? Il était sûrement endormi sous le pont supérieur ! Mais oui ! Vite, descendre, pour le réveiller !

Mais une main se posa sur son épaule et il entendit les mots qu'il essayait de chasser de son esprit :

« Il n'est pas en bas non plus, petit. Il n'est plus à bord.
– Non, ne…
– Viens là, petit… Approche, le coupa Œil-de-Faucon. Calme-toi… »

Le vieux marin le serra dans ses bras avec une douceur maladroite mais sincère. Puis, il lui glissa quelques mots à l'oreille :

« Il ne pouvait plus continuer avec nous. C'était trop dur. Il était malheureux. Tu n'as rien à te reprocher, petit. Le destin est ainsi. Il faut l'accepter. »

Briac avait la gorge nouée. Il ne pouvait plus parler. Pour la deuxième fois, en deux jours, on déchirait le voile de son enfance. Qu'allait-il devenir ? Il était seul sur ce navire, seul sans son grand frère. Et Yann ? Où était-il en ce moment ? Une pensée lui traversa l'esprit et son regard se mua en détresse. Œil-de-Faucon devina son inquiétude et n'eut pas le courage de lui dire la vérité :

« Il a dû s'en sortir, ne t'inquiète pas pour lui. Il est vaillant et rusé, il a dû se jouer des gardes.
– Tu es sûr ? balbutia Briac.
– O… oui, oui, j'en suis sûr.

Éloi parvint à son tour au nid-de-pie :

– Briac ! Tu vas bien ?
– Éloi… Yann, il n'est plus…
– Je sais, Briac, je sais, répondit Éloi en le prenant dans ses bras. Tout va bien, nous allons t'aider. On m'a raconté. Tu as fait le bon choix, je suis fier de toi, nous le sommes tous. Tu n'es pas seul.
– Je ne peux pas vivre sans Yann…
– Ce sera difficile mais tu es fort. Je n'ai jamais vu autant de force de caractère chez un si jeune garçon. Tu vas faire de grandes choses ici. Yann sera fier de toi, je te le promets.

– Tu crois ? Comment pourrait-il être fier sans être ici à bord ?
– Tout se voit, Briac, ici ou ailleurs. Tôt ou tard, il verra ce que tu auras fait et il sera admiratif. Je te le promets. Allez, descendons de ce mât, Lucía se fait un sang d'encre en bas. »

Briac acquiesça tout en rougissant légèrement. Alors, après avoir adressé un timide merci à Œil-de-Faucon, il descendit du mât accompagné d'Éloi. Ce dernier n'avait pas menti, Lucía les attendait en bas. À peine Briac posa-t-il le pied au sol qu'elle le prit dans ses bras.

« Quand je t'appelle comme ça, tu pourrais au moins m'écouter ! Quelle idée de monter si haut dans cet état !
– Je suis désolé mais...
– Il va bien, Lucía, ne t'en fais pas, intervint Éloi. Il est encore plus courageux qu'on ne le pense.
– Courageux peut-être mais je l'aurais préféré sourd, au moins j'aurais pu l'excuser », plaisanta Lucía en secouant gentiment Briac par les épaules.

Alors, les trois amis allèrent s'installer à la proue du navire. Assis sur des canons, ils discutèrent des évènements de la veille. Briac était triste mais les mots d'Éloi et la démonstration d'amitié de tous lui redonnèrent une petite étincelle de joie.

« Comment le capitaine a-t-il pu me faire ça ! Il nous a tous mis en péril, nous aurions pu mourir !
– Je ne sais pas, Lucía, avoua Éloi. J'ignore pourquoi le capitaine a risqué sa vie, la nôtre, celle de son équipage et de son navire pour continuer à l'ouest. C'est la première fois que je le vois comme ça. Mais s'il est prêt à tous les sacrifices, c'est que notre mission doit être d'une importance capitale.
– La mission ! Toujours la mission ! Personne ne sait ce que nous faisons et où nous allons ! Est-ce que quelqu'un à bord peut me dire ce que nous faisons à l'ouest de Vartijaa ? »

Une voix derrière eux les fit sursauter :

« Votre question va pouvoir trouver sa réponse, Mademoiselle, dit Vidfer d'une voix profonde, le capitaine vous convie tous les trois dans la cabine des officiers. »

Surpris par l'apparition du second, ils acquiescèrent et prirent la direction de la poupe. Vidfer s'arrêta quelques secondes pour contempler l'horizon. La mer à perte de vue mais surtout aucune voile. Ils avaient bel et bien échappé à leurs poursuivants mais pour combien de temps ? L'air inquiet, il pivota sur lui-même et rejoignit les trois amis qui pénétraient dans la cabine des officiers.

L'atmosphère y était pesante. Les rideaux avaient été fermés et seules quelques faibles bougies permettaient de discerner le décor. Une forte odeur de tabac flottait dans l'air. La fumée piquait les yeux et fit tousser Briac et Lucía. Astaldor tournait en rond comme un fauve enfermé dans une cage trop petite. Il tirait régulièrement des bouffées sur sa pipe en fixant le sol et en marmonnant des mots incompréhensibles. L'entrée de la petite équipée l'arracha à ses pensées et il les invita à prendre place à la grande table. Alors que Lucía prenait une inspiration et ouvrait la bouche, le capitaine leva aussitôt la main :

« Non. Pas maintenant. Après. »

Il fit une pause pour regarder chacun. Lucía était furieuse et elle avait toutes les raisons du monde de l'être. Elle serrait les lèvres si fortement qu'il pouvait ressentir l'effort qu'elle faisait pour ne pas lui hurler au visage toute sa colère. À côté d'elle, Éloi le regardait. Il portait cette même mine enthousiaste qu'il ne quittait jamais. Pourtant, Astaldor le savait, le jeune homme devait être déçu. Il était trop gentil pour le lui montrer, trop compatissant pour lui imposer un poids plus lourd qu'il ne portait déjà. Éloi se dissimulait derrière un masque pour le soutenir. Comment y arrivait-il ? Vidfer, de son côté, en était l'opposé. Certes, il n'était pas furieux comme Lucía mais, pire encore, il était inquiet. La peur et l'appréhension dévorent autant la confiance que le sel de mer détruit le métal. Cette inquiétude pouvait créer une rouille inéluctable si le capitaine n'agissait pas rapidement. Et, enfin, Briac. Le garçon l'avait surpris. Vidfer avait visé juste. Il avait le profil idéal pour devenir une oreille : apprécié de tous, craint par aucun, loyal... Son grand frère était différent, peut-être était-ce une bonne chose qu'il ait disparu ? Sa perte était cependant dangereuse car comment pouvait-on désormais prévoir la réaction du petit ? Il avait la mine abattue. Lui aussi devait être remobilisé pour la réussite de la mission. La seule façon d'y arriver était de leur expliquer, de leur expliquer tout. Il aurait besoin des quatre pour la suite. Vidfer et Éloi devaient être ses relais vers l'équipage, Briac son oreille infiltrée pour palper l'ambiance à bord et Lucía serait utile une fois à terre. On ne se méfie jamais d'une femme. On lui parle, on lui fait la cour, on l'invite même chez nous. Lucía aurait un rôle des plus importants dans la réussite du plan. Le moment était venu. Il ne pouvait plus faire marche arrière. Il reprit :

« Nous venons de vivre des évènements qui ont bouleversé notre aventure, notre vie et nos certitudes. Je le vois dans vos yeux, vous êtes tristes, déçus, inquiets, perdus et rien de cela n'est plus normal au vu des dernières heures que nous avons passées. J'ai moi-même été ébranlé dans mon rôle de capitaine. Ma blessure au bras n'est que peu de chose à côté de la peine ressentie par les disparitions de membres de l'équipage et la situation incertaine dans laquelle je vous ai plongés. Vous remettez en cause mes choix qui vous paraissent dénués de sens ? Pire encore, vous en avez peur ? Eh bien, vous avez raison. Vous avez raison car pour l'instant, il ne peut en être autrement. Vous ne disposez d'aucune clé pour analyser les récents évènements, mais je vais vous dévoiler les tenants et aboutissants de notre mission. Il a longtemps été nécessaire d'en garder le but secret afin de nous préserver de toute attaque mais il est dorénavant temps de mettre de la lumière sur l'obscurité de vos interrogations. Il n'a jamais été agréable de préserver la confidentialité de ces informations et le poids que vous porterez d'ici quelques instants est infime par rapport à celui qui m'incombe depuis plusieurs mois. Ce que je vais vous dire devra rester absolument secret et seul Monsieur Vidfer sera chargé d'en dévoiler une partie à l'équipage. En temps voulu. La réussite de notre mission tient plus que tout à son secret et c'est parce que j'ai confiance en vous que je vous la dévoile aujourd'hui. »

Là encore, il fit une pause. Un feu s'était allumé dans les yeux de son auditoire. Il avait su faire disparaître toute animosité, crainte et tristesse pour engendrer de la curiosité, voire de la reconnaissance. Il reprit :

« Vous connaissez tous l'histoire des Quatre Princes et de la Grande Guerre contre les Autres. Ce conflit a marqué durablement nos ancêtres mais le plus lourd tribut fut payé par le seul pays d'Harmä. Alors que les vainqueurs célébraient la victoire, la vieille contrée du Nord s'est enfermée dans un sombre sommeil. Peu de gens savent aujourd'hui pourquoi la première terre d'accueil des Princes est tombée dans l'oubli. Elle laisse le témoignage d'un territoire en ruines balayé par les vents de l'Océan, mais il n'en a pas toujours été ainsi. Il fut un temps où le pays d'Harmä dînait à la table des grandes puissances de notre monde et où sa voix portait autant, si ce n'est plus, que celle de ses voisins. Alors que s'est-il passé ? Pourquoi une telle chute ? Quel traumatisme a touché notre État ? »

Astaldor s'interrompit de nouveau. Il se dirigea vers un petit meuble en bois au fond de la pièce. Il sortit de sa poche une clé et l'inséra dans la serrure d'un tiroir. Il tira ensuite la poignée, saisit quelque chose à l'intérieur et se retourna vers son auditoire. Il tenait dans ses mains un grand livre. La couverture était poussiéreuse et il souffla dessus. Les pages avaient été jaunies par le temps et l'humidité avait fait onduler leurs contours. Astaldor vint se replacer auprès de son auditoire et, toujours sans un mot, posa le livre à plat sur la table. Un timide faisceau de lumière transperça un rideau et éclaira la couverture. Briac put y lire une fine inscription dorée : *Les Chroniques de Prolis – La*

Chute du pays d'Harmä – par Samïdor le Grand. Le capitaine tourna les premières pages avec délicatesse, s'arrêta sur l'une d'elles et commença sa lecture :

« C'est en l'an 402 de notre ère que prit fin la Guerre de l'Ombre. Il ne fut signé aucun armistice avec l'ennemi, sa fuite à travers les océans scellant l'abandon des combats. La disparition des forces de la Nuit fut célébrée aux quatre coins de Prolis. Dans chaque capitale, chaque ville, chaque village et chaque hameau furent installées des lumières et des banderoles. Les rires remplacèrent les pleurs ; la musique, le tocsin d'alarme ; l'espoir, la peur. C'est pourtant dans une ambiance pesante que se réunit le Conseil des Quatre Rois. Les monarques victorieux s'enfermèrent dans la salle du conseil à Hylkhäm en pays d'Harmä. L'ordre du jour porta sur la disparition du Globe des Premiers Vents, la perte d'un talisman d'Amparion mettant en danger le charme des différentes forces et, plus encore, la sécurité du continent. Nul scribe et observateur ne fut autorisé à assister à la réunion et nul ne sut jamais ce qui se dit ce jour-là. Les premières directives publiées à travers les quatre États furent cependant les principaux témoins de ces échanges : la capitale continentale fut déplacée du pays d'Harmä pour s'établir dans la grande ville de Synkä au cœur du royaume d'Opäle. L'ensemble des centres culturels et des grandes universités de Prolis déménagèrent également en Opäle et en Lictée. Les guildes des marchands, des agriculteurs et des artisans quittèrent les terres du Nord pour s'installer durablement dans le Sud. Petit à petit, le pays d'Harmä se dépeupla et l'ancienne cité des Premiers Hommes tomba dans une longue agonie. Alors que le sanctuaire d'Ikä Tammi se dressait au centre de la mystérieuse Vihreä, une ère de prospérité s'installa durablement pour les deux puissances de Prolis. L'histoire qui s'était construite à quatre devint légende et le futur prit les allures que lui donnèrent le royaume d'Opäle et les principautés de Lictée. »

Astaldor interrompit sa lecture, se releva et se tourna vers son auditoire. Ils étaient tous abasourdis, tous sauf Briac qui ne comprenait pas en quoi ce que venait de lire Astaldor avait une quelconque importance.

« Alors ? demanda le capitaine.

Un silence parcourut la pièce. Vidfer fut le premier à le briser :

– Est-ce pour cela que nous sommes en ruines ? Parce que le Globe des Premiers Vents a disparu ?
– Il semble en effet que cela en soit la raison, répondit Astaldor.
– Comment le talisman a-t-il disparu ? Est-ce de la faute d'Harmä ? demanda Éloi.
– C'est une bonne question dont je n'ai malheureusement pas la réponse. Ce livre est le dernier exemplaire

du grand Samïdor, il était gardé précieusement dans la bibliothèque royale d'Hylkhäm. Comme vous pouvez le voir, des pages ont été arrachées avant le passage que je vous ai lu. Il est probable qu'elles décrivent les circonstances de la perte du Globe.
– Si le pays d'Harmä a été puni, la disparition du talisman doit sans nul doute lui être imputée, remarqua Lucía.
– Peu importe ! Est-ce une manière de traiter un État allié après une guerre passée à combattre côte à côte ! répliqua Vidfer.
– Du calme ! ordonna Astaldor avant que Lucía ne puisse répondre. Cette entrevue n'a pas pour but de ressasser de vieilles querelles ni de débattre de décisions prises par nos ancêtres.
– Excusez-moi, dit calmement Briac. Pourquoi la perte du Globe est-elle si importante ? À quoi servait-il ?

Alors que tous les regards se posaient sur lui, Briac comprit qu'il avait sûrement posé une question absurde, ce pour quoi il ajouta :

– Je ne connais pas grand-chose au monde, vous savez…
– Tu n'as pas à te justifier, répondit Éloi. Te souviens-tu du conte de Tarïn sur les Quatre Princes ? En découvrant notre monde, ils reçurent tous des mains du grand roi Amparion des talismans : la Flamme Éternelle, la Fiole des Larmes, le Gland des Âges et enfin

le Globe des Premiers Vents. Chacun de ces objets était habité d'une source d'énergie si puissante qu'elle offrait à son détenteur d'incroyables pouvoirs. Transmis de père en fils, les charmes devinrent l'apparat des monarques de Prolis et les talismans leur légitimité d'accession au trône. C'est la combinaison de ces sources de pouvoirs qui permirent aux Hommes de remporter la Guerre contre les Autres.

– Ainsi, en l'absence de talisman, on ne pouvait devenir roi ? Est-ce pour cela que le pays d'Harmä n'est plus considéré comme un royaume ?

– Cela est sûrement l'une des causes, oui, répondit Astaldor.

– Sans Globe des Premiers Vents, qu'est devenu le charme de l'air ?

– Seul un détenteur de talisman pouvait charmer une force, répondit Astaldor. Sans talisman, la maîtrise s'affaiblit et la transmission à un héritier devient impossible. Le charme de l'air disparut sans qu'aucun ne puisse l'empêcher.

– Aujourd'hui, il ne reste que deux charmeurs des forces, le roi d'Opäle avec le feu et le prince de Lictée avec l'eau, ajouta Éloi. Quant au Gland des Âges, il n'a jamais offert de réel charme et reste une véritable énigme. On dit qu'il a été planté en terre sur l'île de Vihreä et qu'un grand chêne a poussé à cet endroit.

– Je comprends les prodiges que peuvent accomplir les charmeurs des forces et la nécessité de disposer d'un talisman pour devenir roi, mais est-ce si grave si le Globe des Premiers Vents a été égaré ? De là à vider le pays entier de ce qu'il était... demanda Briac.

– Les forces fonctionnent en équilibre, répondit Astaldor. Alors que le charme du vent avait disparu depuis plusieurs siècles, ceux du feu et de l'eau furent tant utilisés que des dysfonctionnements sont apparus. Des phénomènes inhabituels. Des animaux se transformèrent, des forêts s'animèrent, des ruisseaux remontèrent leur lit et, chez les hommes, des enfants naquirent avec des dons prodigieux. On appela l'utilisation de ces dons "magie" et on parla de "magiciens", afin de ne pas confondre avec la noblesse du charme des forces. Au cours des années qui suivirent, on remarqua cependant qu'à mesure qu'on utilisait la magie, la puissance des charmes de l'eau et du feu s'affaiblissait. Plus encore, les magiciens étaient rapidement dépassés par leurs dons et, en l'absence de toute formation pour apprendre à les maîtriser, ils semèrent la zizanie aux quatre coins de Prolis. Terrifiés par l'affaiblissement du charme de l'eau et du feu et par les nombreux troubles à travers le continent, les États protecteurs ratifièrent le fameux *Décret I.* L'utilisation des charmes devenait ainsi strictement encadrée et restreinte à un contexte de nécessité absolue tandis que la magie était dorénavant proscrite. Tout homme né avec des facultés magiques se devait de les ignorer sous peine d'être emprisonné. La peine de mort fut

appliquée aux plus récalcitrants. Il fallait économiser au maximum toute source de puissance et en réserver l'utilisation exceptionnelle aux seuls rois.
– Je ne comprends pas le rapport avec le Globe... continua Briac.
– Ce fut la perte du Globe des Premiers Vents qui déclencha ces évènements. L'affaiblissement des charmes, la naissance de la magie et de ses désordres, la perte de la légitimité d'un ancien royaume...
– Ces histoires sont belles, Capitaine, mais venons-en au fait. Pour quelles raisons nous racontez-vous cela ? demanda Lucía.
– Maintenant que vous connaissez la raison de la chute d'Harmä, voici la clé de notre mission.

Il fit une pause et parla à voix basse :

– Il est très probable que nous ayons retrouvé le Globe des Premiers Vents.

Stupeur dans la cabine. Personne n'osa prendre la parole, tous invitèrent du regard le capitaine à continuer son histoire :

– Il y a deux ans, sa majesté Melreüs, roi du pays d'Harmä, a reçu une nouvelle de la plus haute importance de l'un de ses espions. Il semblerait que des signes autrefois entrevus dans la Grande Harmä eussent été aperçus au nord du continent défendu. Des animaux habituellement dépourvus d'ailes volaient dans les cieux et des voix résonnaient dans les grandes bourrasques. D'autres signes dont je ne connais pas la teneur ont été observés et rapportés à notre roi dans le plus grand secret. Sa majesté Melreüs décida donc de monter une expédition confidentielle. Un navire fut affrété avec à son bord des hommes sûrs triés sur le volet dont le capitaine Ogar Fledmark, un fin marin que je connais bien. Avec lui embarqua une équipée d'historiens, d'astronomes et d'autres spécialistes des forces et de leur charme. Se faisant passer pour des marchands, ils réussirent à atteindre la région septentrionale du continent défendu, les Errances de l'Argoät. Là, ils construisirent un camp dans la plus grande des discrétions et commencèrent leurs observations. Rapidement, les découvertes qu'ils firent furent envoyées sous scellés à sa majesté Melreüs et le monarque eut de leur part la confirmation que la présence du Globe des Premiers Vents était loin de n'être qu'hypothétique. Seulement, si la correspondance se faisait régulièrement entre les scientifiques et Melreüs, voilà près d'un an que les nouvelles sont interrompues. Le monarque a dépêché sur place les quelques espions dont il disposait à Taïvas mais aucun n'a plus donné signe de vie.

– Pourquoi Melreüs n'a-t-il pas demandé aux troupes d'Opäle de se rendre sur place ? demanda Lucía.

– Melreüs savait que le Globe des Premiers Vents était le seul moyen pour notre pays de retrouver sa

grandeur. Il préféra également être méfiant, un artefact aussi puissant pouvait attirer les puissances protectrices pour de mauvaises raisons.
– Cela n'est que sottises ! Les États protecteurs sont là pour protéger Prolis et les Hommes libres, pas pour s'emparer de pouvoirs à leurs dépens, s'indigna Lucía. Avec ce nouveau talisman, l'utilisation des charmes redeviendrait un puissant rempart contre les Autres.
– C'est un avis très louable mais qui n'a pas toujours fait l'unanimité au sein du royaume d'Opäle et des principautés de Lictée, répondit mystérieusement Astaldor. Ainsi notre roi, sans nouvelles depuis des mois de l'expédition du capitaine Ogar Fledmark, décida d'organiser une seconde mission secrète pour la retrouver et comprendre les causes de son silence.
– Et c'est là que nous intervenons, grommela Vidfer.
– C'est exact, c'est là que nous intervenons. J'ai été convié au palais voici près de deux mois. Là, j'ai été mis au courant des faits que je vous partage ainsi que de notre mission et d'informations confidentielles comme la localisation précise du camp. Mais, par mesure de sécurité, je les garderai secrètes jusqu'au moment opportun.
– Eh bien moi qui pensais qu'on allait droit dans la gueule du loup, je n'étais pas très loin de la vérité tout compte fait ! railla Vidfer.
– Que pensez-vous qu'ils soient devenus ? Les hommes de l'expédition ? demanda Éloi.

– Nous n'aurons la réponse qu'en étant sur place. Cependant, mon instinct ne m'invite pas à imaginer des scénarios très louables.
– Capitaine, se lança Briac. Quand mon frère Yann est parti…

Il fit une pause :

– Il m'a parlé de ce que vous avez vu dans la cabine du capitaine pirate et de ce que nous a montré le gouverneur. Qui sont les membres de l'Ordre du Soleil ? Sont-ils dangereux pour notre mission ?

Au regard d'Astaldor, Briac sut qu'il avait eu raison de s'armer de courage. Il avait vu juste. Astaldor eut un petit sourire pour reconnaître l'audace du jeune homme et répondit :

– Ton frère avait raison. Le signe que nous a dessiné le gouverneur est effectivement un dessin que j'avais entrevu lors de l'abordage. Cette représentation est celle d'une organisation secrète créée il y a quatre siècles, au début du Temps de la Lumière. À ce moment-là, elle n'avait rien de secret et avait même été instituée officiellement par la Couronne du royaume d'Opäle. L'organisation qui regroupait les meilleurs soldats de l'armée opälienne avait pour but de retrouver le Globe des Premiers Vents et de le restituer au royaume d'Harmä. Durant de nombreuses années, les membres de l'Ordre du Soleil sillonnèrent terres et mers mais ne purent trouver ne serait-ce qu'un indice sur la localisation du talisman. Pire encore, au fil des siècles, un nouveau courant de suprématie opälienne se répandit dans ses rangs. Il fallait trouver le Globe non plus pour le pays d'Harmä mais bel et bien pour la gloire du royaume d'Opäle. Ces idées eurent beaucoup de succès au sein de l'Ordre ainsi qu'en dehors et, petit à petit, naquit dans les esprits une mouvance plus extrême : doter le royaume d'Opäle de l'ensemble des talismans d'Amparion. Le grand roi avait divisé son pouvoir pour ses quatre fils et les membres de l'Ordre fantasmèrent de revoir apparaître un nouvel Amparion, charmeur des quatre forces. Bien qu'ils n'y fissent pas tout de suite attention, les rois de Prolis furent forcés de prendre au sérieux la menace de ce courant au sein de l'Ordre du Soleil. Des débordements et des heurts éclatèrent aux quatre coins du vieux continent. Des personnalités publiques qui s'exprimaient contre l'Ordre du Soleil trouvèrent inexplicablement la mort, des familles se divisèrent, le fils tua le père, les frères s'égorgèrent… Le roi d'Opäle prit alors la décision de dissoudre l'Ordre et d'enfermer les plus haut gradés de ses membres. Il devint interdit d'en parler sous peine d'arrestation et rapidement le nom de l'Ordre disparut de la scène politique. Depuis des siècles, il n'était plus qu'un obscur souvenir bien que certains affirmassent que dans l'ombre ses serviteurs continuaient d'agir. Cela n'était bien entendu

que des rumeurs mais sa majesté Melreüs les prit au sérieux et m'en informa lors de notre entrevue. Malheureusement, notre roi vit juste et par deux fois nous eûmes la preuve que l'Ordre du Soleil était toujours actif.
– Pensez-vous que cela soit lié à notre mission ? demanda Lucía.
– J'ose espérer que cela n'est qu'un concours de circonstances. Nos objectifs sont secrets et l'information ne peut avoir fuité. Cependant, si l'Ordre venait à apprendre nos récentes découvertes à propos du Globe... il est certain que nous serions amenés à essuyer ses assauts.
– Comme si être poursuivis par la flotte du gouverneur ne suffisait pas... râla Vidfer.
– Comment fait-on pour créer un nouvel Amparion ? demanda Briac. Est-ce seulement possible ?
– Bien que cela ne soit aucunement souhaitable pour la paix sur Prolis, il serait effectivement possible à un homme de charmer les quatre forces. Du moins, c'est ce qu'affirmaient les membres de l'Ordre. Ils disaient qu'un rituel et la possession des quatre artefacts permettraient à un descendant d'Amparion de devenir la nouvelle figure de son illustre ancêtre. De là à ce que ce soit la vérité...
– Ils devraient donc voler notre artefact mais aussi celui du pays de Lucía... cela me paraît impossible... pensa à voix haute Briac.

– J'ignore l'ensemble du plan de l'Ordre pour parvenir à ses fins. Cependant, si j'étais eux, je commencerais par retrouver le Globe des Premiers Vents. Ce serait le plus facile à voler.
– Ainsi, Capitaine, notre destination est le nord de Taïvas ? Nous devons nous rendre au camp d'Ogar Fledmark et des scientifiques ? demanda Éloi.
– Effectivement, c'est notre destination.
– Vous n'avez jamais eu l'intention de m'emmener à mon mariage, n'est-ce pas ? dit sèchement Lucía.
– Je n'aurais jamais osé vous tromper à ce point, chère Lucía. Nous aurions bien entendu fait une première halte à Jakanä pour vous débarquer avant de reprendre la mer », répondit Astaldor.

Il avait menti mais cela était nécessaire. Tous auraient un rôle important à jouer dans la suite de la mission, il fallait s'assurer qu'ils restent dans son camp. L'équipage allait suivre les officiers, Lucía servirait de couverture à terre et Briac remonterait discrètement l'humeur des hommes à bord. Tout était en place. Le capitaine sourit intérieurement et déboucha une bouteille de vin. Il servit cinq généreux verres et en donna un à chacun. Il leva le sien :

« À notre mission et sa réussite ! »

CHAPITRE XVIII

LA GORGE SECRÈTE

Une semaine s'écoula depuis qu'Astaldor avait dévoilé la vérité à propos de la mission de L'Évasion. Pour Briac, les objectifs n'étaient pas aussi clairs que pour le reste des personnes mises dans la confidence. Il lui semblait absurde qu'un talisman puisse avoir autant d'importance. Plus que cette incompréhension, Briac avait peur. Il craignait l'Ordre du Soleil et ses membres assassins. Il s'en voulait d'avoir hésité à suivre son frère. Yann… Où était-il à présent ? En prison ? Mort ? Cette idée donnait à Briac le vertige et il devait se forcer de la balayer de son esprit. Ce combat de chaque instant, il le perdait souvent le soir quand il regardait les étoiles à travers un sabord. Alors, il pensait à Yann et il pleurait. Briac n'aimait plus son aventure à bord, elle n'avait plus le même goût et il se sentait seul. Chaque jour à la tombée de la nuit, il devait se rendre discrètement dans la cabine des officiers et rendre compte au capitaine des discussions qu'il avait entendues. Il détestait ce rôle. Il avait l'impression de trahir l'équipage et de ne plus pouvoir être lui-même. Les marins se confiaient à lui et il répugnait à l'idée de divulguer leurs secrets à Astaldor.

Certes, Éloi essayait tant bien que mal de s'occuper de Briac, ils prenaient quelques repas ensemble et discutaient durant les temps de repos mais le jeune officier était très occupé et ses attentions ne suffisaient pas à combler l'absence de Yann. Même Lucía n'avait pas assez de temps pour Briac. Depuis quelques jours, elle s'était enfermée dans sa cabine et n'en sortait que très rarement. Éloi disait qu'elle vivait un chamboulement, mais Briac en voulait à Lucía. Il avait besoin d'elle et elle semblait ne pas du tout s'en soucier.

À bord, l'atmosphère n'était plus à l'euphorie des dernières semaines. Toute lumière était interdite et les bruits, prohibés. Il fallait rester discret, indétectable face à la meute de navires lancés à leurs trousses. L'équipage était fidèle au capitaine et les ordres transmis par Vidfer étaient encore strictement appliqués mais quelques voix commençaient à s'élever et la situation se tendait de jour en jour.

La nouvelle qu'Œil-de-Faucon annonça du haut du grand mât ne contribua pas à calmer les esprits. Une tempête par le travers bâbord. Et elle filait droit sur eux. En moins d'une heure, les cieux s'obscurcirent et il fit nuit en plein jour. Le vent se mit à souffler avec force et les premiers embruns apparurent sur les moutonnements des vagues. Vidfer ordonna de réduire la voilure et envoya des hommes dans la mâture pour carguer les voiles. Briac en fit partie. Agrippé à une vergue du grand mât, les pieds en équilibre sur un fin cordage, il se mit à ranger le petit hunier perché à une quinzaine de mètres d'altitude. C'est à ce moment-là que le premier éclair fendit les cieux. La foudre s'abattit à quelques mètres de L'Évasion et sa lumière aveugla un gabier qui se chargeait de la même voile que Briac. Surpris, il fit un mauvais geste et perdit l'équilibre. L'homme ne put se rattraper et tomba en arrière. Son cri glaça le sang de Briac. Sa course s'arrêta brutalement tout en bas contre le plancher du pont. Au même moment, une vague coucha le bateau qui gîta sur tribord. Briac eut le temps d'empoigner un filin et d'enserrer la vergue. Il ferma les yeux, serra fort ses bras autour de la voile. Le vent redoubla de force et une rafale délivra le tissu de ses cargues. Le hunier se déploya d'un coup et se mit à claquer férocement dans les airs. Le bruit terrifia le jeune garçon qui n'osait plus bouger. Au pont inférieur, L'Évasion roulait si violemment que la gîte brisa le cordage qui retenait l'un des canons. L'engin fut entraîné en arrière et prit de la vitesse. D'un incroyable réflexe, Taïn évita le canon en se jetant sur sa gauche. Un homme lança une planche de bois par terre mais le canon la fit voler en éclats sans même ralentir. Dans un impressionnant craquement, la pièce d'artillerie vint percuter la coque sur tribord. Au même moment, une autre vague coucha L'Évasion dans l'autre sens et le canon repartit de plus belle en avant. Sa gueule vint cette fois-ci taper sur la coque à bâbord qui gémit à son tour.

« Il faut stopper sa course ! Il va faire un trou dans la coque ! » hurla Tarïn.

Aussitôt, les marins présents s'organisèrent. Ils se munirent de deux gros cordages qu'ils amarrèrent d'un côté à un imposant pilier. En évitant la course folle du canon, deux hommes prirent chacun un bout et coururent en face vers un autre pilier. Ils attendirent le passage du canon qui roula sur les deux cordes au sol et rapidement ils firent le tour du pilier et les amarrèrent solidement. La barrière allait encaisser le choc mais ne serait pas capable d'immobiliser l'engin alors Staël prépara un autre cordage. Le canon se heurta de plein fouet au barrage et Staël plongea aussitôt pour l'amarrer. Les marins vinrent lui prêter main forte et réussirent tant bien que mal à immobiliser la pièce. Ils ne purent pas souffler très longtemps car le canon avait bien entamé le bois de la coque et une voie d'eau venait d'apparaître.

Perché dans les airs, Briac sentait ses forces diminuer. Le jeune garçon décida de regagner l'abri relatif du mât quand un nouvel éclair frappa le nid-de-pie. Un cri retentit. « Œil-de-Faucon ! » se dit aussitôt Briac. Avec une aisance impressionnante, il réussit à rejoindre le mât et n'eut que quelques mètres à faire pour atteindre le sommet. Le bois était encore fumant et noirci par la foudre. Œil-de-Faucon se trouvait là, allongé, inerte. Briac prit pied sur la petite plateforme et tenta de ranimer le vieil homme. Alors qu'il le secouait vigoureusement, Œil-de-Faucon ouvrit les yeux et reconnut Briac. D'une voix faible, à peine perceptible, il lui dit :

« Ah, petit, c'est toi… Veille… Veille sur le capitaine, j'ai vu des choses, je ne pourrai plus… surveiller… Ce n'est pas Piatö… L'Ordre… le Soleil… c'est…
– L'Ordre du Soleil ? Qu'est-ce qu'il y a ? Qu'avez-vous vu ? »

Mais le vieux marin ne répondit pas. Dans un râle glaçant, il rendit l'âme. Briac eut le souffle coupé. Il vivait un cauchemar. Un cauchemar éveillé. Alors qu'il fixait le corps, son regard fut attiré dans les haubans par une petite forme qui grimpait rapidement vers lui. Dans une telle cohue, il était difficile de la reconnaître mais Briac y parvint finalement : le chat ! Encore une apparition ! Cette fois-ci il en était sûr, ce n'était pas un chat, c'était bien plus gros. Alors que son attention était fixée sur le félin, un mouvement du navire lui fit perdre l'équilibre et il tomba du nid-de-pie. Par un réflexe inouï, il réussit à agripper un rebord de la main droite. Aussitôt, il saisit la planche avec son autre main et se retrouva suspendu dans les airs, à la force des bras. Serrant les dents, il tenta de se hisser mais en vain. La pluie et le vent avaient refroidi tous ses membres, il sentait que ses dernières forces l'abandonnaient, il allait devoir lâcher. Alors, il ferma les yeux. Il pensa à Yann. Il voulait le rejoindre. Ses bras lui faisaient mal. Il n'en pouvait plus, il lâcha.

Mais il ne tomba pas. Une main ferme venait de l'agripper. Elle le tirait vers le haut. Briac rouvrit les yeux, c'était Éloi.

« Briac, accroche-toi ! Hisse-toi sur le nid-de-pie ! Vite ! »

L'intervention d'Éloi ranima les forces de Briac qui réussit à atteindre la plateforme où se trouvait son sauveur inespéré.

« Tu n'as rien ? Tu es blessé ?
– Non… Mais j'ai froid, j'ai très froid.
– Prends ma veste ! Et Œil-de-Faucon ? Il ne bouge plus !
– Il est… mort… »

Éloi ne sut que répondre. Il connaissait mieux que quiconque le vieux marin. Il ferma les yeux et murmura quelques mots. Il passa la main sur le regard du défunt et lui croisa les mains sur la poitrine. Les tremblements du petit garçon à côté de lui l'obligèrent à prendre une décision.

« Descends, Briac, je vais attendre avec lui ici. Tiens-toi bien, ça secoue énormément en bas. »

Ainsi, alors que la tempête faisait toujours rage, Briac descendit le long des haubans, arrosé par les embruns et les déferlantes, les doigts engourdis par la morsure du froid. Alors qu'il se trouvait à mi-parcours, il aperçut une ombre noire au large. Une barre obscure qui grandissait à vue d'œil. Une terre. Soudain, comme par magie, un rayon de soleil perça l'épaisse couche nuageuse et vint illuminer L'Évasion. Aussitôt la tempête se calma. Les vagues mollirent, le vent s'essouffla et le navire retrouva son équilibre. À peine remis de leurs émotions, l'ensemble des marins se tournèrent vers la côte apparue à travers les ténèbres. À mesure que les cieux s'éclaircissaient, les contours se firent plus précis. De puissantes falaises noires se perdaient dans les hauteurs. Il semblait n'y avoir aucune végétation, uniquement des pentes rocheuses sévères, raides et parsemées d'aspérités tranchantes. Certains marins tombèrent aussitôt à genoux comme pour se protéger tandis que le même nom était sur chaque lèvre : Mortür Tolmir, le continent défendu.

La porte du chapiteau arrière s'ouvrit et Astaldor apparut. Il contempla la côte à son tour et eut un air satisfait. Aussitôt, il donna l'ordre d'envoyer de la toile dans la mâture et de mettre le cap sur les falaises. Éloi vint à sa rencontre :

« Capitaine !
– Éloi ?
– Nous avons perdu deux hommes dans la tempête… Massür et… Œil-de-Faucon. Le corps de ce dernier est encore au nid-de-pie. Je ne peux le descendre seul.

Astaldor parut troublé mais il se reprit vite :

– La peste soit de ce maudit coup de vent. Charge deux hommes de s'occuper des corps, qu'ils les gardent au frais dans les cales. L'enterrement attendra, nous avons bien plus urgent à faire.
– Je… À vos ordres, Capitaine. »

Le capitaine prit la barre et fit venir L'Évasion au plus près de la côte. Il remonta au travers et entreprit de la longer vers le nord. On avait monté une table sur la dunette et Astaldor jetait de réguliers coups d'œil à une vieille carte. Pendant des heures, le temps s'écoula ainsi jusqu'à ce qu'un sourire se dessine sur ses lèvres.

« Le rocher à tête de sphinx », murmura-t-il.

Effectivement, devant eux se dressait un bloc rocheux à la forme singulière. Il avait une taille bien plus grande que L'Évasion et les embruns l'avaient taillé jusqu'à ressembler à un corps d'animal. Comme son nom l'indiquait, il ressemblait grossièrement aux sphinx des légendes du nord-est de Prolis. Astaldor abattit au vent et pointa la proue vers le grand rocher. Alors que la collision semblait inévitable, il donna un violent coup de barre et le navire vint sur tribord. Une ouverture apparut dans la falaise, à peine plus large que L'Évasion, et Astaldor s'y engouffra. Par un trou de souris qu'on ne pouvait repérer du large, le navire déboucha dans une vaste gorge.

Le fleuve sillonnait entre de grandes falaises et semblait se perdre à l'intérieur des terres. Tout était soudainement calme. Apaisé. Il n'y avait plus de vent, plus de vague, plus de bruit. Les voiles se dégonflèrent et L'Évasion s'immobilisa au milieu du fleuve. Astaldor ordonna de mouiller et l'ancre du navire plongea. On fit carguer les voiles et un ordre de rassemblement devant la dunette fut donné. Une fois tout l'équipage réuni, Astaldor demanda un rapport complet des dégâts subis par le navire durant la tempête. Plusieurs équipes menées par les charpentiers du bord furent envoyées renforcer la coque et réparer ce qu'elles pouvaient. Des gabiers firent descendre plusieurs voiles de la mâture et commencèrent à recoudre les plus abîmées. Le médecin Mezek et Vidfer allèrent chercher les corps des défunts et les préparèrent pour leur dernier voyage.

Alors que le soir tombait, on fit allumer de grandes torches à bord et la cérémonie d'enterrement commença. Avec émotion, les marins dirent adieu à leurs pairs enveloppés dans de grands draps blancs et un chant monta petit à petit dans les airs :

Bon vent, Compagnons,
Bon vent vers l'horizon,
Préparez notre venue,
Vous qui avez tant combattu.

L'Évasion est notre mère,
Et vers la mer vous retournez,
En temps de paix, en temps de guerre,
Nous honorerons nos aînés,

Bon vent, Compagnons,
Bon vent vers l'horizon,
Préparez notre venue,
Vous qui avez tant combattu.

Alors, on fit glisser les corps sur une planche et ils coulèrent dans l'eau sombre. Briac pleurait mais une main sur son épaule le fit sursauter :

« Le capitaine nous attend dans la cabine », lui dit Éloi.

Astaldor invita ses hôtes à s'installer autour de la table. Il y avait Éloi et Briac mais également Vidfer et Lucía.

« Nous irons à terre demain. Pas tous, bien entendu, il faudra laisser des hommes à bord pour surveiller L'Évasion. Vidfer, vous prendrez le commandement du navire jusqu'à notre retour.
– À vos ordres, Capitaine.
– Nous devrons être discrets à terre et passer inaperçus. Nous ne pourrons emmener beaucoup d'hommes. Éloi, Briac et Lucía, vous m'accompagnerez dans l'expédition. Vidfer, vous vous chargerez d'informer dès ce soir le reste des hommes qui viendront à terre avec nous : le Doc, Tarïn, Maé et Alanic, Avel et Staël. Dites à Staël de prendre deux cormorans, ce sera notre moyen de communication si nécessaire. Je vous laisse le reste de l'équipage, réparez les dégâts à bord et faites le plein d'eau douce et de vivres.
– Qu'allons-nous faire à terre ? demanda Lucía sèchement.
– Trouver l'expédition d'Ogar Fledmark.
– Est-ce loin ? insista Lucía.
– Moins d'un jour de marche d'après les anciennes correspondances des scientifiques.
– Si nous survivons avant d'y arriver.
– Nous survivrons. »

Un silence s'installa. Briac sentit un feu s'allumer en lui. L'aventure. Il y reprenait goût, il avait hâte de débarquer. Sans plus de cérémonie, Astaldor mit un terme à la réunion et chacun se dirigea vers sa cabine.

Briac sortit sur le pont supérieur. Il faisait nuit noire. Alors qu'en plein jour la gorge rocheuse était baignée de silence, il semblait qu'une vie nocturne venait de s'éveiller. Dans le défilé de falaises, les bruits s'accentuaient et résonnaient tout autour de L'Évasion. Briac n'avait jamais entendu pareils sons. Des rugissements, des cris aigus, des hurlements, il avait l'impression d'être observé par des milliers d'yeux. Il frissonna en regardant le défilé sombre des falaises et décida de rejoindre son hamac au pont inférieur. Blotti sous sa couverture, une image lui revint en tête : Œil-de-Faucon… Il avait parlé de Piatö et de l'Ordre du Soleil. Se pourrait-il que le vrai traître soit encore à bord ? « Donne-moi du courage Yann, j'en ai besoin… Où que tu sois, aide-moi… »

CHAPITRE XIX
UNE VOIX

« Briac ! Briac ! Il faut te réveiller.
– Éloi, c'est toi ? Pourquoi chuchotes-tu ?
– Habille-toi, allez, vite, nous partons !
– Mais il fait encore nuit…
– Le jour va se lever. Ne fais pas de bruits, je t'attends en haut de l'écoutille. »

Encore à moitié endormi, Briac se mit sur pied et enfila sa chemise. Il boucla sa ceinture et y accrocha son poignard. Titubant, il gravit les marches jusqu'au pont supérieur et sortit à l'air libre.

« Ils sont déjà à bord de la chaloupe, viens ! » murmura Éloi.

Briac le suivit mécaniquement. Il avait la vue encore floue et la tête à ses rêves. Il descendit dans la barque où tout le monde l'attendait. Ils étaient dix au total. Dix plus deux cormorans qui trônaient fièrement sur chaque épaule de Staël. Lucía s'était écartée des volatiles et ne les lâchait pas du regard. Elle avait remplacé sa robe par un pantalon ainsi qu'un gilet qui lui donnait une allure d'officier. Un vieux chapeau posé sur ses cheveux, elle n'adressa même pas un regard à Briac.

Doucement, l'embarcation quitta le bord de L'Évasion et traversa le fleuve pour aller toucher terre une centaine de mètres plus loin. Ce fut Astaldor qui foula le sable de la plage en premier. Le sable n'était pas beige comme au pays d'Harmä, il était noir. Noir et aussi fin qu'une poussière de cendres. Le petit équipage hissa la chaloupe hors de l'eau et Tarïn l'amarra à un piquet en fer qu'il planta dans le sol. Une puissante falaise se dressait devant eux. D'un signe de tête, Astaldor donna un ordre à Maé et Alanic qui empoignèrent chacun une drôle d'arme à feu. Ils étaient plus courts que des fusils classiques et leur canon était trois fois plus large. Un petit grappin relié à un long cordage était figé dans l'embouchure. Ils épaulèrent tous deux leur arme en direction du ciel et firent feu. Dans un bruit sourd et étouffé, les grappins transpercèrent les airs et disparurent au-dessus de la falaise. Maé reprit le mou du cordage puis ne put tirer davantage dessus.

Il se suspendit pour tester le grappin et la corde ne bougea pas. Alanic réalisa le même test. Astaldor prit alors la parole à voix basse :

« Nous monterons un par un. Une fois en haut, ne faites aucun bruit et attendez en silence. Lucía, si vous le souhaitez, nous pouvons vous hisser en…
– Je n'ai besoin d'aucune aide, Capitaine ! Je sais monter à une corde.
– Bien. Alors allons-y. »

L'ascension fut rapide pour Briac à qui ces hautes falaises rappelèrent Portivy̆. Il aurait pu grimper sans cordage mais, dans une telle nuit, il préférait ne pas jouer les téméraires. Tous montèrent à un bon rythme et Lucía les étonna particulièrement. Elle avala la pente avec aisance et légèreté, aussi vite que les meilleurs grimpeurs. Astaldor fut le dernier à les rejoindre en haut. Ils se trouvaient à la lisière d'une végétation inextricable. Aucun des membres de l'équipée n'avait déjà vu telle forêt. Certains arbres étaient aussi hauts que les mâts de L'Évasion, d'autres plus petits arboraient de longues palmes, d'autres encore ressemblaient à des cordes emmêlées qui descendaient du ciel. On ne pouvait faire trois pas en avant sans qu'une immense feuille ne barre la route. Les grappins s'étaient figés dans des troncs d'arbres aux fruits jaunes qui laissèrent s'échapper une sève rouge quand on retira les crochets en fer. Une nouvelle fois,

Astaldor prit la parole :

« Messieurs, Mademoiselle, c'est ici que commence notre mission. Ces terres sont hostiles et derrière chaque feuillage peut se cacher une menace. Restez le plus discret possible. Restez groupés. Restez vigilants. J'ouvrirai la marche, Éloi la fermera. Notre objectif ne devrait pas être loin. Des questions ?
– Allons-nous être attaqués dans cette forêt ? demanda Briac.
– Je l'ignore. Faisons tout pour éviter d'être repérés et tout se passera bien. D'autres questions ? Bien. En route. »

Astaldor empoigna une puissante machette et s'avança dans l'ombre des frondaisons. D'un coup précis, il trancha net le feuillage qui lui barrait la route et s'enfonça dans la forêt. Briac prit sa suite, suivi de près par Lucía et le reste du groupe. Tous furent surpris par la chaleur étouffante qui régnait dans cet environnement, mais ce qui les frappa davantage furent les bruits autour d'eux. La jungle semblait s'être réveillée pour faire face aux intrus. Des gris aigus, des gloussements, des rugissements, des grincements de branches et des bourdonnements résonnèrent, sans qu'aucun être vivant n'apparaisse. Instinctivement, le groupe se resserra et tous empoignèrent fermement les armes qu'ils avaient emportées. Briac ne lâchait pas le pommeau de son poignard et jetait des regards inquiets de part et d'autre du sentier. Lucía jura quand elle faillit trébucher sur une racine et retint un rire quand le Doc se prit les pieds dedans. Les feuillages autour d'eux remuaient et des créatures invisibles se faufilaient le long de la colonne. N'y tenant plus, Avel donna un coup d'épée dans un buisson, ce qui eut pour effet de faire redoubler les cris menaçants autour d'eux.

« Avel, non ! Gardez votre sang-froid ou je vous assomme ! menaça Astaldor. Et Staël, faites taire vos oiseaux ou ils subiront le même sort !
– Mais, Capitaine, je n'y peux rien, ils ont peur…
– Faites-les taire. Je ne tiens pas à nous faire repérer à cause de deux volatiles que j'aurais pu embrocher bien plus tôt.
– À… À vos ordres, Capitaine. »

Le ton était donné. Cette scène renforça l'inquiétude de Briac qui vit un sentiment de peur dans les yeux du capitaine. Si Astaldor craignait les dangers de cette forêt, ils avaient tous du souci à se faire. Le jeune garçon ne dit pas un mot mais il redoubla de vigilance et scruta la flore autour de lui.

Au bout de plusieurs heures de marche, ils n'avaient subi aucune attaque mais étaient éreintés. La respiration n'était pas facile dans une telle fournaise et les efforts demandaient deux fois plus d'énergie. Astaldor pestait. Briac l'entendait marmonner. Ils étaient perdus et le capitaine avait beau tourner la carte dans tous les sens, il ne savait pas où ils se trouvaient. Pour ne pas créer une vague d'inquiétude, Briac ne jugea pas nécessaire d'alerter le reste du groupe, cependant il sentait déjà dans ses jambes un sentiment d'angoisse l'envahir. Soudain, un rugissement puissant retentit juste au-dessus de leur tête. En une fraction de seconde, une énorme bête noire tomba du ciel et sauta sur Avel. Maé et Alanic tombèrent à la renverse, les cormorans de Staël s'envolèrent, Lucía hurla, Astaldor dégaina un pistolet et fit feu. La bête rugit de douleur et se tourna aussitôt dans la direction d'où venait la balle. Alors Éloi tira à son tour et le monstre gémit une nouvelle fois. Il bondit spectaculairement en l'air et déploya deux grandes ailes tout aussi sombres que son corps. En quelques secondes il disparut dans les ramures des arbres. Aussitôt, le Doc courut vers Avel qui hurlait à la mort. La bête l'avait mordu au visage et au bras gauche. Du sang s'écoulait de ses plaies et le Doc jeta un regard inquiet à Astaldor. Le capitaine visa alors et appuya sur la gâchette de son pistolet. Les cris d'Avel s'arrêtèrent aussitôt, son corps se figea.

« Il ne s'en serait jamais sorti », dit Astaldor.

Alors que chacun essayait de reprendre ses esprits, le rugissement du monstre retentit une nouvelle fois. Les bruits d'ailes venaient cette fois-ci de leur gauche.

« Fuyez ! Cachez-vous ! » hurla Tarïn.

Ce fut aussitôt la débandade. Tous se mirent à courir malgré les hurlements d'Astaldor leur ordonnant de rester groupés. Briac se battait contre les feuillages qui lui barraient la route et Lucía essayait tant bien que mal de le suivre. À leur droite, les autres marins tentaient aussi de s'échapper. Un coup de feu retentit derrière eux. Astaldor sûrement. Impossible de se retourner pour vérifier, il fallait fuir. Vite. Un rugissement leur indiqua que la bête s'était lancée à leur poursuite. Aucun ne vit l'inclinaison abrupte que prenait le terrain et ils furent tous emportés dans leur élan. La pente était raide et ils roulèrent sur le sol en emportant avec eux des gerbes de feuilles et de terre. Leur descente se termina brutalement en contrebas. Briac eut le souffle coupé quand ses côtes rebondirent contre le tronc d'un arbre. Il se releva avec difficulté et rejoignit Lucía qui se tenait le côté droit. Des cris de douleur leur indiquèrent que le reste de la petite troupe avait suivi le même chemin. Ils étaient là : Éloi, Doc, Tarïn, Maé, Alanic et Staël. Seul manquait à l'appel Astaldor. Cette fois-ci, ce fut le silence qui les surprit. La forêt s'était tue. Malgré l'heure, il faisait toujours aussi sombre. Cette calme obscurité rendait l'atmosphère irrespirable. Où était Astaldor ? Où était la bête ?

Soudain, ils l'entendirent. Sa respiration, ses pas, le monstre arrivait. Éloi regroupa l'équipée et tous pointèrent leur arme en direction des bruits. Il courait. Il n'était plus qu'à quelques mètres et pourtant ils ne l'apercevaient toujours pas.

Bam ! *Bam* !

Deux coups de feu résonnèrent et un hurlement déchira la pénombre. La bête s'effondra lourdement à quelques mètres d'eux.

« Qui… Qui a tiré ? demanda Éloi
– C'est moi ! répondit une voix dans le noir.
– Capitaine ? Vous, vous allez bien ?
– J'ai connu mieux mais je ne suis pas blessé. Cette vermine n'aime pas les balles mais elle a bien failli m'avoir.
– Et Avel ? demanda Éloi.
– Son corps a disparu. J'ai cherché. Rien.
– Est-ce que cette créature est morte ? demanda Lucía.

Bam !

– Juste pour être sûr », ajouta Astaldor en soufflant sur son pistolet.

Alors, tous s'approchèrent de la bête. Avec précaution et en restant à une certaine distance, ils l'examinèrent. Briac n'avait jamais vu telle créature. Il était partagé entre crainte et admiration.

« Ce sont ces créatures qu'on appelle "les Autres" ?
– Non. Ce monstre est une panthère noire, commenta le Doc. Je l'ai déjà vue en gravure dans un livre sur la faune des îles. Dans mes souvenirs, l'animal était

plus petit et surtout il était dépourvu d'ailes.
– Une panthère… répéta à voix basse Briac.
– Ces bêtes ne dépassent généralement pas plus d'un mètre de taille au garrot. Celle-ci fait plus du double. Elle dépasserait même un grand cheval. Et ces ailes… je ne comprends pas.
– Cela veut dire que nous sommes au bon endroit, répondit Astaldor.
– De quel endroit parlez-vous ? demanda Alanic. Que faisons-nous ici, Capitaine ?
– Oui, que faisons-nous ici ? ajouta Maé.

Astaldor s'apprêtait à répondre quand Briac les interpella :

– Regardez ! Là ! Il y a de la lumière !

Briac avait raison. À travers l'épais feuillage des arbres, des faisceaux lumineux scintillaient. Cela indiquait-il la présence d'êtres humains ?

– Allons voir. Pas un bruit », ordonna Astaldor.

Lentement et furtivement, le petit groupe progressa en direction des lumières. Rapidement, ils comprirent que celles-ci venaient du soleil qui réussissait à transpercer la ramure des arbres. Pourtant, ils continuèrent leur approche et se retrouvèrent en lisière d'une vaste clairière. Le visage d'Astaldor s'illumina quand il aperçut une forme foncée. Un fort. Au milieu de la clairière. Avec ses remparts en bois qui l'encerclaient. Le camp d'Ogar Fledmark, le but de leur expédition, la destination de ce long périple. Alors qu'il s'apprêtait à franchir la lisière de la forêt, Éloi le retint par le bras :

« Capitaine ! Regardez le pavillon ! »

Astaldor porta son regard vers l'étendard qui trônait en haut de la tour centrale. Doré et pourpre. En son centre figuraient deux têtes de mort crachant du feu et en dessous quatre couronnes. Les armes du royaume d'Opäle. Comment était-ce possible ? Qu'était-il arrivé à l'expédition ? Ils ne devaient pas se faire repérer. Ils savaient ce qu'ils risquaient s'ils étaient découverts. Ogar Fledmark et ses scientifiques étaient-ils encore en vie ?

« Capitaine, que faisons-nous ? demanda Tarïn à voix basse.
– Vous saviez qu'il y avait un fort d'Opäle ici ? continua le Doc.
– C'est ça le but de notre mission ? On a fait tout ça pour se rendre dans un fort où notre tête est mise à prix ? renchérit Alanic.
– Quelqu'un a-t-il vu où sont partis mes oiseaux ? interrogea Staël avec inquiétude.
– Silence, répondit Astaldor. Laissez-moi réfléchir. Cela ne devait pas être comme ça.
– Mais de quoi parlez-vous ? demanda Maé.
– Capitaine, je crois qu'il faut que vous leur disiez la vérité, conseilla Éloi.

Il y eut un silence durant lequel Astaldor fixa Éloi. Il semblait hésiter. Des pensées contraires se bousculaient dans sa tête.

– Je crois que tu as raison. Ils doivent savoir pourquoi ils sont ici. »

En vérifiant qu'ils étaient bien à l'abri des regards sous le couvert de la jungle, Astaldor s'assit et ils formèrent une ronde. Il leur expliqua la mission. L'expédition montée par le roi et la potentielle présence du Globe des Premiers Vents. Il raconta tout en n'omettant aucun détail et quand il eut fini un nouveau silence s'installa. Tarïn fut le premier à le rompre :

« Donc, vous vous attendiez à tomber sur le camp d'Ogar Fledmark et nous nous sommes perdus ?
– Non, j'ai vérifié, nous sommes au bon endroit. Ce fort est bien celui que nous cherchions. Il semble cependant que son propriétaire ait changé...
– Que va-t-on faire ? On ne peut pas leur demander où se trouvent les membres de l'expédition ?
– S'ils nous voient ici, ils nous arrêteront sur le champ, répondit Éloi. Ces terres sont interdites à tout Harmäien, d'autant plus que nous sommes recherchés.
– Et prendre le fort d'assaut ?
– Non, répondit Astaldor. Nous ne savons pas quelle est la garnison. Ce serait une attaque suicide.
– Eh, Lucía, que fais-tu ? » appela Briac.

Tous se retournèrent et virent que la jeune fille avait quitté leur cachette. Elle sortait de la forêt d'un pas décidé et se dirigeait vers le fort. Briac voulut courir mais Astaldor l'en empêcha :

« Non. Ne bouge pas. Elle est déjà à découvert.
– Mais, Capitaine, ils vont la...
– Pas si elle s'avance seule. Je ne sais pas pourquoi elle fait ça mais ils ne se méfieront pas d'une femme. Si nous sortons, nous la condamnons.
– Alors que faisons-nous ?
– Attendons. Et tenons-nous sur nos gardes. »

Lucía ne leur adressa pas un regard. Elle marchait lentement en regardant droit devant elle. Un cor retentit alors sur les remparts et un garde s'adressa à elle. Aucun ne put entendre ce qu'ils se dirent mais la ruse fonctionna. La porte du fort s'ouvrit dans un grincement et Lucía disparut à l'intérieur. De longues minutes s'écoulèrent. Briac avait peur pour son amie. Il aurait aimé y aller avec elle. Il s'en voulait. Astaldor semblait lui aussi travaillé par l'attente. Venait-il d'envoyer une enfant dans la gueule du loup ? C'était elle qui avait décidé d'y aller mais...

Un autre grincement interrompit ses pensées. La porte du fort s'ouvrit de nouveau. Il n'y avait personne dans l'embrasure mais ils purent apercevoir la silhouette de Lucía sur les remparts. Elle se tourna vers leur cachette et leur cria :

« La voie est libre, Mes Chers Cousins ! Vous pouvez venir !
– Mes chers cousins ? Mais pourquoi nous appelle-t-elle ainsi ? demanda Briac.
– Elle nous fait passer pour des Lictésiens, comme à Vartijaa ! répondit Éloi.
– Capitaine, c'est un piège, je ne fais pas confiance à une môme !
– Moi non plus, Capitaine, je ne sens pas ce coup-là, dégageons avant qu'ils ne nous donnent la chasse !
– Maé et Alanic, comment pouvez-vous douter de Lucía ? Savez-vous tout ce qu'elle a dû sacrifier pour que nous puissions être ici ? s'insurgea Éloi.
– Ouais, bah justement, si votre protégée a perdu beaucoup à cause de nous, je ne vois pas pourquoi elle n'en profiterait pas maintenant pour nous rendre la pareille !
– Imbécile ! Je peux vous assurer que…
– Silence ! gronda Astaldor. Nous n'avons pas le choix, si nous n'allons pas à leur rencontre, ils douteront de notre identité. Allons rejoindre Lucía. Comportez-vous comme des gentilshommes de Lictée. Arrangez vos cheveux et rentrez votre chemise dans votre pantalon. Laissez-moi parler et tenez-vous bien.
– À vos ordres, Capitaine. »

Ils sortirent de la forêt et progressèrent en file vers le fort. Lucía les regardait des remparts. Ils franchirent les deux grandes portes du camp et Briac accéléra le pas pour retrouver son amie. Ils se tenaient au milieu d'une cour quand un grincement suivi d'un fracas les fit sursauter. À peine étaient-ils entrés qu'on avait refermé les portes derrière eux. Aussitôt, des gardes apparurent en nombre sur les remparts. Ils braquèrent leurs armes sur le groupe de nouveaux venus et une voix forte retentit :

« Gardes, emparez-vous d'eux ! Ces hommes sont de dangereux rebelles du pays d'Harmä ! Ils ont menacé le gouverneur de Vartijaa et sont à la recherche d'une arme pour détruire notre État ! »

Briac ne put en croire ses oreilles. Ils avaient été trahis. Ils avaient été trompés. Dans son cœur, une douleur lui fit tourner la tête et le laissa bouche bée. La voix qui venait de donner leur ordre d'arrestation, cette voix si souvent réconfortante et pour la première fois si dure, c'était celle de Lucía.

À suivre...

TABLE DES MATIÈRES

REMERCIEMENTS

Écrire un livre était un rêve d'enfant qui n'a cessé de m'animer depuis de longues années. La publication des *Orphelins de Prolis*, et ici du livre I « L'Évasion au Nouveau Monde », est pourtant loin d'être une aventure en solitaire car, pour y arriver, j'ai reçu beaucoup d'aide et de soutien. Aujourd'hui, il est temps de remercier tous ceux qui ont participé à ce rêve.

Merci à Juliette, ma femme, pour son engouement, ses précieux conseils et sa compréhension quand je restais enfermé à travailler mon texte. Merci à Augustin, mon petit frère, pour ses heures de relecture et ses si bonnes idées. Merci à Isabelle et Eugénie pour vos suggestions toujours pertinentes, votre motivation et vos mots encourageants.

Merci à Jean Poderos et à toute l'équipe des Éditions courtes et longues. Merci de m'avoir accordé votre confiance, merci pour ces longues heures à retravailler dans la bonne humeur le manuscrit, merci pour votre joie et tout le travail que vous avez fait pour ce livre.

Merci à Germain Barthélémy pour cette si belle couverture et ses cartes. Tu as un talent fou et je suis tellement fier que ce livre puisse en refléter au moins une infime partie.

Merci à vous tous qui m'avez soutenu, lu et encouragé dans cette voie.

Et enfin, merci à mes parents. Merci de m'avoir fait connaître le bonheur de la lecture dès mon plus jeune âge. Merci de m'avoir fait grandir dans une famille si unie et aimante et merci de m'avoir fait voguer des falaises bretonnes de Portivy à la rade méditerranéenne de Toulon. Sans vous, ce livre n'aurait jamais été écrit.

LE LIVRE II DES

ORPHELINS DE PROLIS

ERRANCES DANS LA JUNGLE DE TAÏVAS

PARAÎTRA
AU PRINTEMPS 2023

Aux Éditions courtes et longues

Supernova

À cœur ouvert
par Marie-France Zerolo
et Élisabeth Benoit-Morelli

Bienvenue à Oswald !
par Célia Garino

Le Clown masqué
par Rozenn Desbordes

Même pas en rêve !
par Élisabeth Brami

Ultraviolet

American Dreamer
par Antoine Vigne

Corentino
par Benjamin Lesage

La Courbe de tes yeux
par Nadine Brun-Cosme

Les Étoiles qui meurent dans le ciel
par Benjamin Lesage

Old Soul
par Nancy Guilbert

Toute Personne qui tombe a des ailes
par Élisabeth Brami

Création de la couverture par Germain Barthélémy.

 Loi N° 49-956 du 16 juillet 1949 sur les publications destinées à la jeunesse. Dépôt légal : août 2022. ISBN : 978-2-35290-329-1. Photogravure de la couverture par IGS-CP, L'Isle-D'Espagnac. Achevé d'imprimer en juin 2022 sur les presses de Firmin-Didot (CPI) à Mesnil-sur-l'Estrée.